唐浩明全集

唐　浩　明　全　集

唐浩明评点
曾国藩语录

精装典藏版

唐浩明 著

SPM 南方传媒 | 广东人民出版社
·广州·

图书在版编目（CIP）数据

唐浩明评点曾国藩语录 / 唐浩明著. —广州：广东人民出版社，2024.4

（唐浩明全集）

ISBN 978-7-218-16751-0

Ⅰ. ①唐…　Ⅱ. ①唐…　Ⅲ. ①曾国藩（1811–1872）—语录
Ⅳ. ①K827=52

中国国家版本馆CIP数据核字（2023）第158924号

TANG HAOMING PINGDIAN ZENG GUOFAN YULU
唐浩明评点曾国藩语录

唐浩明　著

出 版 人：肖风华

策　　划：肖风华　向继东
责任编辑：钱飞遥
责任技编：吴彦斌　马　健

出版发行：广东人民出版社
地　　址：广州市越秀区大沙头四马路10号（邮政编码：510199）
电　　话：（020）85716809（总编室）
传　　真：（020）83289585
网　　址：http://www.gdpph.com
印　　刷：北京通州皇家印刷厂
开　　本：960 毫米 × 650 毫米　1/16
印　　张：22.5　　字　　数：265千
版　　次：2024年4月第1版
印　　次：2024年4月第1次印刷
定　　价：1680.00元（全17册）

如发现印装质量问题，影响阅读，请与出版社（020-87712513）联系调换。
售书热线：（020）87717307

总　序

二十世纪八十年代中期，我开始动笔创作历史小说。从那以后，写作便成为我生活中一个极为重要的内容，几乎占据业余时间的全部。不知不觉间，三十年就这么过去了，真有点杜甫所说的“丹青不知老将至”的味道。偶尔回头一望，过去的岁月，如同逝水飘烟，一片迷离，幸而有这些文字，仿佛能告诉自己这一路是如何走过来的。

三十年来，我的写作主要在两个领域：一是长篇历史小说，一是“评点曾国藩”系列。

三部历史长篇《曾国藩》《杨度》《张之洞》花费了整整十五年的时间。为什么要写历史小说？若要找源头，可以追溯到酷爱读书的少年时代，先是在书摊边租看《三国演义》连环画，后来是去图书馆借阅原著。在一段很长的时间里，我认为那是天底下最好的书。若干年后，当我无意间走进晚清，走进那个三千年一大变局中，内心有许多冲动，有许多话要说。当思考采用何种方式来表达时，便自然而然地想到《三国演义》，三部历史小说就这样产生了。历史有许多种表述方式，用文学方式来述说历史，依旧为今天的中国人所喜爱。这三部历史长篇多年来不断重印，说明的正是这个事实。

时光到了二十一世纪。伴随着新世纪的到来，中国文化界有一个很突出的亮点，那就是勃兴于民间的国学热。曾国藩被公认为中国传统文化的最后一位代表，他在新世纪被重视，应该是国学热中的必然现象。小说《曾国藩》得到持续的关注，曾氏这个人物，也引起全社会的浓厚兴趣。国内书店书摊上充斥着各色各样的关于曾氏的书籍。这些书良莠不齐。书越多，历史上的那个曾国藩反而变得越模糊。作为当代重提曾氏的“始作俑者”，我有一种正本清源的义务感。我决定放下历史小说的创作，一心研究曾国藩。值得庆幸的是，曾氏给后人留下一千多万文字，为今人深入研究他提供了丰富的第一手资料。我熟悉这些资料，想借助对这些资料的研究，让世人了解一个真实的曾国藩，也希望借助对这个传统文化标本的解剖，来帮助寻常百姓形象地感知我们的国学，于是就有了“评点曾国藩”系列。这件事情做下来，便又耗去十五年光阴。

从二〇一五年下半年起，我开始修订我的历史小说。现在交给广东人民出版社的《曾国藩》，便是这个修订本。这是该书问世二十多年来的第一次修订。这次修订主要在三个方面。一是在评点的过程中，我对这个历史人物有了更深刻的认识。基于这种认识，我对小说某些章节做了相应修改。二是增加了一些能生动体现曾氏性格的真实故事。三是文字上的提炼、加工与修缮等。受时间的限制，另外两部长篇这次来不及修订，仍以原貌再版。

在写历史小说与评点的空隙中，我也写过一些散文随笔，一部分是应报刊之约而写，一部分则是关于我的小说主人公的专题演讲稿。这次结集为《冷月孤灯·静远楼读史》，也是这些文章第一次结集出版。

感谢广东人民出版社，感谢老朋友向继东兄，没有他们的盛情，就不会有这套作品集，也不会有散篇文章的汇编成书。

是为序。

唐浩明

二〇一六年七月

于长沙静远楼

序：梁启超向曾国藩学什么

一九一五年四月五日，湖南一师教授杨昌济与他的得意弟子毛泽东聊天时，谈到毛的家世。杨在当天的日记中写道：“渠之父先亦务农，现业转贩，其弟亦务农，其外家为湘乡人，亦农家也，而资质俊秀若此，殊为难得。余因以农家多出异材，引曾涤生、梁任公之例以勉之。”

这一年，曾国藩（涤生）去世四十三年，梁启超（任公）也刚好四十三岁初度。将梁与曾氏并列作为农家子弟中的卓异代表，大概不会始于杨昌济，但二十二岁的毛泽东，此时很可能是第一次从他所崇敬的师长口里听到二人并提的话。

杨昌济并列曾梁，着眼于同是农家子弟同样声名卓著，至于其他方面并没有过多论及，当我们稍稍接触一些梁的文字后，便可以明显看出曾梁之间还有另一层关系，即曾氏对梁影响甚为深远，或者说，梁刻意向曾氏学习。

梁是广东人，因地域及由地域而产生的种种隔阂的缘故，他直到二十八岁才在国外读到曾氏的书。光绪二十六年春夏间，旅居美国檀香山的梁启超，在给其师康有为及朋友的信中，多次谈到初读曾氏家书时的震动：“弟子日间偶观曾文正公家书，猛然自省，觉得不如彼处甚多。”“弟日来颇自克励，因偶读曾文正家书，猛然自省，觉得非学道之人不足以任大事。”

从那以后，梁便将曾氏引为人生榜样。直到晚年，其对曾氏的景仰之情依旧不改。他对人说：“假定曾文正、胡文忠迟死数十年，也许他们的成功是永久的。”

梁启超为什么会如此推崇曾氏？他在曾氏身上学到些什么呢？一九一六年，梁在政务著述异常繁忙之际做了一桩大事，即从曾氏全集中摘抄部分语录，汇辑成一部《曾文正公嘉言钞》，并为之作了一篇序言。从梁的这篇序文和他所选语录中，可以清晰地看出他对曾氏的认同之处。

梁认为，曾氏不仅是有史以来不多见的大人物，也是全世界不多见的大人物，而这个大人物，并没有超伦绝俗的天才，反而在当时的名人中最为鲁钝笨拙。那么是什么使得曾氏能立德立功立言三不朽呢？梁说曾氏的“一生得力在立志自拔于流俗”。他自己首先在这一点上着意向曾氏学习。

曾氏初进京时刻苦研习程朱之学，并身体力行，要做一个无愧天地父母所生的人，同时对自己身心各方面提出严格要求，且撰《五箴》即立志箴、居敬箴、主静箴、谨言箴、有恒箴以自警。梁也“以五事自课：一曰克己，二曰诚意，三曰立敬，四曰习劳，五曰有恒”，并效法曾氏以日记作为督察的方式：“近设日记，以曾文正之法，凡身过、口过、意过皆记之。”

人的一生最难做到的是“恒”字。曾氏以梁所谓的钝拙之资成就大事业，靠的就是这个“恒”——数十年如一日的劳心劳力。梁虽天资聪颖，但只活了五十六岁。自从二十多岁成名后，一生便在忙碌中度过，除大量的政事、教学、社交等占据他许多宝贵的时光外，还要承受动荡不安的流亡岁月的干扰，而他却留下一千四百万言的精彩著述，其内容几乎涉及文史哲的各个领域。如此巨大的成就何以取得？靠的也就是持之以恒的勤奋。他说他“每日起居规则极严”，“所著书日必二千言以上”。他的学生说他“治学勤恳，连星期天也有一定日课，不稍休息。他精神饱满到令人吃惊的程度”。梁的精力充沛或许有天性，但更多的则是出于自律。他在给朋友徐佛苏的信中说：“湘乡言精神愈用则愈出，此诚名言，弟体验而益信之。”湘乡即曾氏。曾氏所说的这句话，见于咸丰八年四月初九给他九弟的信。梁不仅将这话记于心付于行，而且又将它抄下来，编于《嘉言钞》中，提供给天下有志于事业者。

从梁所辑录的这部《嘉言钞》中，我们看到梁大量摘抄曾氏关于立志、关于恒常、关于勤勉、关于顽强坚毅方面的嘉言，足见梁对曾氏这些方面见解的看重。随着这部《嘉言钞》的问世，也可以让更多的读者看到曾氏当年“受之以虚，将之以勤，植之以刚，贞之以恒，帅之以诚，勇猛精进，坚苦卓绝”的具体做法，在一段鲜活的历史过程中，得到对当下生存的启示。

作为近世一位卓越的政治活动家，梁更看重学问的经世致用。他在序文中说：“夫人生数十寒暑，受其群之荫以获自存，则于其群岂能不思所报？报之则必有事焉，非曰逃虚守静而即可以告无罪明矣。”以自己所做的实事来报答社会，这是梁启超的人生选择。接下来，他谈到自己从政二十年来的重要体会：既要做事，“于是乎不能不日与外境相接构，且既思以己所信易天下，则行且终其身以转战于此浊世，若何而后能磨炼其身心，以自立于不败？若何而后能遇事物泛应曲当，无所挠枉？天下最大之学问，殆无以过此”。梁的意思是，要做事，便得与浊世打交道，在此浊世中如何让自己的身心得到磨炼，从而立于不败之地；如何能很好地应付方方面面，不至于受挫受阻。这就是人世间的最大学问。他认定曾氏便是这样一个拥有最大学问的人。

曾氏是近代湖湘文化的典型代表。湖湘文化最突出的特色是注重经世致用。过去都说曾氏是理学家。其实，他对理学的学理并没有大的推进，他的贡献是在实践上。在如何将理学用之于身心修炼及事业建立这方面，曾氏是一个成功的践履者。曾氏以中国学问为教材，不仅尽可能地完善了自我健全的人格，而且成就了一番事功，并因此改变近代中国历史走向，这就是所谓的“内圣外王”。除此之外，在平时生活中，他也是一个好儿子、好兄长、好父亲、好丈夫、好朋友。曾氏认为，人生的“绝大学问即在家庭日用之间”。在这一点上，曾氏与梁启超的看法完全一致。于是，我们在这部《嘉言钞》里，可以看到曾氏是如何修身的，又是如何办事的。这事情中既有掀天揭地的军国大事，也有木头竹屑的零碎小事。梁启超说曾氏“所言，字字皆得之阅历而切于实际，故其亲切有味，资吾侪当前之受用”。既亲切，又实用，这就是当年梁读曾氏文字的感受。

此外，我们读《嘉言钞》时还有一个强烈感觉，即梁特别注重曾氏对当时堕落风气的谴责以及对扭转时风的自我期待与担当。梁不惜反复摘抄曾氏在不同时期对不同人说的有关言论，于此不仅能看出梁对曾氏这些议论的认可，还可感受到梁本人对移风易俗改造社会的责任感。这一点，或许正是这两位历史巨人最大的心灵相通之处。

梁在《说国风》一文中说：“吾闻诸曾文正公之言矣，曰‘先王之治天下，使贤者皆当路在势，其风民也皆以义，故道一而俗同。世教既衰，所谓一二人者不尽在位，彼其心之所向，势不能不腾为口说而播为声气，而众人者势不能不听命而蒸为习尚，于是乎徒党蔚起，而一时之人才出焉’……夫众人之往往听命于一二人者，盖有之矣，而文正独谓其势不能不听者何也？夫君子道长，则小人必不见容而无以自存，虽欲不勉为君子焉而不可得也；小人道长，则君子亦必不见容而无以自存，虽欲不比诸小人而不可得也。”

显然，梁是在引曾氏之说来为自己的文章立论。曾氏认为，处在众望所归之地位的一二人，对一时的社会风气是负有引领之责的，而风气一旦形成，便又会影响各个层面上的人，从而形成强大的社会力量。曾氏一向是以“一二人”自期的，作为名满天下的维新派领袖，梁又何尝不隐然以“一二人”自许呢？在这一点上曾梁之间可谓惺惺相惜。

“一二人”靠什么来扭转风气呢？理学家曾氏是主张以道德的力量来转移社会的，即先做到自我道德完善，再以此来感化身边人及属下，然后再靠他们去影响更大的群众面。对此，曾氏有过表述：“天之生斯人也，上智者不常，下愚者亦不常，扰扰万众，大率皆中材耳。中材者，导之东而东，导之西而西，习于善而善，习于恶而恶……由一二人以达于通都，渐流渐广，而成风俗。风之为物，控之若无有，鳝之若易靡，及其既成，发大木，拔大屋，一动而万里应，穷天下之力而莫之能御。”

革新家梁启超对曾氏这种以德化人的理念甚为赞赏。临去世的前两年，他曾与清华国学研究院的学生们，有过一次恳切的长谈。他说：“现在时事糟到这样，难道是缺乏智识才能的缘故么？老实说，什么坏事不是智识分子的才能做出来的？现在一般人根本就不相信道德的存在，而且想把它留下的残余根本去铲除。我们一回头看数十年前曾文正公那般人的修养。他们看见当时的社会也坏极了，他们一面自己严厉地约束自己，不跟恶社会跑，而同时就以这一点来朋友间互相勉励，天天这样琢磨着，可以从他们往来的书札中考见……他们就用这些普通话来训练自己，不怕难，不偷巧，最先从自己做起，立个标准，扩充下去，渐次声应气求，扩充到一般朋友，久而久之便造成一种风气，到时局不可收拾的时候，就只好让他们这般人出来收拾了。所以以曾、胡、江、罗一般书呆子，居然被他们做了这伟大的事业。”

梁早年系维新变法派，后来转为共和制度的坚定拥护者，对于张勋复辟清王朝的做法持坚决反对的态度，而曾氏则是彻底的大清王朝的保皇派。在某些人看来，梁不应学曾氏而要咒骂他才对。其实，人类文化中的精粹是从来不受政治观念和时空限制的，梁所看重的那些曾氏嘉言，正是属于人类文化精粹的部分。梁说曾氏是“尽人皆可学焉而至”的，他自己学习而有成效，于是想让大家都来学习，遂在百忙中抽空编了这本《嘉言钞》。梁认为他所编的这部书，对于中国人来说，好比穿衣吃饭一样的不可一刻离开。笔者也一向认为曾氏可学而至，且有感于“布帛菽粟”这句话，遂在评点曾氏的家书、奏折之后，不嫌一而再、再而三的麻烦，又来评点一番梁所辑录的这部《曾文正公嘉言钞》，无非是想让梁启超的意愿在二十一世纪的读者中得到更好的实现。

2007 年，两卷本《唐浩明评点梁启超辑曾国藩嘉言钞》问世，从发行情况来看，颇受读者的欢迎。后来，又推出了线装本，以满足不同层面读者的需求。近日，编辑同志认为，可以出单卷本，使定价更亲民，我欣然接受。又因“嘉言钞”系“语录”的另一种表述，于是书名采用更为今人所熟悉的“语录”。

还有一点需要说明。原《唐浩明评点梁启超辑曾国藩嘉言钞》一书，既包括确实为梁本人所摘抄的嘉言，也附有不能确证为梁所抄但的确是曾氏的嘉言。这次所选的嘉言，出自两种书中的都有，也不再有“正”“附”之分，一概置于“修身”“为学”“齐家”“处世”“从政”“治军”六大类中，故而书名中亦不再有“梁启超辑”的字样。

唐浩明

乙未春改定

目 录

第一编 修身

第二编　为学

第三编　齐家

第四编　处世

第五编　从政

第六编 治军

第一编／修身

□ 民胞物与之量与内圣外王之业

原文

君子之立志也，有民胞物与之量，有内圣外王之业，而后不忝于父母之生，不愧为天地之完人。故其为忧也，以不如舜不如周公为忧也，以德不修学不讲为忧也。是故顽民梗化则忧之，蛮夷猾夏则忧之，小人在位贤才否闭则忧之，匹夫匹妇不被己泽则忧之，所谓悲天命而悯人穷。此君子之所忧也。若夫一身之屈伸，一家之饥饱，世俗之荣辱得失、贵贱毁誉，君子固不暇忧及此也。

译文

君子的立志，当立下民胞物与的气度、内圣外王的功业。有这样的志向后，才不愧为父母之所生，不愧为天地之间的完人。所以，君子的忧虑，是以自己不如舜不如周公那样的人作为忧虑，以道德没有修炼、学问没有讲求作为忧虑。故而，有愚顽百姓不从教化的事发生则忧虑，有野蛮的外族侵犯华夏民族的事发生则忧虑，有小人占据要位、贤才受到压抑的事发生则忧虑，有普通老百姓没有得到自己的惠泽的事发生则忧虑。这就是所谓对天命不顺的悲叹和对世人困厄的怜悯，这才是君子所应当忧虑的。至于自己一身的屈与伸，一家的饥与饱，世俗对自己所加的荣与辱、得与失、贵与贱、毁与誉，这些事情，君子则没有时间去忧虑。

评点

这段文字出自道光二十二年十月二十六日给诸弟的家书。后世论者常说曾氏入京后不久便立下了澄清天下之志，这段话应是此说的一个佐证。

一个人，尤其是一个以社会为主要活动舞台的男人，几乎都会对自己的人生活动领域有所选择，对自己在此领域内能达到的目标有所期许，对社会将可能给予自己的关注和回报有所盼望，这就是所谓的志向。人的志向有大有小，对所立志向的追求过程有长有短，这中间的差异源于天赋、教育、胸襟、能力和环境等等。曾氏进京不久后便能立下这种“澄清天下之志”，除天赋和胸襟等因素外，重要的是环境的变化：由湖南变为京师。这种变化首先意味着他由一个普通老百姓变为国家官员，而且是出身清贵的天子近臣，在他面前展开的是一条通向锦绣前程的宽阔大道。他既对自己的能力充满了信心，又会很自然地加大自身的责任感和使命感。这个变化的另一点是他的周围有一个很优秀的师友圈。这个师友圈让他通过对《朱子全书》的研读，真正明白程朱理学的精粹，即养民胞物与之量、成内圣外王之业。

在当时读这段话的曾氏的几个弟弟看来，大哥未免有点矫情：难道你就对自己一身的屈伸、得失、贵贱、毁誉，真的没有时间去忧虑吗？真的就这样无私吗？事实上，曾氏也不是这样的纯粹。他对大考、迁升等关系一己伸屈的事也看得很重。解读曾氏所说的这段话，宜从方向着眼、从大处着眼。所谓从方向着眼，即立下君子大志后，今后努力的方向便是修炼人格，关怀众生。以百姓社稷为怀，不再一切都从一身一家的利益出发。从大处着眼，即国事、家事、天下事，尽管是事事都关心，但得有个先后主次，更多的时间、更大的精力应放在国事和天下事上，家事宜往后挪。这就是所谓国尔忘家，公尔忘私。人的意识经过这样一番调整后，其境界就大为提升了。

从这个意义上说，我们提倡青年应当立志，而且不妨将志向立得高远些。立下一个高远的志向后，人生的努力方向便会在一个相当长的时期里鲜明突出。精力和时间的分配也便会在一个相当长的时期里轻重得宜。一个人能在一段相当长时期里这样的生活，他的事业岂能不成？他的生命品质岂能不高档？

□ 君子慎独

原文

独也者，君子与小人共焉者也。小人以其为独而生一念之妄，积妄生肆，而欺人之事成。君子懔其为独而生一念之诚，积诚为慎，而自慊之功密。……彼小人者……一善当前，幸人之莫我察也，则趋焉而不决。一不善当前，幸人之莫或伺也，则去之而不力。幽独之中，情伪斯出，所谓欺也。惟夫君子者，惧一善之不力，则冥冥者有堕行；一不善之不去，则涓涓者无已时。屋漏而懔如帝天，方寸而坚如金石，独知之地，慎之又慎。

译文

独处这一现象，君子与小人都会遇到。小人因为他独处，于是产生一个非分念头，累积非分念头便生出放肆之心，如此欺骗人的事就出来了。君子因为他独处，于是产生一个诚信的念头，累积诚信念头便生出谨慎之心，如此自我鞭策的功夫更周密。那些小人，面对着一件善事，庆幸别人不察觉，则为善不果决。面对着一件不善的事，庆幸别人或许不会看到，则避之不力。在一人独处的时候，性情中的虚伪一面便出来了，这就是所谓欺。只有君子，担心一件善事办得不力，则冥冥之中品行堕落，一件不善事不离去，则唯恐不良之心虽小却无停止之时。在自己的家中都觉得有上天在监督，一颗心坚如金石，身处唯有自己一人知道的境地，应谨慎又谨慎。

评点

“君子慎独”这句话，出于《礼记·中庸》：“是故君子戒慎乎其所不睹，恐惧乎其所不闻。莫见乎隐，莫显乎微，故君子慎其独也。”又见于《礼记·大学》：“所谓诚其意者，毋自欺也……故君子必慎其独也……此谓诚于中，形于外，故君子必慎其独也。”慎独，即谨慎地对待无人知晓无人监督时的独处行为。这是自修自律者的最高境界，所以圣贤只要求君子去做，而不要求小人去做。

道光二十一年，进京一年后的曾氏便拜理学家唐鉴为师，研习程朱理学。这种研习，不是做学问，而是切切实实地将程朱所主张的那一套在自己身上实现。程朱的那一套实际上是圣人境界，与凡人境界有极大的差距，要脱离凡人境界进入圣人境界是很难很难的，人的本性使然及定力的欠缺，使得曾氏常常在一边研习一边又不断地犯常人之错。于是曾氏借日记来天天检查，天天反思，并将这种反思提到慎独的高度。大约就在这段时期，曾氏作《君子慎独论》，详辨君子与小人独处时的不同，说明慎独的重要。梁氏所抄录者，系出于此文。

此段有“屋漏”一词，其词义与今天不同，特为略作点说明。“屋漏”出于《诗·大雅·抑》：“相在尔室，尚不愧于屋漏。”古人把居室内的西北角设置小帐的地方称之为屋漏，故而屋漏即私室的代称。诗句的意思是说，即便在自己家里，也不做有愧于心的事。

□ 读书要有志有识有恒

原文

士人读书，第一要有志，第二要有识，第三要有恒。有志则断不甘为下流；有识则知学问无尽，不敢以一得自足，如河伯之观海，如井蛙之窥天，皆无识者也；有恒则断无不成之事。此三者缺一不可。诸弟此时，惟有识不可以骤几，至于有志有恒，则诸弟勉之而已。

译文

知识分子读书，第一要有志向，第二要有识见，第三要有恒心。有志向，则绝对不甘心处于底层。有识见，则知道学问是没有穷尽的，不敢以一点点所得为满足；比如用河伯的眼光看大海，用井底之蛙的角度来窥测天空，这都是没有见识的缘故。有恒心，则绝对没有办不成的事情。这三个方面，缺一都不行。眼下各位老弟，只有在识见这方面不可能很快达到较高的层次，至于有志向、有恒心这两方面，则完全可以期盼于自己的努力。

评点

曾氏在这里对士人于读书一事上提出三个要求，即有志、有识、有恒，其实，不只是士人，也不只是读书一事，我们每一个想好好活在世上的人，若希望做出一桩较大的事情，都应该有志、有识、有恒。有志、有恒，在前面的几段评点中都已涉及，这一段专来说几句“有识”。

所谓识，就是一个人对自身和自身之外世界的了解与看法。人的“识”，以所知为基础。这个所知，也就是通常所说的知识。知识积累得越丰富，对人和事的了解就有可能越清楚，看法也就有可能越接近其本质。知识的积累来自多种途径，读书固然是最重要的一条途径，还有一个重要的来源便是阅历。看的多，感受的多，经历的多，知识也便自然多了。人的识，以“见”为可贵。通常将此称之为见识或识见。识的最后落脚点乃在于对人事的认知与判断，这个认知的准确度与判断的正确与否，便是“见”。它与知识有关，但又不完全取决于知识的多寡，而与一个人的思维力、领悟力、创造力关系更大。人们常说的书呆子、两脚书柜、书蛀等等，便是指装了满肚子书本知识却没有自己见识的人。由于缺乏最后落脚点，这种所谓知识再多也作用不大。而“见”又以远见和创见尤为宝贵。因为有远见，则可预为准备；因为有创见，人类文明才得以发展。以笔者看来，曾氏所提出的志、识、恒三者中，识最为难得，也最为重要。

□ 人生宜求缺

原文

凡盛衰在气象，气象盛则虽饥亦乐，气象衰则虽饱亦忧。今我家方全盛之时，而贤弟以区区数百金为极少，不足比数。设以贤弟处楚善、宽五之地，或处葛、熊二家之地，贤弟能一日以安乎？凡遇之丰啬顺舛，有数存焉，虽圣人不能自为主张。天可使吾今日处丰亨之境，即可使吾明日处楚善、宽五之境。君子之处顺境，兢兢焉常觉天之过厚于我，我当以所余补人之不足。君子之处啬境，亦兢兢焉常觉天之厚于我：非果厚也，以为较之尤啬者，而我固已厚矣。古人所谓境地须看不如我者，此之谓也。

来书有“区区千金”四字，其毋乃不知天之已厚于我兄弟乎？兄尝观《易》之道，察盈虚消息之理，而知人不可无缺陷也。日中则昃，月盈则亏，天有孤虚，地阙东南，未有常全而不缺者。《剥》也者，《复》之幾也，君子以为可喜也。《夬》也者，《姤》之渐也，君子以为可危也。是故既吉矣，则由吝以趋于凶；既凶矣，则由悔以趋于吉。君子但知有悔耳。悔者，所以守其缺而不敢求全也。小人则时时求全；全者既得，而吝与凶随之矣。众人常缺，而一人常全，天道屈伸之故，岂若是不公乎？今吾家椿萱重庆，兄弟无故，京师无比美者，亦可谓至万全者矣。故兄但求缺陷，名所居曰求缺斋。盖求缺于他事，而求全于堂上。此则区区之至愿也。家中旧债不能悉清，堂上衣服不能多办，诸弟所需不能一给，亦求缺陷之义也。内人不明此意，时时欲置办衣物，兄亦时时教之。今幸未全备，待其全时，则吝与凶随之矣。此最可畏者也。贤弟夫妇诉怨于房闼之间，此是缺陷，吾弟当思所以弥其缺而不可尽给其求，盖尽给则渐几于全矣。吾弟聪明绝人，将来见道有得，必且韪余之言也。

译文

举凡兴盛与衰落都体现在气象上。气象旺盛，尽管饥饿也感觉快乐；气象衰败，尽管温饱也会令人担忧。现在我们家正处在全盛的时候，而贤弟认为区区数百两银子为很小的一笔钱，够不上一个数目。假如将贤弟处在楚善、宽五的位置，或者处在葛、熊两家的位置，贤弟能够安心过得了一天吗？人所遭遇到的处境是富是穷是顺利是多挫折，这是有天数安排的，即便是圣人也不能完全由自己做主。天可以使我今天处在富裕顺利的境地，也就可以使我明天处于楚善、宽五的境地。君子处于顺境时，战战兢兢地常觉得老天特别厚待我，我应当用自己的多余部分弥补别人的不足处。君子处于逆境，也战战兢兢地常觉得老天厚待我；并不是真正地厚待，而是与那些更糟糕者比，我已得到厚待了。古人所说的“处境要看不如我的”，就是说的这个意思。来信中有“区区千金”四个字，岂不是太不知上天已经厚待我们兄弟了吗？兄曾经研究过《周易》的大道理，琢磨宇宙间盈虚消息的规律，从而知道人生在世是不可能没有缺陷的。太阳升到中天后便开始西斜，月亮圆满后随即亏缺，天有它的不足，地在东南边缺失，没有总是完美而不亏缺的。《剥》卦之后紧接着的是《复》卦，君子认为这是可喜的。《夬》卦出现后，《垢》卦便跟着来了。君子认为应该产生危机意识。所以，在遇到吉利的时候，常会因忘乎所以而走向凶危；在遭到凶危时，则又会因警惕自省而走向吉利。故而君子只知道有警惕自省。存警惕自省的意识，于是保守它的欠缺，而不敢去追求圆满。小人则常常追求圆满，圆满一旦得到，耻辱和凶危也便随之而来了。多数人常常有缺陷，而我一个人经常圆满，在上天规律中的屈与伸这方面，难道能这样不公平！

现在我们家祖父母、父母健在，兄弟姊妹整齐，京师中没有可以比美的，也可以算得上万全之家了。故而我只求缺陷，以“求阙斋”来作为寓所之名，目的在于以其他方面的欠缺，来求取家中祖父母、父母的齐全。这就是我小小的胸中最大的愿望了。家里的老债不能够全部还清，祖父母父母的衣服不能够多置办，各位兄弟所需要的不能够都满足，也是求取缺陷的内容之一。你们的嫂子不明白这里面的深意，时时刻刻想置办衣服，为兄的也时时刻刻在教导她。如今幸而没有完全备齐，等到完全齐备时，则耻辱与凶危也便随即到了。这是最可怕的事。贤弟夫妻在私房里诉说着不满，这就是缺陷。贤弟应当想怎么样来弥补这个缺陷，但又不能够有求必应，如果全部满足了，则又接近于圆满了。贤弟是聪明绝顶的人，将来于天地间的大道理有所理解时，必然同意我的这番话。

评点

这一大段话，出于道光二十四年三月初十日给国华、国荃两弟的信。这是一封较长的信。它的背景是曾氏于先一年充任四川乡试主考官，得到一笔较为丰厚的报酬，于是寄一千两银子回家，嘱咐以其中六百两作为还债及家中零花之钱，剩下的四百两则拿来馈赠戚族。曾氏的这个安排遭到诸弟的反对，他们不同意在家里仍旧银钱拮据的时候分出这大一笔数目来送人。在长沙读书的国华、国荃给大哥写信说明他们的观点。曾氏接到两个弟弟的信后，写了这封信。关于曾氏的这封信，《唐浩明评点曾国藩家书》一书中有较为详细的议论，这里就不再多说了。这段话之意重在将曾氏“求缺”的思想介绍给读者，此次评点，就来多说几句“求缺”。

居京师期间，曾氏写过一篇名曰《求阙斋记》的文章。文章一开头便说：“国藩读《易》，至《临》而喟然叹曰：刚浸而长矣，至于八月有凶，消亦不久也，可畏也哉！天地之气，阳至矣，则退而生阴；阴至矣，则进而生阳。一损一益者，自然之理也。”信中说“兄尝观《易》之道”。可见曾氏的求缺思想是来自《易经》的启发。人们读《易》，通常都很容易感受它所提倡的“天行健，君子以自强不息”的阳刚强健的观念。其实《周易》最值得研究的是它的“刚柔相摩，八卦相荡”，也就是“一阴一阳之谓道”的思想。曾氏读《周易》时，看出了这种思想，并且对他有很大地触动和启迪，他用“盈虚消息之理”来表述之。

曾氏以“盈虚消息”的眼光来看待宇宙间的事物：日中则昃，月盈则亏，天有孤虚，地阙东南，天地万物“未有常全而不缺者”。他认定这是一条带普遍性的规律，并因此而领悟到，人类社会也受这条规律的支配。不可能只盈不虚，只息不消，而是如同宇宙间的事物一样，盈满后即出现虚缺，长息之后即为消减，曾氏于此进一步悟出，盈满是瞬间片刻的状态，虚缺则是经年累月的常态，若拼命追求盈满，紧接而来的虚缺，就将会给人带来沮丧。而这种追求，从思维方式来讲，一开始就是错误的，因为它近于贪婪，而保持具有虚缺的常态才是与规律相符的观念。曾氏因此而更进一步想到，对于一个境遇良好的人来说，要有意识地求得缺陷，如此方可形成平衡的态势，从而将良好的境遇长久保持。

这是曾氏从《周易》中对自然界“盈虚消息”的观察而施之于人世的领悟，其实，也很可能是作《易》者在洞悉人情世故后，借助天文地理来启示读者。认真读书的人，则可以通过天文地理来悟到作者的深邃用心。《系辞》说：“作《易》者，其有忧患乎?”其中所透露的，便是此中信息。笔者认为，自然界的阳极而阴，与人世间的盛极而衰，在内在的因素中确有相通之处。这种内在的因素极有可能便是无论宇宙还是社会，都需要有一种制衡的力量。在此力量的约束下，达到对称平衡。宇宙或社会，也只有在对称平衡的状态中才能形成稳定的局面。从这个角度来看，“盈虚消息”确为中华文化的一个大智慧，仔细咀嚼，慢慢体味，它是可以给我们很多收益的，真正明白这个大智慧后，人生当有境界意义上的升华。

□ 将仁心变为行动

原文

凡仁心之发，必一鼓作气，尽吾力之所能为。稍有转念，则疑心生，私心亦生。疑心生则计较多，而出纳吝矣；私心生则好恶偏，而轻重乖矣。

译文

凡是仁爱的念头一旦生发，必须一鼓作气，尽自己的力量去努力将它落实到具体作为上，稍微有点转念出来，则疑心产生，私心也跟着产生。疑心一生，则考虑计较就多起来，在送出与拿进这两方面便会变得小气；私心一生，则好恶上出现偏差，对事情轻重的处置便会有错误。

评点

这一段话亦出自上封信。针对两弟言及家中已负债千两，不应再拿出四百两赠人的话，曾氏说家中负债情况他不清楚，若真的如此，则送人一事就不会提了，但现在或许族戚们都已经知道，不便改口，则只能听从堂上老人们的意见。接着，曾氏写出这段话。这段话里有三个重要的词，即仁心、疑心、私心。曾氏说，当人生发出仁心时就要立即将这个好的心愿化为实际行动。不然，疑心、私心便很快产生，好事就做不成了。读完这段话后，给人的感觉是，仁心不及疑心与私心的强大，三者中只有仁心一者独存的话，才能办好事。若一旦三者并存，一定是后两者联合起来取胜。

孟子说“仁者爱人”，“仁心”的最大体现便是爱别人之心，“私心”恰恰是与“仁心”相对的爱自己之心。人的私心即爱自己之心是人与生俱来的本性，它根深蒂固，牢不可破，不需要任何人的指点便自发滋生。“仁心”却是要经过长期教育和培植之后上升到一个更高的境地才会自觉的拥有，故而“仁心”不敌“私心”。“疑心”的产生则是源于社会的影响。人在“私心”的导引下，会做出种种只利于自己而不考虑别人的事。人群的这种心态一旦形成一种社会现象时，这种社会现象又反过来对别人的思维做出干扰，干扰的结果便是导致“疑心”的产生，故而“疑心”也是与“私心”紧密相连的。“私心”本就强大，再加上“疑心”，两者联合，力量便愈加强大。“仁心”在它们面前处于下风，则是很自然的事。曾氏洞悉此种人情，指出在“仁心”生发时，趁着“疑心”尚未起，便要一鼓作气，将“仁心”贯彻到实际作为中，因为只有实际作为才是具有社会价值的。曾氏这段话的最大意义，在于给人们找出一个克服人性弱点的良法。

事实上，曾氏的这点“仁心”，也没有敌得过家中众人一致的“疑心”与“私心”。“四百两银馈赠戚族”一事，湘乡老家一直未给京师寓所一个明确的信息反馈，估计没有照办。

□ 德行上的五条告诫

原文

五箴 并序甲辰春作

少不自立，荏苒遂洎今兹。盖古人学成之年，而吾碌碌尚如斯也，不其戚矣！继是以往，人事日纷，德慧日损，下流之赴，抑又可知。夫疢疾所以益智，逸豫所以亡身，仆以中材而履安顺，将欲刻苦而自振拔，谅哉其难之与！作《五箴》以自创云。

立志箴

煌煌先哲，彼不犹人。藐焉小子，亦父母之身。聪明福禄，予我者厚哉！弃天而佚，是及凶灾，积悔累千，其终也已。往者不可追，请从今始。荷道以躬，舆之以言。一息尚活，永矢弗谖。

居敬箴

天地定位，二五胚胎。鼎焉作配，实曰三才。俨恪斋明，以凝女命。女之不庄，伐生戕性。谁人可慢？何事可弛？弛事者无成，慢人者反尔。纵彼不反，亦长吾骄。人则下女，天罚昭昭。

主静箴

斋宿日观，天鸡一鸣。万籁俱息，但闻钟声。后有毒蛇，前有猛虎。神定不慑，谁敢余侮？岂伊避人，日对三军。我虑则一，彼纷不纷。驰骛半生，曾不自主。今其老矣，殆扰扰以终古。

谨言箴

巧语悦人，自扰其身。闲言送日，亦搅女神。解人不夸，夸者不解。道听途说，智笑愚骇。骇者终明，谓女实欺。笑者鄙女，虽矢犹疑。尤悔既丛，铭以自攻。铭而复蹈，嗟女既耄。

有恒箴

自吾识字，百历洎兹。二十有八载，则无一知。曩以所忻，阅时而鄙。故者既抛，新者旋徙。德业之不常，曰为物牵。尔之再食，曾未闻或愆。黍黍之增，久乃盈斗。天君司命，敢告马走。

养身要言　癸卯入蜀道中作

一阳初动处，万物始生时。不藏怒焉，不宿怨焉。右仁所以养肝也。

内而整齐思虑，外而敬慎威仪。泰而不骄，威而不猛。右礼所以养心也。

饮食有节，起居有常。作事有恒，容止有定。右信所以养脾也。

扩然而大公，物来而顺应。裁之吾心而安，揆之天理而顺。右义所以养肺也。

心欲其定，气欲其定，神欲其定，体欲其定。右智所以养肾也。

译文

五　箴

少年时没有奋发自立，岁月虚度以至于今日。想想已到古人学问有成的年龄，而我尚如此碌碌无为，心情甚为悲戚！若还是像现在这样过下去，人事日渐纷杂，道德智慧日渐丧失，前途的低下，是可以预知的。疾病能导致知识的增进，享乐则可以招来身亡，我以一个中等材质的人而身处顺畅的境地，将要刻苦努力而自我振作，明摆着的是一桩很难的事，故而作五条箴言来自励。

立志箴

光辉夺目的前代贤哲，他们也是人群中的一员，渺小不足道的我，同样是父母所生，上天给我的聪明福气和俸禄太丰厚了。抛弃上天的厚爱而放纵不止，这将招致凶灾，光只是无穷尽的后悔，到死也不会有长进。过去的已不可追回，请从今天开始从严要求。肩担道义亲身实行，借助文章晓谕世人，只要一息尚存，将永不忘记所发的誓言。

居敬箴

天与地各自有固定的位置，男女交合生下了人，天、地、人像鼎之三足互为配合，实在可称为三才。庄严敬肃洗涤心垢，以此坚固自己的生命。你若不庄重，将会滥用精力情性。哪一个人是可以怠慢的？哪一件事是可以掉以轻心的？对事掉以轻心则事不成，怠慢别人的人，别人也会以这种态度对你。纵然别人不这样待你，也会助长我自己的骄傲，那么别人就会看低你，天理惩罚是明明白白的。

主静箴

素食端谨地夜宿山顶寺院，破晓鸡高声啼叫，各种声音全部停息，只有钟声在悠扬远播。后面有毒蛇，前面有猛虎，神智安定心不胆怯，谁敢侮辱我！岂能避得开人事，每天好比面对三军。我本人的思虑坚定不二，外界再纷杂我心不纷杂。殚精竭虑追索半生，现已慢慢走向老境，难道就这样忙忙碌碌而到死吗？

谨言箴

好听的话能取悦别人，但自身要多费精力；闲聊既耗费时日，又损伤你的精神。真正明白事理的人不自夸，自夸者则并不是十分明白的人。传播道听途说来的消息，智者会嘲笑，愚者会一时恐骇。恐骇者终究会明白过来，将会责备你欺骗了他。嘲笑者会鄙薄你，你即便赌咒发誓他也会对你的话怀疑。怨尤与后悔既然与多言汇聚，我何不作此铭来自己攻击这个弱点。若作此铭后又重蹈覆辙，则只能叹息是老糊涂了。

有恒箴

自从我发蒙识字以来，历经种种世事而到今天，已过去二十八年了，还一无所知。过去常常是对自己所喜欢的事情，没有多久就厌弃。旧的东西既已抛去，新的东西也很快又被放置。修德从业不能有恒，是被俗务所牵累。你一再说话不算数，也曾听说过这是要获罪咎的吗？谷粒一颗颗增加，时日一久可以使斗斛盈满。上天神灵，以此启发您的奴仆吧！

养身要言　癸卯年进入蜀道上作

如一轮朝阳初升东方，如万物萌生细芽，内里不藏怒火，不留怨气。右边所说的是“仁”，用来保养肝脏。

内心思虑合乎规范，外表庄重谨慎仪容威严，处境好时不骄盈，威严而不凶恶。右边所说的“礼”，用来保养心脏。

饮食有节制，起居有常规，做事有恒心，举止有定力。右边所说的“信”，用来保养脾脏。

襟怀宽阔大公至正，顺其自然面对世事，对自心而言觉得安宁，以天理衡量则顺顺当当。右边所说的“义”，用来保养肺脏。

心宜让它安定，气宜让它安定，神宜让它安定，体宜让它安定。右边所说的“智”，用来保养肾脏。

评点

《五箴》作于道光二十四年正月初六日，在同年三月十日给诸弟家书中，曾氏将它附于信尾。

此时的曾氏，仕途正处顺境。先年三月，大考列二等第一，升任翰林院侍讲，衔为从五品，已进入中级官员的行列。六月奉旨充任四川乡试正主考官，十一月底返回北京，这趟差事让他名利双收。仕途的顺利给他带来好心情，也给他增添自信心，故而对自己的期许也更高。《五箴》便是在这样的背景下写成的。五箴即五段箴言，在五个方面对自己提出劝谏并立下奋斗的目标。这五个方面是立志、居敬、主静、谨言、有恒。这五个方面既是当时社会对士人人格修炼上的要求，也是曾氏自认存在问题较多，必须给予重点检束的五个方面。简要地说，曾氏所立的志向是以先哲为榜样，从今日做起，一生朝这个方面去努力；其所言居敬为：处世庄重自爱，待人戒骄戒慢；所说的静指的是心静，即气定神闲，用志不纷；所谓谨言，既包括言辞审慎一面，也有少说话的一层意思在内；所谓有恒，不仅指通常意义上的持久，还含有专一、超脱等内容。

曾氏写这五段箴言时，正值三十三岁热血满怀激情洋溢的青春时期，相信许多年轻时意欲有所作为的人，也有过类似曾氏此刻的举动：写下一些豪情万丈的文字来，作为对自己的激励，但的确有不少人，一边在说要有恒，一边又抵抗不住外界的干扰和自己的惰性，结果是豪情一天天消落，到头来说过的话一句也没有落实。面对着往日的文字，唯有惭愧而已。曾氏的过人之处，就在于他年轻时所写下的这些箴言，终其一生都成为他行为的规范，尤其是在他后半生的事业中发挥了重要的实际作用。比如居敬这一点，在他身为江南军事集团领袖的年月里，便体现在以端谨严肃的威仪震慑诸将统率三军，以不骄不慢的态度笼络天下英豪。早年的个人修养，化为事业上的巨大收获。又如谨言方面，他本人谨言慎语，从中获取许多好处，从而更为深知“谨言”的价值。他以此作为识别和选拔将领的标准之一，并为湘军内部培植了一种戒大言而重实务的新风气。在笔者看来，身处以浮躁标榜为时代特色的今天，内心宁静和谨言慎语不仅是可贵的品质，同时也是澄清世风的良方。关于《养身要言》，曾氏自注写于癸卯年入蜀道上，查曾氏日记，道光二十三年八月曾氏行走在四川道上，可知这段话便作于此时。

提起“三纲五常”，近几十年来尽是讨伐之声。“三纲”，固然该批判，但“五常”却不能一味否定。何谓“五常”，曾氏这段话里所说仁、礼、信、义、智就是董仲舒所说的“五常之道，王者所当修饬也”。曾氏将儒家品德修养的五个要点移植到养身上来，有他的独到之处。儒家所提倡的“仁”，是指一个人应当对别人具有爱心。爱心是什么，曾氏将它比作朝阳初升，万物始生，一片光明透亮，清纯洁净，人所不愿见的怒火、怨恨当然不在此中。医书上说怒伤肝。既无怨怒，肝自然不受伤害。于是，因“仁”而养肝。

儒家所提倡的“礼”，按朱熹的解释即制度品级，也就是社会秩序的规范。按照社会公认的规范办事，则较易得体，故而自己的内心也便安宁，“心”得到了很好的保养。《国语》对“信”的解释是：“信所以守也。”我们常说的“信守”，即出于此。守节、守常、守恒、守定，都是信的表现。饮食上有信，则不暴饮暴食；起居上有信，则生物钟不遭破坏。这些都对脾胃有好处。

《中庸》说：“义者宜也。”宜者，合适相称之谓。曾氏将儒家所提倡的“义”理解为“大公”和“顺物”，这样就将自己的胸襟大为扩展，借宽阔的胸襟来滋养肺脏。心、气、神、体安定，则元气充足。元气充足，则肾脏完好。此惟智者可以做到，故“智”可以养肾。

曾氏以五常来养身，就其个别处，不免有牵强附会之感，但总体来说大有可取。人们常说养身首在养心，心安则体健。仁、礼、信、义、智不仅是协调人类群体的重要准则，也是个体人用来修心养心的极好药方。故而，自古以来便有“仁者寿”的说法。它十分精当地说出了道德修养与身体健康之间的关联。

□ 尽其在我听其在天

原文

吾人只有进德、修业两事靠得住。进德，则孝悌仁义是也；修业，则诗文作字是也。此二者由我作主。得尺则我之尺也，得寸则我之寸也。今日进一分德，便算积了一升谷；明日修一分业，又算余了一文钱。德业并增，则家私日起。至于功名富贵，悉由命定，丝毫不能自主。……早迟之际，时刻皆有前定。尽其在我，听其在天，万不可稍生妄想。……今年受黜，未免愤怨。然及此正可困心横虑，大加卧薪尝胆之功，切不可因愤废学。

译文

我们这些普通人只有在增进品德、修炼学业这两桩事情上可以靠得住。说到增进品德，则孝顺长辈友好兄弟培植仁心行事得宜即属于此中内容；说到修炼学业，则做诗文写字即属于此中内容。这两桩事，可以由本人做主。有一尺的收获，我就得到一尺的效益；有一寸的收获，我就得到一寸的效益。今天进了一分的品德，就好比积攒了一升谷；明天修炼了一分学业，又好比节余了一文钱。品德学业并增，则家中财产日渐兴隆，至于功名富贵，皆由命里安排，自己是不能做得一点主的。

功名或早或迟，这个时间都由命里注定。尽自己的努力，听任于上天的安排，千万不可有丝毫的妄想。

今年没有考取，免不了心中愤恨抱怨，然而正因为此，才可以使心多遭受磨难从而积累知识，增加卧薪尝胆的功夫，切不可由于愤怒而抛弃学业。

评点

这三段话均出自曾氏道光二十四年八月二十九日给诸弟的家书。它的背景是，曾氏的四个弟弟都处读书应科举的阶段，但却无一人功名得售，四人中连一个秀才都没考上，这次六弟国华的考试又失利，心情沮丧。曾家诸爷们既不是读书的料子，又个个心高气傲，给大哥的信中牢骚连篇。针对诸弟的状况，曾氏说了这几段话。曾氏这番话，其本意自然是在安慰功名失意中的诸弟，但因为立论较高，故对一般读者亦有指导意义，至少他说出了两点具有普遍性的道理。

第一，人只能把握住自己所能把握的部分，对于自己不能完全把握但又想得到的部分，则只有尽人力而听之于天。信中所说的能把握的部分是进德、修业，不能完全把握但又想得到的部分是功名。除开这些外，还有很多。比如说，人能自己把握的部分还有珍爱生命、珍惜时间、努力上进、以善心待人、不有意做坏事、自律、节欲等等，也就是说，这些事情，只要本人尽力去做，是可以做得到的。人不能自我完全把握但又想得到的部分，还有健康、爱情、成就、财富、地位、荣誉、幸福等等，这些东西，人人都想得到，但能不能得到，并不是由个人说了算的，人的尽力可能起某些作用，有的还可能起比较大的作用，但绝不能是全部的作用，它还要受其他因素的制约。那么怎么办？没有别的办法，也只能采取曾氏的态度：尽其在我，听其在天。

第二，将挫折视为磨炼，借困难而激励心志。世上的人，很少有一辈子都一帆风顺的，若要办事，则更多困难。所差别的只是，有的人平顺较多，有的人坎坷较多，有的事办起来困难少点，有的事办起来，则困难很大，甚至因困难太大而办不成。对于挫折、坎坷、困难等，不同的人会有不同的应付方式，这也是构成人与人之间命运不同的重要内容之一。曾氏告诉诸弟的应付方式是困心积虑、卧薪尝胆。

笔者认为，这是一种强者的选择方式，或者可以更冷静地说，这是一种理智的方式。所谓理智，就是说，只能这样，别无更佳选择。当然，这些都是对有志做一番事业的年轻人而言。对于他们来说，社会经历还很有限，意志力也还很单薄，积累人生阅历、锻炼坚强意志，正是日后事业成功的必备基础。当然，对于中年以上的人来说，面对难度较大的事，“废”也不失为一种选择。这属于另一个话题，不在本文讨论之列。

□ 常存敬畏之心

原文

此次升官，尤出意外。日夜恐惧修省，实无德足以当之。诸弟远隔数千里外，必须匡我之不逮，时时寄书规我之过，务使累世积德不自我一人而堕。庶几持盈保泰，得免速致颠危。诸弟能常进箴规，则弟即吾之良师益友也。而诸弟亦宜常存敬畏，勿谓家有人作官，而遂敢于侮人；勿谓已有文学，而遂敢于恃才傲人。常存此心，则是载福之道也。

译文

这一次的升官，特别出乎意外，日日夜夜在心里恐惧着反省着，深感德行薄弱不足以承受。诸弟在数千里外的家乡，应当指出我的缺失之处，时常写信来规劝我的过错，务必使祖宗世代所积的功德，不从我身上坠落，如此方可期望持盈保泰，免于很快地便招致倾倒的危险。诸弟若能常常给我进箴言规谏，则你们就是我的良师益友。至于诸弟，也应该常存敬畏之心，不要说家里有人做官，就敢欺侮别人；不要说自己有才华学问，就敢于恃才傲人。常常保存着这样的心态，则是承载福分的好方法。

评点

这段话出自道光二十五年五月初五日给诸弟的家信。三天前，曾氏升授詹事府右春坊右庶子，品衔为正五品。詹事府是太子属官。康熙晚年废预立太子制，而采取遗嘱安排继位制，詹事府便不再是太子的属官，也无实职，不过备翰林升官而设。右春坊右庶子，是詹事府中的中层官员。曾氏升此官，升的是品衔，所担负的职责并没有改变。

翰林院、詹事府的官员因实事不多，不宜以业绩为考核，他们的升官，例以考试而定。道光二十三年三月初十日，道光帝亲自主持翰、詹两个衙门的官员考试。道光帝钦定一等五名，曾氏名列二等第一，也就是考取了第六名，四天后即升翰林院侍讲。而这次未经考试而升官，故而曾氏说“尤出意外”。人们对于这类意外之喜，通常会有两种不同的态度。一部分人认为自己是个才大运气好的人，从而沾沾自喜，得意忘形。一部分人则认为这属于分外之得，易遭人嫉，应格外警惕自省，收敛退抑。中国的传统文化是推崇后一种取向的。

有一句古话说“暴得大名不祥”（见《史记·项羽本纪》）。这句话就是提醒人们要慎对意外之喜。暴者，突如其来、出乎意料之谓也。许多人对此不善于处置，则反而将招致灾祸。此时宜特别小心谨慎，避免成为别人因嫉生恨的发泄对象。

□ 不取非道义之财

原文

若非道义可得者，则不可轻易受此。要做好人，第一要在此处下手，能令鬼服神钦，则自然识日进气日刚，否则不觉堕入卑污一流，必有被人看不起之日，不可不慎！诸弟现处极好之时，家事有我一人担当，正好做个光明磊落神钦鬼服之人，名声既出，信义既著，随便答言，无事不成，不必爱此小便宜也。

译文

若非从道义上说是可以获取的话，则不应该随随便便就接受这样的好处。要做一个好人，第一要从这点上着手，才能令鬼神都佩服，如此自然见识上日日上进，底气上日日刚直，否则不知不觉间便落于卑污一流中，必定会有被人看不起的一天，不可不谨慎。诸弟现在处于家中最好的时候，家事有我一人承担，你们正好做一个光明磊落神鬼佩服的人。名声一旦建立，信誉也就跟着来了，今后随便说一句话，别人都相信，没有办不成的事，不必要贪这样的小便宜，因小失大。

评点

这段话出自道光三十年正月初九日给诸弟的家信。此时的曾氏，官运正处极好之时。道光二十七年六月，他一夜之间连升四级，从翰林院侍讲学士升到内阁学士兼礼部侍郎衔，由中级官员进入高级官员行列。道光二十九年二月，他被实授为礼部侍郎。正式做起六部堂官来，后来又先后兼任兵部、工部、刑部、吏部侍郎。

这几年来的曾氏，除谦虚谨慎、勤勉办事外，更加注重自己的名声和形象。这段与诸弟的家常话，便是在如此背景下说的。话由一个远房族叔收受非分之银钱而起，曾氏借此引出“君子爱财，取之有道”的议论来。中国的士人，传统上极为看重在两桩事情上的表现：一为出处，二为钱财。

所谓出处，指的是出与处两个方面。出者，出来做官之意，延伸开来，则泛指在官场上的升迁调转等变动；处者，隐退之意，延伸后则包括官场上的辞谢避让等行为。无论出也罢处也罢，传统士人看重的是在此事上的操守，也就是说要守住原则，所谓“达则兼济天下，穷则独善其身”，说的便是一种出处的原则。这当然属于很高的要求，更为普遍的原则是出则堂堂正正，不是靠巴结行贿假冒政绩或拉帮结派等获得，为官则清正廉明为民做主、为一方造福；处则清清白白，不是背信弃义、临阵脱逃，或意气用事等等，为民则安于本分，不干预地方政事，不侵凌平民百姓等。

在钱财上，一是来源要合乎正道，二是用之得宜，如不挥霍浪费、不小气吝啬等等。在这两桩事情上，一个士人是如何表现的，通常是士林衡量他的重要依据。曾氏正是在钱财这件事情上，告诫诸弟不义之财不要接受。但是，要在“钱财”二字上真正做到清清白白、干干净净，则是极不容易的事。这种不容易，一则是人性中有“贪”的一面，见到白花花的银子不动心的人很少，尤其是在不易被人察觉，或可以假借正当名目获取的情况下，仍然坚持操守的人更少；二则坚持操守还得要有一定的财产基础。同样的一笔钱，对于家中富裕的官员来说，他可以不动心，但对于清贫或此时急需用钱而无从筹措的官员来说，他就有可能顺手牵羊牵走了。故而，历代官场都奉行“高薪养廉”的政策，其目的便在于用较丰厚的合法收入来保证官员们自觉地拒绝非法收入。曾氏深悉人性人情，知不爱分外财的好名声极难获得。因此，他用十分直白的话告诉诸弟，趁着家中不缺钱而你们又不当家不需用钱的时候，把这个好名声造出来，今后将受益无穷。这的确是一个兄长对诸弟的最大爱护。

□ 除去牢骚培养和气

原文

无故而怨天，则天必不许；无故而尤人，则人必不服。感应之端，自然随之。……凡遇牢骚欲发之时，则反躬自思：吾果有何不足，而蓄此不平之气？猛然内省，决然去之。不惟平心谦抑，可以早得科名，亦且养此和气，可以消减病患。

译文

无缘无故而埋怨老天爷，则老天爷必不允许；无缘无故而怨恨别人，则别人必不服气。这种连带的反应，是自然而然就会跟随来的。

凡是遇到想发牢骚的时候，必须自我反思：我当真有什么不满足的地方吗，为何要在胸中堆积这股不平之气呢？猛地在心里进行反省，然后断然去掉这股牢骚气。这样做，不但可以使得心境平和谦退，早日博得功名，而且可以培养和顺之气，消除减轻病痛。

评点

这两段话出于咸丰元年九月初五日致诸弟的家信。曾氏本人的仕途是春风得意，一路顺畅，但家中的弟弟们却科场并不太顺。国荃、国葆也只止于秀才而已。诸弟在大哥的面前，都抬不起头来，心中既认晦气更蓄怨气。其中尤以六弟温甫最甚。曾家这位出抚叔父的六少爷，自视最高，傲气最大，因而不满也最甚，牢骚也最多。在“无故而怨天”一段之前，曾氏是这样说他这个六弟的：“温弟天分本甲于诸弟，惟牢骚太多，性情太懒。前在京华不好看书，又不作文，余心即甚忧之。近闻还家以后，亦复牢骚如常，或数月不搦管为文。吾家之无人继起，诸弟犹可稍宽其责，温弟则实自弃，不得尽诿于命运。”从曾氏这段话中，可知温甫本身有很严重的缺点，即太懒。除懒外，这位六少爷还行为放荡，贪玩好嫖。一个二十多岁尚未为家中赚得分文的人，居然逼得长辈无可奈何，同意为他娶妾！

温甫是天下牢骚多者的一个典型。他的典型性在两点：一是只怨天尤人而不检查自己，二是因怨尤而走向放纵。曾氏说的“感应”，看似虚玄，其实很有道理。所谓“怨天”中的“天”，指的是命运。命运既有客观限定的一面，也有主观掌控的一面，怨天者的目光只盯在“客观限定”上，则就会放弃“主观掌控”，命运可塑的一面一旦放弃，则只会越来越不好，这就是“天必不许”。所谓“尤人”就是埋怨别人。世上有几个人，会无缘无故地去接受他人的埋怨呢？其结果只能是导致人际关系更差，人为设置的障碍更多，事情弄得更糟糕，这就是“人必不服”。此感彼应，就是这样形成的。遭遇不顺时，最有可能做到也最有效的处置办法，就是曾氏所说的“反躬自省”，通过反躬自省去怨气而养和气，不但于事功有利，且于养生有助。

□ 尽心做事不计成败

原文

吾惟尽一分心，作一日事，至于成败，则不能复计较矣。

译文

我只有尽自己的一份心，来做好每一天的事情，至于是成还是败，则不能再去计较了。

评点

这句话出自于咸丰四年四月十四日给诸弟的信。此时的曾氏，其身份已与先前有了很大的改变，由一个京师的高级文官变成地方上的统兵大员。一方面是曾氏本人毫无军营知识，完全的军事外行，另一方面是湘军匆忙成军，除开几个临时调来的绿营军官外，绝大部分将领和所有的团勇也全部是外行；再则，一方面是清廷官场从上到下一片腐败，财经既枯竭，文武又都办事不力，且嫉贤妒能，另一方面是太平军正在兴旺发达时期，士气高昂，战斗力强，军事上连连得手。改变身份后的曾氏，处于各个方面都对他极为不利的环境中。就在十二天前，曾氏亲率一支水陆齐备的人马，攻打驻扎在离长沙约一百里的靖港的太平军。交战不到一顿饭工夫，湘军水陆即全线溃败。曾氏初次带兵便遭此惨败，又愧又愤，投水自杀，幸被下属救起，免于一死。曾氏在向诸弟叙述这场败仗后，打算“添招练勇”“再作出师之计”，然而“饷项已空，无从设法，艰难之状，不知所终。人心之坏，又处处使人寒心”，于是，他说了这句尽心做事、不计成败的话。

曾氏这句话，说的虽是他在特定环境下的心态，实则具有普遍意义，也是我们普通人在做事业时所应有的一种心态。

任何一桩稍具规模的事业，必有它的难度，通常是其难度的克服程度，决定其事业成功的大小；而难度的克服取决于主观与客观两个方面。客观方面的因素，大多不以办事者的意志为转移，只有办事者主观方面的因素，才会由自己控制。如果认定一桩事非办不可，最好的态度就是充分发挥办事者的主观能动性，先不去管客观方面的因素如何。正因为客观方面的因素不去管，那么事情的成与败便说不准；为不干扰决心，只有采取先不考虑的态度。这就是曾氏所说的尽心做事、不计成败的态度。以这种态度去办事，尚有成功的可能性；若一开始便被外在的困难所吓住，不敢去做，那事情就只有完全的办不成了。

□ 生于忧患死于安乐

原文

古人云劳则善心生，佚则淫心生，孟子云生于忧患，死于安乐，吾虑尔之过于佚也。

译文

古人说："勤劳则为善之心产生，安佚则淫乱之心滋生。"孟子说："生存处于保持忧患意识之中，灭亡则因为耽于享乐。"我担心你的生活过于安逸了。

评点

这句话出于咸丰六年十月初二日，曾氏给长子纪泽的信中。咸丰六年三月二十一日，纪泽与贺长龄的女儿成亲。与贺家联姻的事，早在五年前就由曾氏父亲竹亭公做主定下来了。纪泽生于道光十九年十一月，按现在的方式计算，他结婚时，仅止十六足岁，但按旧时虚岁算，则是十八岁的成人了。曾氏结婚时，已满二十二足岁，以他的思想，是并不想让儿子这么早就结婚的。他在另外的一封家书中引用湖南俚语"床头多双足，诗书束高阁"。他赞同这句话，认为结婚后对读书求学有影响，尤其对十六七岁的少年来说，因缺乏自制而影响更大。纪泽早婚，多半是因为其祖父的原因。竹亭公此时已六十七岁，老伴去世多年，心灵孤独，且又多病，担心存世不久，贺氏出自名门，又是他竭力坚持的，他盼望长孙早日完婚生子，曾家的四世同堂，在他作为曾祖父时再次出现。此外，乱世早为儿孙办亲事，也是中国人一贯的处世心愿。出于此念，欧阳夫人与亲家母贺太太（贺长龄已去世多年）也一定抱着与曾老太爷同样的心情。于是，实岁不满十七岁的曾纪泽便提前做了新郎官。

曾氏对二子的家教，"做人"更重过"为学"。在人品教育上，他又特别注意要他们养成勤劳不懒惰的习惯。就在写此信的前几天，他给年仅九岁的次子纪鸿的信里写道："凡人多愿子孙为大官，余不愿为大官，但愿为读书明理之君子。勤俭自持，习劳习苦，可以处乐，可以处约，此君子也。""凡仕宦之家，由俭入奢易，由奢返俭难。尔年尚幼，切不可贪爱奢华，不可惯习懒惰。"

人之所以劳作，最强大的驱动力是为了生存。富贵人家的子弟，无生存之忧，于是“劳作”的积极性也便不高。其实，劳作的意义不仅仅在于生存，对于人类而言，它还有更高的价值。曾氏引用的“古人云”“孟子云”，说的便是它的更高层面的价值。“劳则善心生，佚则淫心生”，这两句话的着眼点在道德层面。因为自己劳作，会拉近与时间、空间与人群环境的距离，从而产生对身外之物的亲近感、融和感；因为自己劳作，会更知劳作者的艰苦、劳作品诞生的不易，从而产生对劳作者的同情感、对劳作品的珍惜感；因为自己劳作，会对劳作在人类生存和发展过程中的重要性认识得很深切，从而对劳作本身产生敬畏感，赞美感。亲近、融和、同情、珍惜、敬畏、赞美这种种情感都是善心，都是因为自己亲自参加劳作后切身产生的，故而劳则善心生。相反，不劳作，无所事事，则心灵空虚、身无系着，身心既都无约束，意念、情绪也自然将失去制约，无节制之念的淫心便产生了。

“生于忧患，死于安乐”，这两句话的着眼点在远景瞻望。忧患意识能促使人常常去想不足，想缺失，想危机。这样一想，人就多了警觉，多了压力，从而能保持住精神上的振作，不敢懈怠，如此便生机勃勃，生生不息。相反，安乐让人陶醉，沉溺而不思进取，懒于兴作，时间一久，弊端丛生，危害根本，死亡也就接近了。

曾纪泽身为曾氏家族的长房长孙，虽无生存之忧，却有本人人品属性的选择，有曾氏家族绵延兴旺的重担在肩，做父亲的生怕他年少缺乏自制而耽于燕尔新婚不能自拔，故着重于道德层面和远景瞻望两个方面予以倡劳戒佚的教导。

□ 戒奢戒傲

原文

世家子弟，最易犯一奢字、傲字。不必锦衣玉食而后谓之奢也，但使皮袍呢褂俯拾即是，舆马仆从习惯为常，此即日趋于奢矣。见乡人则嗤其朴陋，见雇工则颐指气使，此即日习于傲矣。《书》称“世禄之家，鲜克由礼”。《传》称“骄奢淫佚，宠禄过也”。京师子弟之坏，未有不由于骄、奢二字者，尔与诸弟其戒之。至嘱至嘱。

译文

官宦家的子弟，最容易犯的毛病是一个奢字、一个傲字。不一定非要锦衣玉食而后才说犯了奢侈的毛病，若是皮袍呢褂随处都是，坐轿乘马，仆从前后跟随，习惯于过这种生活，便已经是日趋于奢侈了。看到乡邻，则讥笑别人穿着敝旧见识浅陋，看到家里的雇工则板着脸孔呼唤训斥，这就是日趋于傲慢了。《尚书》上说：“世世代代拿俸禄的家庭，其子孙很少能遵循礼义的。”《左传》上说：“骄傲、奢侈、淫乐、安逸，这些都是因为官位过高俸禄过多的缘故。”京师中那些恶少们，没有人不由于骄与奢两个字的。你与弟弟们都要引以为戒。这是我最重要的叮嘱，最重要的叮嘱！

评点

这段话出自咸丰六年十一月初五日，曾氏给长子纪泽的信。此时的曾家，除曾氏本人外，他的六弟曾国华和九弟曾国荃都各领一支人马在江西作战，真是实力强大的官宦家族。曾氏在京师官宦圈子里待了十二三年，深知官家子弟的两个普遍性的大毛病：一奢二傲。这两个毛病的产生，是因为家中的财产多权势大。曾氏很担心自己的子侄染上这些个通病，每次给儿侄们的信，都不厌其烦地叫他们引以为戒。

曾氏这段话中最值得注意的是他的防微杜渐的思想。曾氏进京初期，唐鉴将他引进程朱理学的殿堂，并教他“研幾”。幾者，幾微也。萌芽状态、细枝末节、琐屑细小等等，都可称谓“幾微”。研幾，即重视研究这种幾微。它与朱熹“小者便是大者之验”“从细微做起，方能克得如此大”“古人于小学小事中，便皆存个大学大事底道理在”（见《朱子语类》卷第八）的思想是一脉相承的。曾氏深受“研幾”的影响，平时十分注重细事小事，由细小而及远大。他给儿子的信中，常常会关照儿子注意日常的举止言谈，培养他从小处做起的好习惯。本来，大是小的累积，远是近的延伸，锦衣玉食起自袍呢舆马，傲视一切起自嗤陋指使。杜绝源头则可制止汹涌，相比大江大河而言，涓涓溪泉的截断则容易多了。

□ 不苟取

原文

盖凡带勇之人，皆不免稍肥私橐。余不能禁人之不苟取，但求我身不苟取。以此风示僚属。

译文

凡管带勇丁的头领，都不能免除稍稍私肥腰包。我不能禁止别人用这种不正当的手段获取钱财，只要求自己不取不义之财。以此作为僚属的表率。

评点

此话出于咸丰六年十一月二十九日给四弟国潢的信中。此话的前后，曾氏还说道：往年在京师时，每年都寄一二百两银子给家里，一半给父母叔婶，一半周济族戚中的穷苦者。自从做了团练大臣后，只在咸丰四年寄过一百五十两银子。今年三月，老四已在长沙李家挪去了二百两银子，故不能再多寄了。现寄去三十两，以二十两给父亲，十两给叔父。江西省的地方官员都很穷，连巡抚衙门藩台衙门的官员都不能寄银子回家，我怎么能够多取丝毫呢？从以上的话中可以猜测出，在老家主持家政的老四希望大哥比以往多寄银子回家，并擅自从别处预支了二百两。大哥对此不高兴。信中这段话，既表明自己的态度，又略带点批评兄弟的口气。

在中国历史上，"吃兵"简直成了军营公开的秘密。各级都吃，从最高长官到基层小官，几乎无一例外。"吃兵"又分合法与非法两种。合法的手段主要有两个，一为截旷，一为扣建。朝廷发军饷，发的是全年足员足日饷银。但实际上一年中常有兵员的出缺和替补，这中间也便常有员额和日期的不相衔接。这不相衔接的饷银需要按时扣除。这就叫截旷。当时计算日期，均按农历每月三十日，遇小月则只有二十九天，称为小建，则扣除一天，只按二十九天实发。这就叫扣建。按理，这两笔银子都应该上缴国库，但实际上都没有缴，层层截留。厉害的上司对下属苛刻，则下属就留得少；宽厚一点的，则下属就留得多。无论多和少，都会有。积少成多，这两笔银子便很可观。李鸿章带淮军几十年，因截旷和扣建便积攒了一笔庞大的财产。他把其中一部分银子存在直隶藩库中，以便为直隶省办公事用，死后还有八百万两留在账上。袁世凯接替他做直隶总督后，便充分利用这一笔直隶省的私设金库银子，大肆贿赂包括庆王奕劻在内的京中权要，为他个人办事。至于非法手段则很多，最常用的是克扣。不发足饷，或在伙食开支和军需上做手脚，或私自将罚饷作为刑罚，随意处置士兵等等。这些非法所得都入了长官的私人荷包。

湘军是朝廷编外的部队。国库供应有限，大部分饷银靠的是自筹，比如设卡抽税即为其一。这中间长官的活动空间很大。另外，湘军各级军官的办公费用也较之于绿营要多，这也给他们挪作私用预留了空间。所以，湘军各级长官的私囊都极丰，借军营发大财的人极多。这便是杨度所说的当年“城中一下招兵令，乡间共道从军乐。万幕连屯数日齐，一村传唤千夫诺”（《湖南少年歌》）的内在原因。

曾氏知道湘军的这一腐败现象，他也采取了一些措施抑制，但在当时的大背景下，要杜绝是不可能的，遂只能以洁身自好来起一点表率作用。曾氏于钱财上一向操守谨严。进京做官之初，便立志不以做官来发财。军兴后，更是提倡“不要钱，不怕死”。做了湘军统帅，反而给家中寄的银子少了，便是不肥私囊的公开表现，同时也以此截断家人于这方面的期盼。

□ 人以伪来我以诚往

原文

宜以真心相向，不可常怀智术以相迎距。凡人以伪来，我以诚往，久之则伪者亦共趋于诚矣。

译文

应该以真心互相面对，不可以总是心藏智谋来交往。凡是别人以虚伪前来，我则以诚恳回报，时间久了则虚伪者亦与我一道走向诚实了。

评点

咸丰七年十二月初六日，曾氏在与九弟的信中谈起了左宗棠。说左对老九极关切，老九“宜以真心相向，不可常怀智术”云云。曾氏此时对左是很有意见的。据欧阳兆熊《水窗春呓》上说，曾氏不等朝廷下旨便匆匆回籍奔丧一事，官场颇有非议，而在湖南带头攻击的，便是这位左宗棠。平心而论，左批评曾氏是对的，是从大局出发的。曾氏心里也清楚，故而虽有意见，但并不恨左。他怕老九因此而讨厌左，所以要将左的关切告诉弟弟。从这句话里可以看出曾左之间的君子之风：左对曾氏有看法，但不牵连于其弟；曾氏对左也有看法，但不说左的坏话。在这句话中，曾氏也道出了一个可普遍施行的道理，即以诚待伪，则伪可趋诚。当然，并非所有的伪者都可以被诚感化，但应当相信，真正有力量真正可攻坚摧固的，还是真诚，而不是虚伪。人人都怀抱此认识，的确可以化除许多虚伪。

□ 一味浑厚

原文

一味浑厚，绝不发露。将来养得纯熟，身体也健旺，子孙也受用，无惯习机械变诈，恐愈久而愈薄耳。

译文

一概以浑含厚道对待，心中的不满一点也不表露出来，将来修养到了家，身体也因此而健旺，子孙也因此而得到好处。不要养成用机心使诈术的习惯，怕的是时间愈久则心性愈刻薄。

评点

曾氏在与九弟谈过左宗棠后，又谈起了李续宾。李字迪庵，罗泽南的学生，出身秀才，新近被任命为浙江布政使。李是靠湘军发迹而又迁升最快一人。曾氏心中最看重的便是他。李续宾身上什么特质让曾氏最看重呢？是李的安定深沉。李的这个特质表现在办事上，即曾氏在信上所说的“不特其平日从容整理，即其临阵，亦回翔审慎，定静安虑”，平日为人则沉默少言，“含宏渊默，大让无形，稠人广坐，终日不发一言”（见曾氏全集《李忠武公神道碑铭》）。李于世事人情貌似不太精明，其实全都明白，只是表面上“一味浑厚，绝不发露”。曾氏很欣赏这种喜怒不形于色的性格。他认为他们兄弟及彭玉麟都是性情褊急的人，不大容易与人相处，故而希望老九学李续宾的“浑厚”。

这种“一味浑厚，绝不发露”既不易做到，亦有过于圆滑世故之嫌，依笔者看似不必学，但曾氏后面说的不用机心诈术，则的确是长者之言。

□ 精神愈用愈出

原文

身体虽弱，却不宜过于爱惜，精神愈用则愈出，阳气愈提则愈盛。每日作事愈多，则夜间临睡愈快活。若存一爱惜精神的意思，将前将却，奄奄无气，决难成事。

译文

身体虽然单薄，但不宜过分爱惜。精神是越用它越出来，阳刚之气是越提升越旺盛。每天做的事情越多，则到夜晚临睡觉时越快乐。倘若存着一个爱惜精神的念头，刚想前进便会马上想到后退，奄奄的没有生气，决不能成就一番事业。

评点

这段话同出于上封信。它既是对身体单薄的九弟的规劝，更是曾氏一生所奉行的信条。曾氏只活了六十一岁，三十岁即患肺病大吐血，三十五岁上患癣疾，后半生常被此病弄得痛苦不堪，四十七八岁上得了严重神经官能症，五十多岁患高血压，最后以脑中风而猝死。这样看来，曾氏不只身体单薄，他其实是个长期病号。以一个这样的病号做了如许大的事业，其秘诀在哪里？秘诀就在这段话中。

□ 以诚愚应巧诈

原文

吾自信亦笃实人，只为阅历世途，饱更事变，略参些机权作用，把自家学坏了。实则作用万不如人，徒惹人笑，教人怀恨，何益之有？近日忧居猛省，一味向平实处用心，将自家笃实的本质还我真面、复我固有。贤弟此刻在外，亦急须将笃实复还，万不可走入机巧一路，日趋日下也。纵人以巧诈来，我仍以浑含应之，以诚愚应之；久之，则人之意也消。若钩心斗角，相迎相距，则报复无已时耳。

至于强毅之气，决不可无。然强毅与刚愎有别，古语云自胜之谓强，曰强制，曰强恕，曰强为善，皆自胜之义也。如不惯早起，而强之未明即起；不惯庄敬，而强之坐尸立斋；不惯劳苦，而强之与士卒同甘苦，强之勤劳不倦。是即强也。不惯有恒，而强之贞恒，即毅也。舍此而求以客气胜人，是刚愎而已矣。二者相似，而其流相去霄壤，不可不察，不可不谨。

译文

我自信也是一个笃实人，只是因为阅历人世间事情，经过许多事变，略微增加些机权之术于其间起点作用，自己把自己引向学坏的路上去了。其实，这点作用一万个不如别人，徒徒招人笑话，使别人对我怀有遗憾，哪里有什么益处呢？近来丁忧在家中猛然反省以往，醒悟到应该全力在平实二字上用心思，用自己笃实的本质来恢复我的真面目、我的原有性情。贤弟此时在外面带勇，也应赶紧将笃实本性复还，万万不可走进机巧欺诈一路上，而一天天堕落。即使别人以巧诈来对我，我仍旧以含混之态来回应，以诚实愚拙之心来应对，久而久之，则别人的巧诈也将会慢慢消除。若彼此都以钩心斗角的态度来交往，则互相报复没有完了。

至于顽强坚毅之气，则决然不可没有。但顽强坚毅与刚愎自用有区别。古话说能够战胜自己的人才叫做强者，又说强行自制，说强力迫使自己对人宽恕，又说强行要求自己做善事，这些都是自我战胜的意义。比如说，不习惯早起，而强迫自己天未明即起床；不习惯庄重敬慎，而强力要求自己无论坐和立都端正严肃；不习惯劳累吃苦，而强迫自己与士兵同甘共苦。强迫自己勤劳不倦，这就是强的意思；不习惯于有恒，而强迫自己坚定不移，这就是毅。丢掉这些而求其他，以虚骄之气去压倒别人，不过刚愎罢了。二者看起来差不多，其实它的发展趋势却有天地之别，不可不细察，不可不谨慎。

评点

连连遭受挫折，在家守制反省后悟出了许多深层次道理的曾氏，在这里以兄长的恳挚之心，向九弟说了两点关于为人的体会。一为如何看待笃实与机巧，一为如何区分强毅与刚愎。

曾氏这封写于咸丰八年正月初四的信，是对老九去年十二月二十一日的回复。现在已找不到老九这封信了。老九九月初离家赴江西战场，带领吉字营攻打吉安，战事并不顺利。从曾氏信中可看出，老九在给大哥的信中流露了军营中的人事不协，并有离营回家的情绪。故曾氏在回信中希望九弟“竭力而行之，无为遽怀归志也”。接下来便引出这一大段议论来。

曾氏说他本是一个笃实的人，后来跟着别人学坏了，也使点机巧权变，实际这点小聪明远不如人，反被人笑，现在醒悟了，还是做一个本来的老实人为好。并劝老九以己为戒，以诚愚待人。

笔者跟曾氏打了二十余年的交道，脑子里常常会想这样一个问题：为什么后人对曾氏会有很大的兴趣？曾氏与众不同的吸引力到底在哪里？这个问题，若细说起来，自然是多方面的，非做大文章不可。这段话里便含有其中的一个答案，容笔者先在这里简略说一点。

历史上的曾氏，是一个以建立军功的政治领袖身份名世的。这样一个人物，如果他的私人文字说谋略手腕，说钩心斗角，甚至说些阴险毒辣不能公之于世的话，都可以被世人所理解：因为他从事的是政治，是与人打交道并要制人胜人的勾当，人心险恶，只能以毒攻毒，否则，他便不能吃这碗饭。但事情恰恰不是这样。他从戎之后的家书、日记，一秉过去在翰林院做文学侍从的风格，谈的都是读书为学做君子，是仁义礼智信，是诚实道德操守等等。面对着血火刀兵的战场，面对着以杀人为业的军事将领，面对着以功利作为第一争夺物的各参与集团，不谈阴谋诡计，却侈谈圣人说教，岂不迂腐空疏、呆傻愚痴？岂不是缘木求鱼、南辕北辙？但是，朝廷所任命的四十三个团练大臣，其他人都没成事，恰恰就是这个在私人文字里也大谈诚信仁义的团练大臣取得了最后的胜利。人人都说道德人格只能存于书斋讲义里，而不能运用于政治斗争中，但偏偏就是这个曾文正公，用圣人所说的人格道德取得了政治上的成功。我想，这大概是曾氏引起后人兴趣的一个原因，也是他与众不同的吸引力中之一吧！

这段话说的就是去机巧以诚待人、强毅而不刚愎的老生常谈。读者若是联系到曾氏的整个一生，不把它视为老生常谈而当作真正的人生体验，那么相信会从中获得收益。

□ 可圣可狂

原文

吾乡数人均有薄名，尚在中年，正可圣可狂之际。惟当兢兢业业，互相箴规，不特不宜自是，并不宜过于奖许，长友朋自是之心。彼此恒以过相砭，以善相养，千里同心，庶不终为小人之归。

译文

我们家乡几个人都有薄名，尚在中年，正处于可以做圣人也可以做狂人的时候。唯有兢兢业业，互相勉励规劝，不但不宜自以为是，而且不宜过于夸奖，助长朋友的自以为是之心。彼此常以所犯的过失相针砭，以善德善行相培植，千里同心，或许这一辈子将不归于小人之列。

评点

咸丰八年七月，胡林翼之母病逝于鄂抚衙门。胡即日上奏辞职守制。朝廷不允，只给他半年假期。据《胡林翼年谱》载："自公忧归，海内有识者佥谓公身系东南安危，不当拘牵文义，致误事机，宜夺情起复，以副中外之望。"曾氏更是盼望胡能夺情，因为他此时刚刚复出，亟须得到胡的支援；但曾氏又是虔诚的理学信徒，而夺情于礼不合，对于胡的坚持守制，曾氏在心里则是赞许的。八月，他在给李续宜的信中说，我们既然深爱胡，也就不能勉强他夺情，让他受名教之讥。接下来便有上录这段话。

战乱发生后，湖南一时人物勃兴，皆在三四十岁左右，此时既可以圣贤为榜样，成就一番大业，也可因军功而狂妄放纵，结果事业不成。曾氏清醒地看到这一点，希望朋友之间互相规谏，俱入正途。此正体现曾氏的领袖风范。“可圣可狂”四字，很值得少年得志、中年有成者记取。

□ 奉方寸如严师

原文

吾辈位高望重，他人不敢指摘，惟当奉方寸如严师，畏天理如刑罚，庶几刻刻敬惮。

译文

我们这些人位高望重，别人不敢批评，唯有将自己的心奉为严师，畏惧天理如同畏惧刑罚，或许可以做到时时刻刻都有敬畏心态。

评点

湘军统领李续宾当时官居浙江布政使，地位已经很高了。身处高位的人，别人一般不会当面指摘，法规法纪也常常会网开一面，对于自己的监督和约束，更多地靠自律，也就是曾氏所谓的以心为严师。古人说神明在上，西方说上帝在看着，其实说穿了，都是自心在起作用，所以《大学》《中庸》都强调君子要慎独。

□ 困厄激发人的潜力

原文

人才非困厄则不能激，非危心深虑则不能达。

译文

人才不遭遇困厄则不能激发潜力，不心存戒惧深怀忧虑则不能发达。

评点

古今中外，绝大多数杰出人物都是在困境在磨难中诞生的，这可能正像流水要遇到坎坷遇到阻力才能迸放出水花一样，反之，太平静的日子会将人潜在的创造力慢慢销蚀湮灭。司马迁于此有远过常人的体会，他的一段话两千年来被人无数次地引用过，千千万万处困境中的人，从中得到巨大的鼓舞。今天，我仍愿意在这里引用一次，借以激励我的读者诸君："古者富贵而名磨灭不可胜记，唯倜傥非常之人称焉。盖文王拘而演《周易》，仲尼厄而作《春秋》，屈原放逐乃赋《离骚》，左丘失明厥有《国语》，孙子膑脚，兵法修列，不韦迁蜀，世传《吕览》，韩非囚秦，《说难》《孤愤》，《诗》三百篇，大抵贤圣发愤之所为作也。"

□ 豁达光明之胸襟

原文

自古圣贤豪杰、文人才士，其志事不同，而其豁达光明之胸大略相同。……吾辈既办军务，系处功利场中，宜刻刻勤劳，如农之力穑，如贾之趋利，如篙工之上滩，早作夜思，以求有济。而治事之外，此中却须有一段豁达冲融气象。二者并进，则勤劳而以恬淡出之，最有意味。

译文

自古以来的圣贤豪杰、文人才士，其志向事业不相同，但其豁达光明的胸襟大致相同。我们既然办理军务，处于功利场中，就应时刻勤劳，如农民的努力耕作，如商人的追逐利润，如艄公的拼力冲过滩头，早晚劳作思虑，以求得事情有成效。至于治事之外，心中却必须有一股冲融气象。两者齐头并进，虽勤劳而表现出来的却是恬淡神态，则最为有意味。

评点

曾氏最看重豁达光明的胸襟。什么是豁达光明的胸襟？从这段话中可知“冲融”“恬淡”应是这种胸襟的表现形式之一。曾氏又常用“冲融”“恬淡”来形容陶、谢等人的诗：“五言诗若能学到陶潜、谢朓一种冲淡之味和谐之音，亦天下之至乐，人间之奇福也。”（同治元年七月十四谕纪泽）如此看来，陶、谢等人在五言诗中所表现的就是一种豁达光明的胸襟，它与追名逐利、热衷钻营等分属两种不同的境界。

□ 胸次浩大

原文

富贵功名皆人世浮荣，惟胸次浩大是真正受用。

译文

富贵功名都是人世间的虚浮荣誉，唯有胸襟浩大才是人生真正好的享受。

评点

从整体上看待人生，从比较上看待人生，或者从终极点上回头看待人生，这句话无疑说的是真理。因为人生真正的享受，是属于产生于自身的快乐，自身之外的东西皆附加之物，人们习惯称之为身外之物。但古往今来，人们都拼命追求富贵功名，这是什么原因呢？原来，在许多时候，富贵功名能够带来落实到自身的好处，而且二者并不完全截然对立。当然，即便如此，也应清醒地认识到二者孰主孰次，孰大孰小，千万不要因为富贵功名这些身外之物而害了自身。

□ 立志即金丹

原文

人之气质，由于天生，本难改变……欲求变之之法，总须先立坚卓之志。即以余生平言之，三十岁前最好吃烟，片刻不离。至道光壬寅十一月二十一日立志戒烟，至今不再吃。四十六岁以前作事无恒，近五年深以为戒，现在大小事均尚有恒。即此二端，可见无事不可变也。……古称金丹换骨，余谓立志即丹也。

译文

人的气质为天生，本难改变，想要寻求变化办法，总是要先立下坚定的志向。就以我平生为例来说，三十岁前最喜欢吃烟，片刻不能离开。道光二十二年十一月二十一日立志戒烟，到现在不再吃。四十六岁以前做事情无恒心，近五年来深以为戒，现在大小事都能够有恒心。就从这两件事来看，可见没有什么事情不能改变的。古时说金丹换骨，我说立志即金丹。

评点

这是同治元年四月间写给两个儿子的。长子纪泽年已二十四，次子纪鸿年已十五，处于这个年龄段，立志十分重要，尤其是年过弱冠且已授室的纪泽，再也不能虚度岁月了。曾氏以自己为例，证明只要立志，便可以改变气质，日日进善进德。曾氏立志戒烟的日记至今保存着，且抄两段让读者诸君共欣赏：“是日早起吃烟，口苦舌干，甚觉烟之有损无益，而刻不能离，恶湿居下，深以为恨。誓从今永禁吃烟，将水烟袋捶碎。因念世之吸食烟瘾者，岂不自知其然！不能立地放下屠刀，则终不能自拔身。”“自戒烟以来，心神彷徨，几若无主，遏欲之难，类如此矣。不挟破釜沉舟之势，讵有济哉！”

□ 静中细思

原文

知天之长而吾所历者短，则遇忧患横逆之来，当少忍以待其定；知地之大而吾所居者小，则遇荣利争夺之境，当退让以守其雌；知书籍之多而吾所见者寡，则不敢以一得自喜，而当思择善而约守之；知事变之多而吾所办者少，则不敢以功名自矜，而当思举贤而共图之。夫如是，则自私自满之见可渐渐蠲除矣。

译文

知道天存在之长久而我所历时之短暂，则遇到忧患不顺之事时，应当稍稍忍耐以等待它的安定。知道地之广阔而我所居住处之窄小，则遇到荣誉利益争夺之时，应当退让以守自己的卑下。知道书籍之众多而我所见者少，则不敢以一点点所得而沾沾自喜，而当思考选择美善而守定简约。知道事情变化之繁多而我所能经办的很少，则不敢以功名自夸，而应当思考推举贤能而共同图谋。若能如此，则自私自满的念头可以渐渐除去了。

评点

这是同治元年四月十一日，曾氏写在日记中的一段话，可视为曾氏“大悔大悟”过程中的一段重要内心独白。从天地之久远广大看到人类自身的短暂渺小，从书籍事端的繁复庞杂看到个人精力才智的限制，这对于骄狂之心的惩治，可谓是从本源上下手。曾氏的悔悟，便是由如此冷静甚至严酷的中宵细思而引起的。因为思考得深刻，也便明白得透彻。他的胸襟从此真正地进入一个全新的境界。

□ 借拂逆磨砺德性

原文

古人办事，掣肘之处，拂逆之端，世世有之。人人不免恶其拂逆，而必欲顺从，设法以诛锄异己者，权臣之行径也；听其拂逆而动心忍性，委曲求全，且以无敌国外患而亡为虑者，圣贤之用心也。吾正可借人之拂逆以磨砺我之德性，其庶几乎！

译文

古人办事情，遭遇掣肘的地方，碰到违逆的端由，每朝每代都有，每个人都有。厌恶违逆而一味要求顺从，从而设法诛锄异己，这是权奸的行径。听任它违逆，从而震动心意，坚韧性情，委曲求全，而且以无敌国外患易招致灭亡作为长远思虑，这是圣贤的用心。借别人的违逆，来磨砺我的德性，这也许是可以做到的吧！

评点

古往今来，许多处高位握重权的人，都喜欢采取顺我者昌、逆我者亡的做法。其好处是个人意志行使顺畅，权力欲望得到充分满足，不好处则容易招来怨恨，弄不好也有可能带来杀头毁家之祸。应该说，此种做法不好。正确的态度应是宽宏大量，海纳百川，若能存无敌国外患而亡之心，有意培植反对派，那就是大政治家的作为了。

□ 长傲与多言为凶德

原文

古来言凶德致败者约有二端：曰长傲，曰多言。丹朱之不肖，曰傲曰嚚讼，即多言也。历观名公巨卿，多以此二端败家丧生。余生平颇病执拗，德之傲也；不甚多言，而笔下亦略近乎嚚讼。静中默省愆尤，我之处处获戾，其原不外此二者。……凡傲之凌物，不必定以言语加人，有以神气凌之者矣，有以面色凌之者矣。温弟之神气稍有英发之姿，面色间有蛮很之象，最易凌人。凡中心不可有所恃，心有所恃则达于面貌。……只宜抑然自下，一味言忠信行笃敬，庶几可以遮护旧失、整顿新气。否则，人皆厌薄之矣。

译文

自古以来说到招致失败的不好性格大致有两种：一是傲慢，一是多言。丹朱不像他的父亲尧，就因为他为人倨傲，又跋扈奸诈招惹是非，也就是多言。遍视历代名大位高的公卿，也多因这两个毛病而使得家族败落自身不保。我平素较为执著倔犟，这是性格中的傲慢的表现；嘴上虽不多说话，但笔下文字有点奸诈惹是非的味道，安静时默默反省自己的缺失，悟到之所以处处遭受困厄，其原因不外乎这两个。凡以傲气对待别人，不一定非得在言语上压倒别人，有的是以神色凌厉来压倒别人，有的是以面色难看来压倒别人。温甫弟的神色略有些英发姿态，脸上间或有蛮横的表现，最容易给人以压力。大凡人的心中不能有依凭。人若有所依凭，则会表现在面孔上。只适宜将心性朝下抑制，全力讲忠诚信义的话，做笃实谨慎的事，或许可以弥补自己固有的缺失，焕发新的生机。否则，世人都会厌弃鄙薄了。

评点

曾氏一生留在文化史上的价值是多方面的，其中有一点颇为重要，那就是他的修身之学及切实的修身工夫对后世的启示。洋人制造的望远镜到了曾氏的手里，他的发现与众略有不同。他说望远镜中的玻璃片之所以能将远景收入，是因为经过多次打磨工序后改变了其原有的性质。他进而发挥，人若不断磨炼，也可以改变其原本性格。曾氏还常说，读书可以改变人的气质。可见曾氏十分看重人后天的学习和修养，相信后天的力量可以改变人的先天禀赋。他自己努力以此修身养性，并热衷将此观念传授给他的子弟和朋友。

人们都说“江山易改，本性难移”。的确，人的先天秉性，要改变它是很难的，但要说完完全全一丁点儿也改变不了，大概也绝对化了。人类活动中最有价值的部分，应该属于改造和创新这个领域。有了这个领域，人类才从万千种动物群中跳出来，构成从本质上区别于其他动物的一个种类。改造和创新既包括宇宙和自然，也包括人类的个体和群体。人的性格是属于人类个体中的一个内容。如此说来，改变人的本性不仅是可能的，而且也是可行的，它是人类进化过程中的一个重要环节。

正因为这样，曾氏为改变性格而所作的努力探索，便值得尊敬；他的关于这方面的论说，便值得重视。人的本性既过于牢固强顽，而曾氏本人为此所悬的目标又过高，有的根本就做不到，有的做得很勉强，有的做得表里不一、前后不一，于是常有把柄被人抓，也有人据此认为他虚伪。世上确实有存心虚伪的人，但综观曾氏的一生，他有虚伪的一面，但不是一个存心虚伪的人。这二者之间的区别，在于有无改造本性的真心。

□ 怨天尤人不可以涉世养德保身

原文

温弟丰神较峻，与兄之亢直简澹虽微有不同，而其难于谐世，则殊途而同归。余常用为虑。大抵胸多抑郁，怨天尤人，不特不可以涉世，亦非所以养德；不特无以养德，亦非所以保身。中年以后，则肝肾交受其病。盖郁而不畅，则伤木；心火上烁，则伤水。余今日之目疾，及夜不成寐，其由来不外乎此。故于两弟时时以和平二字相勖，幸勿视为老生常谈。至要至嘱。

译文

温甫弟神情丰沛峻励，与为兄的强硬直爽简率淡定的性格虽然有些不同，至于与社会难以和谐相处，则又是殊途而同归，我常因此忧虑。大致说来，胸中多抑郁，怨天尤人，这些毛病，不仅不可以在世上办事，也不可以养成良好的品德；不仅不可以养成良好的品德，也不可以保养好自己的身体。中年以后，则肝脏肾脏都会受到它的伤害。这是因为郁闷而不畅通则伤肝（木），心火上烧则伤肾（水）。我今天的眼病以及夜晚失眠，其原因不外乎抑郁。故而对于两位弟弟，时时刻刻以和平两个字相勉励，请千万不要把这看作是老生常谈。最为紧要的叮嘱！

评点

这里说的是人的性格与办事养德、保身之间的关系。曾氏认为，它们之间的关系是一致的，即良好的性格既是办好事情的基础，也是养德、保身的基础，反之亦然。曾氏所看出的，其实就是人活在世上，其立身与处世吻合的道理，也就是说不需要立身是一套做法，处世又是一套做法。这一点，说起来，它的道理似乎简单：因为“世”便是“身”的扩大，所以本质上是相通的；但许多人并不明白这个道理，或者虽明白，却又不去努力实行。拿性格多疑来说吧！多疑则容易不相信人，不能与别人坦诚相处。如此，则不能团结别人一道做事。从“涉世”这个角度来说，无疑有碍。多疑者多猜忌，对人多防范，于是自己的品德上便难以做到坦坦荡荡、光明磊落。心思上多了如许多的杂念，如何能做到安宁淡定？心不宁，身岂能健？所以，于“保身”上说也有害。孔子说“仁者寿”，这是很有道理的。

□ 智慧愈苦愈明

原文

精神愈用而愈出，不可因身体素弱过于保惜；智慧愈苦而愈明，不可因境遇偶拂遽尔摧沮。

译文

精神是越使用便会越涌出，不可以因身体素来薄弱而过于保养爱惜；智慧是越遭受苦难则越明晰，不可以因境遇偶尔不顺便立即颓废。

评点

咸丰八年四月初九日，曾氏在老家给九弟的信中写下了这两句格言式的话。曾氏这两句话，与其说是在讲述真理，还不如说是在灌输一种气概。这种气概就是典型的湖南人的“霸蛮”。湖南人相信“霸蛮”，犹如宗教人士相信神一样，虽不很科学，却有某些道理。“精神越用越出”这话，曾氏经常说，并把“精神”比作井中的水，越汲越有。这话有很大的激励作用，在短期内，在特定时候，确实存在着这种现象。实际上它就是将身体内平时的积蓄用之于应急之时。若从科学上来说，这句话未必完全正确，但曾氏的后一句话却是有着相当的价值。人类智慧中的很大部分，的确产生在苦难中，这是因为苦难逼得人类作超过常规的努力。智慧往往产生在这种超常状态。

□ 慎饮食节嗜欲

原文

泽儿虽体弱，而保养之法，亦惟在慎饮食节嗜欲，断不在多服药也。

译文

纪泽尽管身体薄弱，但保养的方法，也只有在慎重对待饮食，节制嗜好欲望上，绝对不在服药上。

评点

过去富家子弟身体多不好，此中原因恰恰就是曾氏这段话中的反其道而行之：琼浆玉馔，暴饮暴食；声色犬马，毫无节制；补品补药，长年不断。曾氏生在并不富裕的农家，清贫的青少年时代养成不求奢华的良好习惯；中年后宦寓京华，又目睹众多纨袴子弟的不成器，更增加对奢华的理性认识。故而，即便银钱上允许，他也自觉保持俭朴，拒绝侈靡。他希望他的两个儿子向他看齐，但可惜，二子均不长寿，纪泽只活了五十一岁，纪鸿命更短，三十三岁上便去世了。究其缘故，很可能还是没有逃脱富家子弟的厄运。尽管曾氏一再要求儿子们一切如同寒士，但毕竟家里有钱有势，官眷学寒士好比寒士学官眷一样，都是很难很难的。

□ 谦谨为载福之道

原文

天地间惟谦谨是载福之道，骄则满，满则倾矣。凡动口动笔，厌人之俗，嫌人之鄙，议人之短，发人之覆，皆骄也。无论所指未必果当，即使一一切当，已为天道所不许。吾家子弟满腔骄傲之气，开口便道人短长，笑人鄙陋，均非好气象。贤弟欲戒子侄之骄，先须将自己好议人短、好发人覆之习气痛改一番，然后令后辈事事警改。欲去骄字，总以不轻非笑人为第一义；欲去惰字，总以不晏起为第一义。弟若能谨守星冈公之八字（考、宝、早、扫、书、蔬、鱼、猪）、三不信（不信僧巫，不信医药，不信地仙），又谨记愚兄之去骄去惰，则家中子弟日趋于恭谨而不自觉。

译文

天地之间惟谦虚谨慎是承载福祉的法则。骄傲则自满，自满则倾覆。说话写文章，凡是讨厌别人俗气，嫌别人鄙陋，议论别人的短处，揭露别人的老底，这都是骄傲的表现。不要说所指的未必都确切，即使是一一都确切，这种做法已为天道所不允许。我家子弟，现在满肚子都是骄傲之气，一开口便议论别人的长短，讥笑别人无知，这都不是好现象。贤弟要想戒除子弟的骄气，先必须将自己好议论人的短处、好揭露人的老底这些习气，下决心忍痛改变，然后再命令后辈事事都警惕改变。想要去掉骄字，总以不轻易讥笑人摆在第一位；想要去掉惰字，总以不晚起床摆在第一位。老弟能够谨守祖父星冈公的八个字（即考、宝、早、扫、书、蔬、鱼、猪）、三不信（不信僧巫、不信医药、不信地仙），又谨记愚兄的戒除骄傲戒除懒惰这些话，则家中子弟将在不知不觉间日益恭谨起来。

评点

咸丰十一年正月初四，正在部署兵力收复东南的江督曾氏，给主持湘乡家政的四弟写了一封信。这封信不长，基本上就是这一大段话。曾氏在指出四弟的来信中“不免有一种骄气”后，接下来发表了这一通议论。关于戒骄，前面几段评点已谈得不少了，此处就不再重复。笔者要给读者说明的是如下几点：一、曾氏把“厌人之俗，嫌人之鄙，议人之短，发人之覆”视为骄傲的表现。一个月后的二月初四日，曾氏给老四的信中说：“弟于营中之人，如季高、次青、作梅、树堂诸君子，弟皆有信来讥评其短，且有讥至再至三次者。营中与弟生疏之人，尚且讥评。则乡间之与弟熟识者，更鄙睨嘲斥可知矣。”于此可知这几个毛病是老四常犯的，曾氏所说乃有的放矢。细想一下，这些毛病，我们这些一般人也常犯。通常人们都将它看作是不良习性，未将它与“骄傲”联系起来。其实，一个人在厌嫌议发别人的时候，总是自觉或不自觉地将自己置在比别人高明的位子上，这种自我感觉良好的背后便是“骄傲”在作祟，本质上属于骄傲的表现。二、曾氏教人的最大特点，是将大目标与日常生活联系起来，通过坚持不懈做日常小事来逐步接近大目标。这种教育方法是理学创始人朱熹所提倡的，曾氏将此法运用得十分娴熟。比如说“去骄”这个大目标，曾氏提出通过“不轻非笑人”来达到；“去惰”这个大目标，则通过“不晏起”来达到。大目标正因为大，它便显得有点空，将它与具体小事联系起来，则化空为实，化大为小，易于操作，也就易于达到。三、具体解释一下曾氏治家八字。考，为考妣的略称，意味敬祖追远；宝，源自湘乡俚语“人待人无价之宝”，意味和睦邻里；早，即早起；扫，即打扫庭院，意味要勤快，凡事不偷懒；书，即读书；蔬，即种好菜蔬；鱼，即养好鱼；猪，即喂好猪。曾氏认为对于一个农家而言，蔬、鱼、猪是看一个家庭兴旺与否的三个重要侧面。三不信，即不相信僧道的装神弄鬼，不迷信庸医的处方，不乱信地仙的胡说八道。

□ 对待谤言的两种态度

原文

众口悠悠，初不知其所自起，亦不知其所由止。有才者忿疑谤之无因，而悍然不顾，则谤且日腾；有德者畏疑谤之无因，而抑然自修，则谤亦日息。吾愿弟等之抑然，不愿弟等之悍然。愿弟等敬听吾言，手足式好，同御外侮；不愿弟等各逞己见，于门内计较雌雄，反忘外患。

至阿兄忝窃高位，又窃虚名，时时有颠坠之虞。吾通阅古今人物，似此名位权势，能保全善终者极少。深恐吾全盛之时，不克庇荫弟等，吾颠坠之际，或致连累弟等，惟于无事时，常以危词苦语，互相劝诫，庶几免于大戾。

译文

众人口里所吐出的话悠悠忽忽，本不知道它是从哪里起来的，也不知道它将会因何而消停。有才干的人对外界无缘由的猜疑诽谤很愤恨，我行我素而悍然不顾，如此诽谤将一天天喧腾；有德行的人则对无缘无故的猜疑诽谤心有畏惧，于是从自身寻找原因加以修持，如此诽谤也便一天天地止息。我愿诸弟以自修自省的态度对待，不愿意诸弟以悍然不顾的态度对待。希望诸弟好好地听我的话，手足和睦，共同抵抗外侮；不希望诸弟各人都自以为是，在自家内斤斤计较一争高下，反而忘记了外人的欺侮。至于大哥我不称职地居于高位，又不符实地拥有虚名，时时刻刻有跌落下来的忧虑。我综观古今人物，像我这样名位权势的人，能保持到死都平平安安的极少。我深深地担心在我全盛的时候，不能够关照诸弟；而我在跌落的时候，或许会牵连到诸弟，只得在无事的时候常常以不中听的忠言来互相警诫，这样将或有可能免遭大灾难。

评点

在现存的曾氏家书中，我们可以看到不少纯是曾家兄弟间的心腹话。这些心腹话，自家兄弟听起来受用，别人听来则比较扎耳。比如这段话吧，“外侮”“外患”指的谁？当然不是指的外国人，也不会是太平军，而是从大的方面来说属于同一营垒的战友，他们或是朝廷中的官员，或是同在东南战场上的八旗、绿营及地方文武，甚至也很可能就是湘军中的将领、湖南的官绅。曾氏以一“外”字，将他们画出圈外，岂不令他们心寒！曾氏在生时，并不同意将他的文字发刻刊布，其中自然也包括此一层意思在内。

放开这一层不说，我们从这一段话里还看到曾氏内心世界中的一个重要部分，即对位高权重的惕惧心态。作为一个官场人物，曾氏无疑盼望自己官做得越大越好。我们读他早年在京师为官时期的家书，每遇迁升，都喜滋滋地向家人报告，其间从未流露出半点恐惧之色。作为一个负有重任的湘军统领，曾氏多少年来一直盼望能大权在握，以便调兵遣将，克敌制胜。我们读他要地方实权的奏折，也没有从中看到他有何顾忌。现在，曾氏位居协办大学士、两江总督兼兵部尚书衔，位不可谓不高，东南四省文武官员、钱粮赋税，任他调遣支配，权不可谓不重。当真正位高权重这一天到来的时候，曾氏心里反而大为不安起来。鉴于自古以来位高权重而“保全善终者极少”的先例，而“时时有颠坠之虞”。曾氏这种心态，岂不是患得患失吗？应该说，曾氏是有患得患失之症的，与他处同样状况的李鸿章、左宗棠等人就没有他这么多的顾虑，但曾氏与通常的患得患失还是有所区别的。一则，通常的患得患失者，其考虑是在如何保住所得不出现所失，但曾氏考虑的却是尽量不让这种位权并盛维持太久，总是在想如何辞掉一些。二则，通常的患得患失者，会充分利用其所“得”为个人谋取利益，以免在“失”去时不至于有太多的遗憾。而曾氏却尽量收敛权势，并格外注重修德退抑，以求免遭谤忌。这便是后人不将曾氏列为患得患失者之列，而重视他的所作所为的原因。

□ 节制血气与倔强

原文

余渐衰老，亦常有勃不可遏之候。但强自禁制，降伏此心，释氏所谓降龙伏虎。龙即相火也，虎即肝气也。多少英雄豪杰打此两关不过，亦不仅余与弟为然。要在稍稍遏抑，不令过炽。降龙以养水，伏虎以养火。古圣所谓窒欲，即降龙也；所谓惩忿，即伏虎也。释儒之道不同，而其节制血气，未尝不同，总不使吾之嗜欲戕害吾之躯命而已。

至于倔强二字，却不可少。功业文章，皆须有此二字贯注其中，否则柔靡不能成一事。孟子所谓至刚，孔子所谓贞固，皆从倔强二字做出。吾兄弟皆禀母德居多，其好处亦正在倔强。若能去忿欲以养体，存倔强以励志，则日进无疆矣。

译文

我已渐渐走向衰老，也还常常有勃发而不可遏制的时候，我自己强行制止，将勃发之心降伏。释迦牟尼所说的降龙伏虎，龙即相火，虎即肝气，多少英雄豪杰都打不过这两关，也不仅只我们兄弟是这样。重要的是要稍加遏制，不使它过于炽烈，通过降龙来养水，通过伏虎来养火。古时圣贤所说的抑制欲望，就是指的降龙；所说的克制愤怒，就是指的伏虎。儒家和释家的学说不同，但它们在节制血气这一点上，则未尝不相同，总之，不能让自己的嗜欲来伤害自己的性命罢了。至于倔强两个字，则不可缺少。建业立功做文章，都需要将这两个字贯注在其中，否则柔弱委靡，不能做成一件事。孟子说的至刚，孔子说的贞固，都是从倔强两个字做出来的。我们兄弟受母亲的遗传较多，它的好处也正在倔强上。若是能够除去愤怒嗜欲用以保养身体，保留倔强用来激励志气，则日日进取而无止境。

评点

关于这段话，先将几个中医名词稍作点说明。中医所说的相火，指肾、肝、胆、心包、三焦等脏腑的火，能温养全身，辅助君火即心火以推动脏腑的功能活动。中医还用金、木、水、火、土来代表肺、肝、肾、心、脾五脏。曾氏所说养水，即保养肾，所说的养火，即保养心。曾氏这段话的用意，在于人要有意识地与影响自己情绪和身体的两个毛病作斗争。这两个毛病一是过多的欲望，一是过强的怒火。儒家所说的窒欲与惩忿，就是讲制服这两个毛病。佛家所说的降龙伏虎，其实也是讲的降欲伏忿。

但是，与世上任何情事一样，作为人的血气，欲和愤也是双刃剑，它有坏事的一面，也有成事的一面。对于它的成事一面，人们则用好的字眼去表示，曾氏所说的倔强及其引用的孔孟所说的贞固、至刚，则属于欲、愤的成事一面。问题的关键就在于把人内心的这种欲望和愤怒控制在一定的尺度里，以及将它引领到一个能成事的方向上。人与人之间的差距很大部分取决于这一点上。曾氏这段话，并没有就此深入下去，他只是给九弟一个原则上的指导。对于这种原则上的点拨，许多人尤其是受过较好教育的成年人，大约都不是太需要的。他们所缺的，正是在如何适度把握、正确引向等方面。虽然这段话没有涉及此层，但曾氏本人以及他留下的数百万文字，却在许多时候能给人以具体的点拨，即能授人以“金针”。这就是曾氏受今人重视的原因之所在。

□ 每天须有闲时

原文

弟病在水不能生木，余亦夙有此疾，非药物所能为力。每日无论如何忙迫，总须略有抽闲之时，或静坐，或渴睡，或散步。火不动，则水得所养矣。

译文

弟的病在水不能生木，我也一向有这个毛病，不是药物所能治疗的。每天不管如何忙碌紧张，总必须要略有点忙中偷闲的时间，或者静坐，或者沉睡，或者散步。火不动，则水能得以保养。

评点

“水不能生木”，即肾不能养肝之意。火不动，指心不烦躁焦虑。曾氏这段话的意思是说，老九的病症表现在肝上，肝气重的原因是肾上出了毛病，而肾病则是因为心病引起的。此话出自同治三年四月二十八日给老九的信。老九率吉字营五万人围南京，已历时两年，遭受千辛万苦，但进展不大，从朝廷到东南战场，对他都有指摘之辞。老九所承受的压力之大可想而知，他的心整日整夜处在极度焦急之中，“逢人辄怒，遇事辄忧”（曾国荃语）。肝病便是这样得的。故而做大哥的一则劝他宽心将功业看淡一点：“富贵功名，皆人世浮荣，惟胸次浩大是真正受用。”二则不要太焦急，许多事不是自己想办就能办得到的：“古来大战争大事业，人谋仅占十分之三，天意恒居十分之七。”三则教他一些自我调适的具体方法。这段话讲的就是具体方法，如静坐、睡觉、散步等。曾氏这段话中最值得重视的就是忙中偷闲的观念。上节“评点”中说了“金针”，“抽闲”就是曾氏应对忙迫的“金针”。

□ 懦弱无刚为大耻

原文

吾家祖父教人，亦以懦弱无刚四字为大耻，故男儿自立，必须有倔强之气。惟数万人困于坚城之下，最易暗销锐气。弟能养数万人之刚气而久不销损，此是过人之处，更宜从此加功。

译文

我家祖父教导别人，将“懦弱无刚”四字视为大耻辱。故而男子汉要想自立，必须要有一股子倔强气。唯有数万人受困于坚城之下这件事，是最为不显形地消磨人的锐气的。弟能培植数万人的刚气而长久不销损，这是过人之处，今后更宜从这方面多用力。

评点

曾氏说“任天下之大事以气”。所谓气，通常包括两方面的概念，一是中医上说运行于人体内的精微物质，二是指人的精神状态。这两者既有区别又有联系。以笔者看来，当物质状态的气充沛时，人的精神状态自然就好。当然，精神状态还受大脑神经的影响，这点则与气之充沛与否关联不大。按中国传统观念，男子汉有担负大事的责任，干大事则要气息充沛、精神状态好，它所表露在外的形式则为阳刚强劲。“懦弱无刚”则与之恰好相反，这种状态不能办大事，故而好强而热心于社会事务的曾氏祖父，将它视为男子汉的大耻辱。曾氏秉祖训，一向注重培植刚气而厌弃暮气，故对老九这方面的过人之处极为赞赏。只是这种刚气也需控制在一定的尺度内，过度了，则易走向刚愎、执拗、嚣张、暴躁、霸道等，如此则不是成事，而是坏事。曾氏常在这方面提醒老九，其目的也是希望他既保存阳刚之气，又不太过头。

□ 养生种种

原文

凡后天以脾为主。脾以谷气为本，以有信为用。望两弟常告鼎三：每日多吃饭粥，少吃杂物，无论正餐及点心，守定一个时辰，日日不差。若有小小病症，坚守星冈公之教，不轻服药。

吾阅历极久，但嘱家中老幼，不轻服药，尤不轻服克伐之药，即是善于养生之道。

养生之法，约有五事：一曰眠食有恒，二曰惩忿，三曰节欲，四曰每夜临睡洗脚，五曰每日两饭后各行三千步。惩忿，即余匾中所谓养生以少恼怒为本也。眠食有恒及洗脚二事，星冈公行之四十年，余亦学行七年矣。饭后三千步，近日试行，自矢永不间断。弟从前劳苦太久，年近五十，愿将此五事立志行之。

译文

人的后天保养，以脾为主。脾脏以食物为根本，以有规律为其运用原则。希望两位老弟告诉鼎三：每日多吃稀饭，少吃零食，无论是正餐还是吃点心，都要守定一个时候，每天都不改变。如果有小病小痛，则坚守星冈公的教导，不轻易吃药。

我根据多年的阅历，特别叮嘱家中老老少少不要轻易服药，尤其不要轻易服性质猛烈的药，这就是善于养生的方法。

养生的方法，大致说来有五点：一为睡觉吃饭有规律，二为惩罚愤怒，三为节制欲望，四为每天临睡时洗脚，五为每天中饭晚饭后各走三千步。惩罚愤怒，即我所拟“八本”中的“养生以少恼怒为根本”。睡觉吃饭有规律及睡觉洗脚两点，星冈公实行了四十年，我跟着学了七年。饭后三千步，近来开始试行，自誓永不间断。弟先前劳苦太久，年近五十，但愿你能将这五点立定志向实行。

评点

读曾氏书，一可看出曾氏很注重养生，二是他的一些养生之方至今仍可沿用，比如此处所摘抄的养生五事，事事都值得仿效。曾氏只活了六十一岁，从现在的眼光来看，可列为“英年早逝”的行列。如此说来，他的养生之方似乎对他本人并未起到作用。其实不然。首先，在当时，年过花甲去世，已算有“寿”了，不为早逝。其次，曾氏是一个病号，三十岁即大吐血，几于不治。在那个时代，吐血之病如同今天的癌症，乃绝症，曾氏能挺过来，已属不易。三十五岁后，曾氏即患严重的牛皮癣，此后直到死都未痊愈。牛皮癣给他带来极大的痛苦，甚至让他有“无生人之乐”的感觉。五十岁后又患高血压病，最后因此病而终。第三，曾氏一生辛劳过人，忧虑过人，所成过人，这都要耗去常人所远不及的精力。综上所述，可知养生对他生命的重要性。

□ 在自修处求强

原文

谓自强者每胜一筹，则余不甚深信。凡国之强，必须多得贤臣工。家之强，必须多出贤子弟。此亦关乎天命，不尽由于人谋。至一身之强，则不外乎北宫黝、孟施舍、曾子三种。孟子之集义而慊，即曾子之自反而缩也。惟曾、孟与孔子告仲由之强，略为可久可常。此外斗智斗力之强，则有因强而大兴，亦有因强而大败。古来如李斯、曹操、董卓、杨素，其智力皆横绝一世，而其祸败亦迥异寻常。近世如陆、何、肃、陈，亦皆予知自雄，而俱不保其终。故吾辈在自修处求强则可，在胜人处求强则不可。福益外家若专在胜人处求强，其能强到底与否尚未可知，即使终身强横安稳，亦君子所不屑道也。

译文

说自强者每每都要胜过别人一筹，我则不太相信。大凡一个国家的强旺，必须要多有贤臣。凡一家之强旺，则必须多出贤子弟。这也得看天命，不完全因为人的谋划。至于自身的强旺，则不外乎北宫黝、孟施舍、曾子三种。孟子的聚集道义内心充实，也就是曾子的以自己认为理直为依据。唯有曾子、孟子与孔子告仲由之强，可以略为长久，略为常起作用。此外，斗智斗力的强悍，则有因这种强悍而大为兴起，也有因这种强悍而大为失败。自古以来，如李斯、曹操、董卓、杨素，他们的智巧和力量都横绝一世，而他们的祸败也与别人大不相同。近世如陆建瀛、何桂清、肃顺、陈孚恩，都是自以为英雄无敌，则都不能保其善终。故而我们这些人，在自我修养方面求取强旺则可以，在压倒别人方面求取强旺则不可。若一味在压倒别人方面求得强旺，能不能强到底，还很难说，即便一辈子安安稳稳地强横，也是君子所不屑于称道的。

评点

什么是真正的强大？曾氏与老九在这段话中所讨论的就是这个问题。曾氏认为，对一个人来说，真正的强大，体现在自修处求强，而不在胜人处求强。笔者很同意这个看法。这不仅是仁者之言，而且也是智者之言。所谓仁，指的是自身的强大不以伤害别人为前提；所谓智，指的是唯有自己的努力才切实可信，而寄托在别人身上的希望都是不可指望的。这段话中所涉及的两个典故即“北宫黝、孟施舍、曾子三种”与“孔子告仲由之强”，分别出于《孟子·公孙丑篇》及《论语·述而篇》，请参看《唐浩明评点曾国藩家书》中的诠释。

□ 至味大补莫过于家常饭菜

原文

余现在调养之法，饭必精凿，蔬菜以肉汤煮之，鸡鸭鱼羊豕炖得极烂，又多办酱菜腌菜之属，以为天下之至味，大补莫过于此。《孟子》及《礼记》所载养老之法、事亲之道皆不出乎此。岂古之圣贤皆愚，必如后世之好服参茸燕菜鱼翅海参而后为智耶？

译文

我而今在饮食方面的调养方法是，饭必须精粹，蔬菜则以肉汤来煮，鸡、鸭、鱼、羊、猪等肉类，都炖得很烂，又多置办酱菜、咸菜之类的小菜佐食。我认为天下最美味最大补的食物，再没有超过这些了。《孟子》以及《礼记》中所记载的给老人吃的食物，侍奉老人的方法，都不超过这个范围。难道说古代的圣贤都愚蠢，一定要像后世那些喜欢吃人参、鹿茸、燕窝、鱼翅、海参的人样才算聪明吗？

评点

中国有句古话：物以稀为贵。这表现在饮食上，则视少有的人参、鹿茸、燕窝、鱼翅、海参为贵，而视常见的鸡、鸭、鱼、肉及蔬菜、米麦为轻。这其实是一个很大的误区。人之饮食，求的是对人身体的营养滋补。营养滋补力强的，才是珍贵的。这与食物产量之多与寡无关。积千万年来的经验，人们已知道，最为常见的米麦蔬菜鱼肉，才是人体的最好补品，而参茸燕翅等量少价贵的食物，无非是富人的炫耀摆阔而已，大可不必看重。

□ 好汉打脱牙和血吞

原文

困心横虑，正是磨炼英雄玉汝于成，李申夫尝谓余怄气从不说出，一味忍耐，徐图自强，因引谚曰“好汉打脱牙和血吞”。此二语，是余生平咬牙立志之诀……余庚戌、辛亥间为京师权贵所唾骂，癸丑、甲寅为长沙所唾骂，乙卯、丙辰为江西所唾骂，以及岳州之败，靖江之败，湖口之败，盖打脱牙之时多矣，无一次不和血吞之。……来信每怪运气不好，便不似好汉声口，惟有一字不说， 咬定牙根，徐图自强而已。

译文

一个人的内心遭受困厄阻碍的时候，也正是经历磨炼而出英雄的时候，将会促使你的成功。李申夫曾经说我遭遇怄气事，嘴巴上从不说出来，只在心里一味忍耐，慢慢地来求得自强，因此援引谚语说“好汉打脱牙，和血吞下去”。这两句话，是我生平咬牙立志的秘诀。我在庚戌、辛亥年间，被京师权贵们唾骂；癸丑、甲寅年间，被长沙文武官员们唾骂；乙卯、丙辰年间，被江西官场唾骂，以及岳州之败、靖江之败、湖口之败，打脱牙的时候很多，没有一次不和血吞下去。来信中每每怪罪自己的运气不好，这便不像好汉说的话，唯有一个字不说，咬定牙根，慢慢地求得自强而已。

评点

同治五年三月，在家蛰居一年半的曾老九，奉旨出任湖北巡抚，并组建新湘军与捻军作战。老九一到武昌，便与官文闹不和，不顾乃兄劝告，弹劾官文。朝廷虽然将官文调离，但此举颇遭时议。且新湘军战事不利，统领彭毓橘被杀，军心涣散。老九陷于困境。同治五年十二月十八日，身处河南战场上的曾氏给老九写了一封信，与九弟说了一段心腹话，并把自己多年应对困境的秘诀——好汉打脱牙和血吞，送给兄弟。

曾氏一生的事业轨迹，有点接近于人类理想概念中的完备模式，即在无任何依傍的背景下，依靠自己的力量白手起家创立一个团队，这个团队做着当时社会最急需的事情，在做事的过程中历尽千辛万苦，屡遭挫折失败，最后取得巨大的成功，然后又清醒地摆脱成功之累，让事业善始善终。正因为这样，曾氏的人生，便成为百余年来有志做大事者的一部百科全书，它能全方位地给后人以借鉴和启示。这里所说的，是他如何面对挫折与失败，相信这种“打脱牙和血吞”的精神至今仍有价值。

□ 不取巧

原文

辛苦半生，不肯于老年博一取巧之名，被人窃笑也。

译文

辛辛苦苦奋斗半辈子，不愿意在老年时还被加上一个“取巧”的名声，被人暗地讥笑。

评点

曾氏平生信奉“拙诚”。胡林翼曾说，古来圣贤成事，唯在“平实”而已。世人大多好取巧，认为只有“取巧”才能少费力少走弯路地办成事。“取巧”用在小事上或许有作用，但在大事上，或者说在人生做事的原则上则不可。“取巧”只能说是小聪明，不能说是大智慧。大智慧则是曾、胡所说的拙诚、平实。

□ 悔立达

原文

申甫所谓“好汉打脱牙和血吞”，星冈公所谓“有福之人善退财”，真处逆境者之良法也。

弟求兄随时训示申儆，兄自问近年得力，惟有一悔字诀。兄昔年自负本领甚大，可屈可伸，可行可藏，又每见得人家不是。自从丁巳、戊午大悔大悟之后，乃知自己全无本领，凡事都见得人家有几分是处。

故自戊午至今九载，与四十岁以前迥不相同，大约以能立能达为体，以不怨不尤为用。立者，发奋自强，站得住也；达者，办事圆融，行得通也。吾九年以来，痛戒无恒之弊。看书写字，从未间断，选将练兵，亦常留心。此皆自强能立工夫。奏疏公牍，再三斟酌，无一过当之语自夸之词。此皆圆融能达工夫。至于怨天本有所不敢，尤人则常不能免，亦皆随时强制而克去之。弟若欲自儆惕，似可学阿兄丁、戊二年之悔，然后痛下针砭，必有大进。

立达二字，吾于己未年曾写于弟之手卷中，弟亦刻刻思自立自强，但于能达处尚欠体验，于不怨尤处尚难强制。吾信中言，皆随时指点，劝弟强制也。赵广汉本汉之贤臣，因星变而劾魏相，后乃身当其灾，可为殷鉴。默存一悔字，无事不可挽回也。

译文

李申甫所说的“好汉打脱牙和血吞”，星冈公所说的“有福气的人善于退财”，真正是处于逆境者的好办法。弟来信请求兄随时训导警诫，兄自己觉得近年来最有帮助的，便是一个悔字秘诀。

兄过去自以为本事很大，能屈能伸，可进可退，又常常容易看出别人的不是。自从丁巳、戊午年间大反省大彻悟之后，于是明白自己完全没有本事，凡事都能够看到别人有几分长处。故而从戊午至今九年，与四十岁以前决然不同。这种不同，大致说来是以能立能达为本体，以不怨不尤为运用。所谓立，指的发奋自强，能站得住；所谓达，指办事圆融，能行得通。我这九年来，痛改过去无恒心的弊病，读书写字从不间断，对选拔将官训练士卒，也时常留心。这些都是自强能立的功夫。对所拟的奏折公函，再三斟酌，没有一句言过其实的话、一个自我夸耀的词。这些都是圆融能达的工夫。至于埋怨天，本来就不敢这样；埋怨人，则虽经常不能避免，也都随时强制自己而能努力克服。弟若想自我警惕，似可以学习为兄丁巳、戊午这两年的悔悟，然后痛下决心，必然大有进步。立、达这两个字，我已在己未年曾经写在送给弟的手卷中，弟也在时时刻刻想着自立自强，但对于能达方面，尚欠缺亲身体验，在不怨不尤这点上，还难以做到强制自己。我信中所说的，都是随时遇事指点，劝弟强行克制。

赵广汉本是汉代的贤臣，因天象之变而弹劾魏相，后来由此而招来的灾祸害了他。此事可为历史的借鉴。默默地保存着一个悔字，没有什么事情是不可挽回的。

评点

在传授“打脱牙齿和血吞”的秘诀后，曾氏又教给九弟一个悔字秘诀。前一个秘诀是应对困境时的态度，后一个秘诀是深入分析为何会造成此种困境的一把锁匙，对于人生境界的提升，此一诀似更为重要。曾氏回忆起自己过去累遭困厄的缘由乃是自以为了不起，通过咸丰七年八年的深刻反省，终于大彻大悟，明白自己其实并没有什么大本事。从此以后小心谨慎，谦卑待人，从而做到自强圆融，能立能达。这就是他所说的悔字诀。以检讨自己来启沃被教者，这是曾氏一贯的家教方法。这种教育方法非常好，它既将教者与被教者置于平等地位，使被教者感觉亲切和易，同时又以亲身为例，使所教更具有说服力。

□ 生平长进全在受挫辱之时

原文

袁了凡所谓从前种种譬如昨日死，从后种种譬如今日生，另起炉灶，重开世界，安知此两番之大败，非天之磨炼英雄，使弟大有长进乎？谚云吃一堑长一智，吾生平长进全在受挫受辱之时。务须咬牙励志，蓄其气而长其智，切不可絓然自馁也。

朱子尝言：悔字如春，万物蕴蓄初发；吉字如夏，万物茂盛已极；吝字如秋，万物始落；凶字如冬，万物枯凋。又尝以元字配春，亨字配夏，利字配秋，贞字配冬。兄意贞字即硬字诀也。弟当此艰危之际，若能以硬字法冬藏之德，以悔字启春生之机，庶几可挽回一二乎？

余生平吃数大堑，而癸丑六月不与焉。第一次壬辰年发佾生，学台悬牌，责其文理之浅。第二庚戌年上日讲疏内，画一图甚陋，九卿中无人不冷笑而薄之。第三甲寅年岳州、靖港败后栖于高峰寺，为通省官绅所鄙夷。第四乙卯年九江败后赧颜走入江西，又参抚、臬；丙辰被困南昌，官绅人人目笑存之。吃此四堑，无地自容。故近虽忝窃大名，而不敢自诩为有本领，不敢自以为是。俯畏人言，仰畏天命，皆从磨炼后得来。

弟之手疼，尚未及遽成痼疾之年，只要弟心宽和，肝郁稍纾，即可日就康复。古语云："心病还须自心医。"

译文

袁了凡所说的"从前种种好比昨日，都已过去了，以后种种好比今日，都充满着生机"，另起炉灶，重开一个新的世界，谁能说这两次的大败，不是老天爷对英雄的磨炼，使弟今后能大有长进呢？谚语说："吃一亏，长一智。"我一生的长进，完全在遭受挫折和侮辱的时候。故而必须咬牙励志，积蓄发愤图强的志气，增加办事的才智，切不可以颓唐丧气。

朱熹老夫子曾说过：悔字好比是春天，万物蓄势初发；吉字好比夏天，万物茂盛到了极点；吝字好比秋天，万物开始谢落；凶字好比冬天，万物枯干凋残。又曾经以元字与春天配合，以亨字与夏天配合，以利字与秋天配合，以贞字与冬天配合。兄认为硬字诀即"贞"的意义。弟处于艰危的时候，若能以硬字效法上天借冬天来储藏精气的做法，以悔字来启发春天的生机，或许可将军事挽回几分。

我这一生遭遇过好几次大坎，至于癸丑六月的事还不算在内。第一次壬辰年，只得个佾生身份，学台悬着牌子指责文理浅薄。第二次庚戌年，呈递所拟的日讲疏上画的一幅图很丑陋，九卿中没有一个不发出冷笑而看不起。第三次甲寅年，岳州与靖港之战失败后，住在高峰寺，为全省的官绅所鄙视。第四次乙卯年，九江之战失败后，红着脸走进江西省，接着又参劾抚台臬台；丙辰年被困在南昌，官绅个个都看我的笑话。遭过这四次坎，真是觉得无地自容，故而近年来虽然获得大名，却不敢夸耀自己有本事，也不敢自以为是。低头畏惧人言，抬头畏惧天命，这些认识都是从磨炼中得来的。

弟的手痛病，还没有到达治不好的地步，只要心态宽和，郁积的肝气稍稍发舒，便可日渐康复。古话说得好：心病还得靠养心来医治。

评点

同治五、六年间，是曾国荃一生最为困厄的一段时期，人事、军务都极为不顺。到了同治六年十月间，他终于在鄂抚一职上待不下去了，重又回到湘乡老家，以养病为名蜗居七八年之久，直到光绪元年才再度出山，就任河东河道总督。同治六年三四月间，曾氏频繁给老九去信，安慰他，激励他，以图帮助他渡过这一难关。此处所摘录的四段话皆出自这批信中。从这几段话中，我们可以看到曾氏的思想工作是这样做的：一、忘记过去，正视将来。二、挫折和失败是正常的事情，但要从中吸取教训，以增进才智，并借助它来砥砺意志。三，挫折和失败能使人更全面地认识自我，从而去掉骄矜之气，保持常人心态。

□ 半由人力半由天命

原文

凡富贵功名，皆有命定，半由人力，半由天事。惟学作圣贤，全由自己作主，不与天命相干涉。吾有志学为圣贤，少时欠居敬工夫，至今犹不免偶有戏言戏动。尔宜举止端庄，言不妄发，则入德之基也。

译文

大凡富贵功名，都由命运来决定，一半由于人的努力，一半由于天意的安排。唯有学习做圣贤，则全由自己做主，不与天命相联系。我有志学习做圣贤，少年时候欠缺居敬的工夫，至今尚且不免偶尔有不庄重的言行。你应该举止端庄，言语不随便出口，则是迈进有德者行列的基础。

评点

这是咸丰六年九月，曾氏在江西战场上写给次子纪鸿的信。纪鸿此时不过八九岁，对他谈学做圣贤一类的话，从今天教育学的理论看来，未免太早。放开这一层不说，单从这段话本身来讲，却是很值得重视的。但这段话中有一个费解之处，曾氏说富贵功名皆有命定，倘若命里缺乏，人再努力，不也是白搭吗？如此，则“半由人力，半由天命”作何解？笔者现在来一番强作解人，不知能探到边际否。

在笔者看来，曾氏的意思是，与自我意向相比较，“功名富贵”这一类东西乃诸多因素综合下的产物。凡超出个人意志之外由诸多因素相配合来决定的，就叫做命定。至于在互相配合的诸多因素中，人的努力起着一半的作用，其他因素合起来也起一半的作用。由此看来，人力依旧是关键。把握住"人力"这一半，再去竭力配合"天事"的那一半，则有可能获取功名富贵。"天事"那一半很不好配合，因此，功名富贵的获得是很难的事。故而古往今来的达人，都不以此作为人生的唯一追求，只是顺其自然：能有当然好，没有也算了。

□ 敬与恕

原文

作人之道，圣贤千言万语，大抵不外敬、恕二字。"仲弓问仁"一章，言敬、恕最为亲切。自此以外，如立则见参于前也；在舆则见其倚于衡也；君子无众寡，无小大，无敢慢，斯为泰而不骄；正其衣冠，俨然人望而畏，斯为威而不猛。是皆言敬之最好下手者。孔言欲立立人，欲达达人；孟言行有不得，反求诸己。以仁存心，以礼存心，有终身之忧，无一朝之患。是皆言恕之最好下手者。

译文

通往做一个好人的途径，圣贤说过千言万语，大致不外乎敬与恕两个字。"仲弓问仁"一篇中谈敬与恕最为亲切。这一篇之外，如站立时则见它显现在面前，坐在车子里则见它靠在前面的横木上。不管人多少，不管势力大小，君子都不敢怠慢他们，这就叫做虽安泰矜持却不骄傲。衣冠整齐，庄严地使人望着便生发敬畏，这就叫做虽威严而不凶猛。这些都是谈论敬字的最好着眼点。孔子说自己想立起来也要让别人立起来，自己想显达也要让别人显达，孟子说实行时得不到预期效果，要反躬自问，将仁存于心中，将礼存于心中，有一辈子的忧虑，却无一日的祸患。这些都是谈论恕字的最好着眼点。

评点

笔者与曾氏打了二十多年的交道，发现曾氏有一个特别过人的长处，即善于提炼。他的提炼功力表现在，一是他能把复杂的对象用单纯的文字予以表述，二是他能把艰深的对象用浅白的文字予以表述，三是他能把庞大的对象用简洁的文字予以表述。这种提炼功力来之不易。他既需要将对象真正研究深透，又得有由博返约的归纳能力，还需要文字上的运用自如。这段话便是一个例子。他从圣贤的千言万语中挑出敬恕两个字来，实际上是对博大精深的儒家学说的一种提炼。

□ 养生以少恼怒为本

原文

吾于凡事皆守“尽其在我，听其在天”二语，即养生之道亦然。体强者如富人，因戒奢而益富；体弱者，如贫人因节啬而自全。节啬，非独食色之性也，即读书用心，亦宜检约，不使太过。余八本匾中，言养生以少恼怒为本。又尝教尔胸中不宜太苦，须活泼泼地养得一段生机，亦去恼怒之道也。既戒恼怒，又知节啬，养生之道，已尽其在我者矣。此外寿之长短，病之有无，一概听其在天，不必多生妄想去计较他。凡多服药饵，求祷神祇，皆妄想也。吾于医药、祷祀等事，皆记星冈公之遗训，而稍加推阐，教示后辈。

译文

我对于每件事，都守定“尽自己的力量去办，结果如何则听从天意”这样两句话，即便养生上也这样。体格强壮者好比有钱人，因戒除奢侈而更加富有；体格单弱者好比贫穷人，因节制爱惜而能自我保全。节制爱惜，不仅仅在食色这种本性上，即便是读书用心思，也宜于约束，不使得太过头。我的“八本”篇中说养生以减少烦恼愤怒为本，又曾经教导你们胸中不宜有太多的苦恼，要活泼泼地，培育出一股生机，这也是去掉恼怒的办法。既戒掉恼怒，又懂得节制爱惜，如此，养生的规律便都在我自己的手里了。这些之外，诸如寿命的长短，疾病的有无，一概听其自然，不必要多生妄想去计较它。凡是多服补药，拜求神灵赐予等等，都是妄想。我对于医药祈祷祭祀这些事，都谨记星冈公的遗训，而稍稍加以说明推衍，教导你们后辈人。

评点

曾氏晚期的人生态度是尽心尽力地做事，至于结果怎样，则不去多考虑，与早期“功可强立，名可强成”的处世作风有很大的不同。其指导思想，出于道家的顺其自然。他于养生，同样也持这种态度。

□ 静坐默坐

原文

静坐，思心正气顺，必须到天地位、万物育田地方好。

默坐，思此心须常有满腔生意，杂念憧憧，将何以极力扫却？勉之！

译文

静坐，想着心的正正堂堂气的顺顺畅畅，必须到达一种天地到位、万物生育的境地才好。

默坐，想着这颗心里必须常常有满腔生机，但杂念很多，将如何来竭力清除呢？以此为自我勉励。

评点

据年谱记载，曾氏在道光二十一年七月间拜理学大师唐鉴为师，“唐公专以义理之学相勖，公遂以朱子之学为日课”。在一段较长的日子里，曾氏与唐鉴、倭仁、邵懿辰、陈源兖等师友以日记作为互相监督的手段，希望借此砥砺品性，逐渐去掉俗尘，靠近圣贤。曾氏的日记，“力求改过，多痛自刻责之语”。此处这两段话便出自曾氏道光二十二年十月初二、初三两天的日记，说的是这两天静坐时心中所思。静坐反思，是当时曾氏义理修炼时的必修功课。排除其他干扰的静坐之思，往往会因宁静而更客观、更细微、更深刻。这两段话说的都是关于人的心境的问题。曾氏认为，人的心境应是序列到位、生机盎然才是最好的。

□ 静字工夫最要紧

原文

唐先生言，最是“静”字功夫要紧。大程夫子是三代后圣人，亦是“静”字功夫足。王文成亦是“静”字有功夫，所以他能不动心。若不静，省身也不密，见理也不明，都是浮的。总是要静。又曰：凡人皆有切身之病，刚恶柔恶，各有所偏，溺焉既深，动辄发见，须自己体察所溺之病，终身在此处克治。……余比告先生，谓素有忿很不顾气习，偏于刚恶，既而自究所病只是好动不好静。先生两言盖对症下药也。务当力求主静，如使神明如日之升，即此以求其继继续续者，即所谓缉熙也。知此而不行，真暴弃矣！真小人矣！

译文

唐先生说静字工夫最为要紧，程颢老夫子是三代之后的圣人，也是静字工夫很完足。王阳明先生也是在静字上有工夫，所以他能够做到不动心。若是不静，反省自身也不能缜密，分析事理也不能明白，都是浮泛的，总而言之是要静。又说所有人都有自身毛病，或在刚上的病，或在柔上的病，各人有所偏向，沉溺其中既深，一旦发现，需要自己体察所沉溺的毛病，终身在这点上予以克服疗治。我当即告诉先生，说自己一贯来怀有忿很之气，不顾风气习俗，性格上偏于刚激，后来自己追究所患的毛病，只是喜好躁动而不能安静。先生这两句话，都是对症下的药。务必要力求以静为主持，倘若能够使精神思虑如同初升的朝日，则将这种状态继续不断地保持，也就是所说的光明爽朗。知道这个道理而不力行，那就是真正的自暴自弃，真正的小人！

评点

在这段日记的天头上，倭仁批道：“心静则体察精，克治亦省力。若一向东驰西骛，有溺焉而不知，知而无如何者矣。”静这个字，不但程朱理学强调，老庄和禅家更为重视。我们常说当今社会浮躁，其源便在人心不安静。

□ 多言乃德之弃

原文

岱云来，谈诗、字心得。语一经说破，胸中便无余味，所谓德之弃也。况无心得，而有掠影之谈乎？

译文

岱云过来谈有关吟诗、写字的心得，话一旦说破了，胸中便失去了余味，也就是“被有德者所抛弃”的意思，何况本没有心得而只是浮光掠影的闲谈！

评点

“德之弃”出于《论语·阳货》：“子曰：道听而途说，德之弃也。”孔子不喜欢多话，尤其讨厌不负责任、没有根据的言谈，如《论语》中所说的“敏于事而慎于言”，“君子讷于言而敏于行”，“刚毅木讷近仁”，“群居终日，言不及义，好行小慧，难矣哉”等等，都展现出孔子的这个性格。曾氏效法孔子这点。这段日记便是对自己当日多言的反省。

□ 躬自厚而薄责于人

原文

有盖宽饶、诸葛丰之劲节，必兼有山巨源、谢安石之雅量，于是乎言足以兴，默足以容。否则峣峣易缺，适足以取祸也。雅量虽由于性生，然亦恃学力以养之。惟以圣贤律己，躬自厚而薄责于人，则度量闳深矣。

译文

有盖宽饶、诸葛丰的劲厉节操，必须兼有山巨源、谢安石的宏大气量，于是说话则足以兴作，沉默则足以宽容。否则，则易于被摧折，劲厉节操反而会招来祸灾。宏大气量虽然是由于天性决定，但也可以依靠学习来培养，只有以圣贤作为榜样来律己，对自身要求严格而轻于责备别人，则度量就将宏大深阔。

评点

盖宽饶是汉宣帝时的大臣，诸葛丰是汉元帝时的大臣，他们两人都性格刚直，疾恶如仇，也都因此而招怨，一被下狱自杀而死，一被削职回籍。山巨源是晋代名士，与嵇康、阮籍等人交游，为竹林七贤之一，后嵇康与之绝交，并作文讥笑他，他亦能容忍。谢安石即谢安，是一个著名的喜怒不形于色的人。曾氏在这里谈到了一个重要的处世道理，即应当有宽容别人的雅量，而雅量也是可以培养获得的。

□ 淡极乐生

原文

偶作联语以自箴，云："禽里还人，静由敬出；死中求活，淡极乐生。"一本《孟子》"养气"章之意，一本《论语》"疏水曲肱"章之意，以绝去梏亡营扰之私。

译文

偶尔作一联语，借以自箴："从禽兽俗欲中返回人的本性，宁静系由敬谨而出；从死亡线上求得生命，恬淡至极乃生快乐。"一源自《孟子》"养气"章，一源自《论语》"疏水曲肱"章，用以断绝钻营谋利而束缚本性的私心。

评点

理学认为，人因为私欲过重就会丧失本性而坠入禽兽一流，去掉私欲，也便恢复人的本性，这便是"禽里还人"的意思。曾氏作此联，意在去贪欲而求恬淡。

□ 平淡使胸襟宽阔

原文

胸襟广大，宜从平淡二字用功。凡人我之际，须看得平；功名之际，须看得淡，庶几胸怀日阔。

译文

要想胸襟广大，宜从平与淡二字上用功。凡在与别人打交道时，必须将自己的心态摆平；在对待功利得失时，则必须把利益看淡薄。如此，胸怀或许会一天天宽阔。

评点

人的胸襟之所以不广阔，是因为受外物所阻。过于计较得失，过于看重荣辱，这些都属于外物。去掉这些外物，人的胸怀便会变得开阔。平淡即去外物后的表现。

□ 凉薄之德三端

原文

凡人凉薄之德，约有三端最易触犯：闻人有恶德败行，听之娓娓不倦，妒功而忌名，幸灾而乐祸，此凉德之一端也；人受命于天，如臣受命于君，子受命于父，而或不能受命，居卑思尊，日夜自谋置其身于高明之地，譬诸金跃冶而以镆铘、干将自命，此凉德之二端也；胸苞清浊，口不臧否者，圣哲之用心也。强分黑白、遇事激扬者，文士轻薄之习、优伶风切之态也，而吾辈不察而效之，动辄区别善恶，品第高下，使优者未必加劝，而劣者几无以自处，此凉德之三端也。余今老矣，此三者尚加戒之。

译文

大凡人在德性方面的凉薄处，约有三点最容易表露出来。对于别人的道德丑恶行为败坏，听得极有兴趣而不疲倦，忌妒别人立功成名，幸灾乐祸，这是德性凉薄之一。人秉受天命，好比臣子秉受君命，儿子秉受父命，而有的人不能接受天命，身居卑贱而想得到尊贵，日夜自我谋划，把自己置身于高明的地步，好比炼铁炉里的铁块从火炉中跃出自认为是锻造镆铘、干将的材料。这是德性凉薄之二。胸中对谁清谁浊很清楚，但嘴巴上却不作评论，这是圣哲的心思。勉强要分个黑白，对事情要激浊扬清，这是文人的轻薄习气、戏子的讥讽态度。我们这些人对这种现象没有觉察反而效法，动不动便要区分善恶，品评高下，使得那些优秀者并没有得到鼓励，而粗劣者则感到无地自容。这是凉薄德性之三。我现在老了，关于这方面还要加以警戒。

评点

曾氏在这里所说的，是属于人性中的弱点。他说了三个：一为忌妒、幸灾乐祸，二为不安本分，三为喜欢评说是非。曾氏所处的时代距今已一百多年，虽然社会制度迥然不同，科技的发达、物资的丰富更是与当年有霄壤之别，但人性中的这些弱点依然存在。正因为人性未变，所以古代的人文好书依旧有阅读的价值。

□ 君子三乐

原文

君子有三乐：读书声出金石，飘飘意远，一乐也；宏奖人才，诱人日进，二乐也；勤劳而后憩息，三乐也。

译文

有三件事让君子感到快乐：读书时发出金石相激的声音，飘飘地让人觉得意韵幽远，这是一乐；大力奖励人才，用自己的言行引导人才日日进步，这是二乐；辛勤劳作后的休息，这是三乐。

评点

人生在世，最大的享受莫过于让自己觉得快乐。至于什么是快乐，却各有各的感觉，在不同的感觉中，足可见出一个人的趣味高下。曾氏所说的君子三乐，道出了一个高尚的人生境界。

□ 与人为善取人为善

原文

古圣人之道，莫大乎与人为善。以言诲人，是以善教人也；以德熏人，是以善养人也。皆与人为善之事也。然徒与人，则我之善有限，故又贵取诸人以为善。人有善则取以益我，我有善则与以益人。连环相生，故善端无穷；彼此挹注，故善源不竭。君相之道，莫大乎此；师儒之道，亦莫大乎此。仲尼之学无常师，即取人为善也；无行不与，即与人为善也；为之不厌，即取人为善也；诲人不倦，即与人为善也。念吾忝窃高位，剧寇方张，大难莫平，唯有就吾之所见，多教数人，因取人之所长，还攻吾短，或者鼓荡斯世之善机，因以挽回天地之生机乎！

译文

古时圣人处世的原则，莫大过与人为善。以言语训诲人，就是用善心来教育人；以道德熏陶人，就是用善心来培养人，这都是与人为善的事。然而只是给予人，那么我的善有限，故而又贵在从别人那里获取善。别人有善，则取过来以增益于我，我有善则增益于别人，如连环般相生，故善端无穷无尽，彼此灌注，故善源永不枯竭。为君为相的原则，再没有大过这点的，为师为儒的原则，也再没有大于这点的。孔子的学问没有固定的老师，也就是获取别人的善为善，随便到哪儿都给予别人，也就是与人为善。向人学习不厌烦，即取人之善为善；训诲人不疲倦，即与人为善。细想自己占据高位，敌人的势力正很强大，大灾难没有平息，唯有就我的见识多教导几个人，取别人之所长，鞭责自己的过失，或许能激励今世善的机缘，用来挽回天地的生机。

评点

这是写于同治二年正月的一段日记。此时的曾氏，身为协办大学士、两江总督，节制东南四省军务。真可谓位高权重，为人臣者一时无两。曾氏并不像历史上许多权臣那样，气焰熏天，炙手可热，而是更加处处检点自己，收敛自己。他意识到自己为万众所瞻，故而必须做万众的榜样。至于他本人的榜样，则是他一贯所效法的圣人。他努力做当世的圣人，以此来教化当世。如此高位重权者，悠悠史册，难寻几个，因此曾氏受到了历史的尊敬。

□ 勤俭刚明孝信谦浑八德

原文

前以八德自勉，曰勤、俭、刚、明、孝、信、谦、浑。近日，于勤字不能实践，于谦、浑二字尤觉相远，悚愧无已。勤、俭、刚、明四字，皆求诸己之事；孝、信、谦、浑四字，皆施诸人之事。孝以施于上，信以施于同列，谦以施于下，浑则无往不宜。大约与人忿争，不可自求万全处；白人是非，不可过于武断，此浑字之最切于实用者耳。

译文

先前我以八种美德自勉，这八种美德为：勤、俭、刚、明、孝、信、谦、浑。近来在勤字上不能实践，在谦、浑两字上，更加觉得相差很远，恐惧惭愧无已。勤、俭、刚、明四字，都是诉求于自身的事；孝、信、谦、浑四个字，都是加在别人身上的事。孝用来施行于长辈，信则用来施行于同辈，谦用来施行于下属，浑则随处都适宜。大致说来，与别人争吵，不可以要求别人事事都对，说人的是非不可以过于武断。这些都是浑字之最切实用之处。

评点

此处所说的八个字中有一个浑字，向来不被人视为美德，然曾氏却常常提到它，看重它。浑即含混之意，与今天所说的模糊近义。而今模糊已成为一门学问，即模糊学，在科学上有它的重要价值，在人类社会中它也有重要的价值。许多社会现象，很难精确分析，这是因为它原本就是模糊的，所以应以模糊来看待。

□ 以淡字去名心与俗见

原文

近年焦虑过多，无一日游于坦荡之天，总于由名心太切，俗见太重二端。名心切，故于学问无成，德行未立，不胜其愧馁。俗见重，故于家人之疾病、子孙及兄弟子孙之有无强弱贤否，不胜其萦绕，用是忧惭局促，如茧自缚。今欲去此二病，须在一淡字上着意，不特富贵功名及身家之顺逆、子孙之旺否，悉由天定，即学问德行之成立与否，亦大半关乎天事，一概淡而忘之，庶此心稍得自在。

译文

近年来焦虑过多，没有一天是在心胸坦荡中度过，这都是因为好名之心太强烈、世俗的观念太严重两点所造成的。好名之心太强烈，故而对于学问上没有成就德行上没有建树，很感到惭愧气馁。世俗的观念太严重，故而对于家人的病痛，子孙以及兄弟子孙的能力有无、德行贤否、身体强弱等，牵挂太多，因此担心忧虑而不能自拔。现在我想去掉这两个弊病，必须在一个淡字上用心，不仅富贵、功名以及一身一家的逆或顺、子孙的兴旺与否，全部交由上天决定，即便是学问、德行的成立与否，也大半听天由命，一概看淡甚至忘掉，或许此心可稍稍得到自在。

评点

这段话出于同治十年三月十四日的日记。十多年前，曾氏便说过人我之际须看得平，功名之际须看得淡，如此胸襟才能宽阔的话。到了晚年，曾氏还在说自己因为“淡”得不够，致使焦虑过多。由此可见，平、淡二字，说来容易，做起来却难，连曾氏这样的人到老都不能做到，何况一般人！另一方面，这也说明不能平不能淡，大概是人的本性，人要改变人类自身的本性，就得要这样时时刻刻地不断反省。曾子说“吾日三省吾身”，即便是曾子这样的“宗圣”，也得要天天反省。这样看来，曾氏晚年仍在重复中年时期所说过的话，也便不奇怪了。的确，修持是一个贯彻终生的事。

□ 人才以志趣视高下

原文

凡人材高下，视其志趣，卑者安流俗庸陋之规，而日趋污下；高者慕往哲盛隆之轨，而日即高明，贤否智愚所由区矣。

译文

区别人才的高与下，宜看他的志向趣味。志趣低的安于世俗鄙陋的规矩，则日趋卑下，志趣高的追慕先哲轰轰烈烈的道路，而一天天走向高明，贤良不贤良，智慧还是愚蠢，在这里区分开了。

评点

人与人之间是有高下贤愚之分的，但真要加以区分又不容易。曾氏在这里给出一个区分方法，即看他的志趣。志趣不同，不但在起点上便有差别，而且志趣本身还有导向的作用，越到后来，彼此的差距就会越大。正因为如此，对于年龄越小的人来说，志趣的定位就越显得重要，它将关乎此人一辈子的人生走向。

□ 世间尤物不敢妄取

原文

休宁瞿令福田送右军帖一本，王梦楼跋，断为淳化祖本，且定为唐刻，考核未必确凿。而神采奕奕，如神龙矫变，不可方物，实为希世至宝。余行年五十有一，得见此奇，可为眼福。瞿令又送赵侍制仲穆所画飞白竹，上有施愚山、沈绎堂诸先生题跋，亦可宝也。余以世间尤物不敢妄取，审玩片刻，仍亦璧还。去年，黎令福畴送刘石庵、翁覃溪二公在闱中所书手卷，余亦璧却。此三件可称祁门三宝。

译文

休宁县令瞿福田送来王羲之字帖一本，王梦楼的跋文判断此帖为淳化祖本，而且断定所依据的原件为唐朝所刻。王梦楼的考证未必准凿，但帖上的字神采奕奕，如同神龙矫变，不可想象，实在是稀世至宝。我今年五十一岁，能够看到这件奇物，可称得上有眼福。瞿县令又送来赵仲穆侍制所画的飞白竹，上面有施愚山、沈绎堂各位先生的题跋，也是值得宝贵的。我秉世间特别宝贵的东西不敢随便获取的原则，仔细欣赏一会儿，依旧退还。去年黎县令送来刘墉、翁方纲二位先生在考场中所写的书法长卷，我也原璧奉还。这三件物品可称之为祁门三宝。

评点

好一个“世间尤物不敢妄取”，笔者禁不住为此语击节再三！这段话见于曾氏咸丰十一年一月二十二日的日记，此时曾氏身为两江总督，驻扎祁门。祁门县令黎寿民及附近的休宁县令瞿福田送来三件书法珍品，酷爱书法的曾氏却以“世间尤物不敢妄取”之原则，将这“祁门三宝”璧还。换成别人，他可以心安理得地收下，甚至还可以欣赏前贤墨宝为由头，招集幕中及地方文人开一个诗酒文会，大家吟诗题文，相互唱和，以文人之好来为此行贿受贿涂上风雅光环。但曾氏没有这样做，他以“举头三尺有神明”来作为自律的戒尺，既保持自己的清白之身，也为日后不可预测的干求截断了进门之路。

□ 成败听天毁誉听人

原文

我辈办事，成败听之于天，毁誉听之于人。惟在己之规模气象，则我有可以自主者。亦曰不随众人之喜惧为喜惧耳。

译文

我们这些人办事，成与败听天的安排，毁与誉听别人的评说，唯有自己的气度，则我们可以对其中一部分做得主，也可以说在这些方面是不把众人的喜与惧当作自己的喜与惧。

评点

乾隆时的名臣陈宏谋说过一段话，叫作“是非审之于己，毁誉听之于人，得失安之于数”。这段话常被后人引用，曾氏这句话，其大旨亦与之同。世上的事情，绝大部分是自己做不了主的，只有极少一部分可以由自己主宰。既然做不了主，又何必去劳神费力？有限的神与力，且交给那些可以自我主宰的事吧！

□ 位高誉增望重责多

原文

位愈高，则誉言日增，箴言日寡；望愈重，则责之者多，恕之者少。阁下爱我，迥越恒俗，望常以药石之言相绳。弟每日行事，有日记一册，附家报中，阁下如有不谓为然之处，即恳逐条指示，不胜铭感。

译文

地位愈高则夸誉的话一天天增多，规劝的话一天天减少；声望愈重则指责的人多，宽恕的人少。您平时对我的关爱超过别人，希望您常常以忠言相告，使我行事有所准绳。我每天做的事，都记在日记中。这些日记附在寄回家的包封里。您如果觉得有不妥当的地方，诚恳地请逐条指出，不胜感激。

评点

位高誉言多、箴言少，这是社会常情。处高位者当知道并非自己事事正确。望重责者多恕者少，这也是社会常情。负重望者也不必因此而畏首畏尾。曾氏明此理，可见他深通人情。另，从这段话中，我们也可以知道曾氏的日记是定期送回家的，且外人也可以看。由此看来，曾氏的日记必有其着意为之的成分，研究曾氏者不可不察。

□ 花未全开月未圆

原文

常守“花未全开，月未圆满”之戒，不稍涉骄矜之气，则名位日隆矣。

译文

时常守定“花未全开，月未圆满”的戒说，毫不涉及骄矜之气，名与位则将会一天天兴隆。

评点

花盛则凋，月盈则亏，这是自然界的规律。人们从这一自然规律中得到启示，知道事物到了极点后，它的发展趋势则是回落。人的心态是希望看到上升而不愿意看到回落，避免回落的途径便是不令它走向极点。比如花，全开是极点，未全开则是好状态；比如月，圆满是极点，未圆满则是好状态。将它移到人事上，则意味着什么好处都得到，或者是得到某种处于绝顶位置的好处，这都是属于极点的范畴，其实并不好，好的状态则是有所不足，有所缺陷。此外，若是一个人既做着轰轰烈烈的事业，享受着或位高权重或声隆财大的待遇，又志得意满，锋芒毕露，傲视一切，唯我独尊，那么这也是进入极点的范畴，前景将会不妙。制止的办法，或是减损位、权、声、财，或是收敛意气，让缺陷与不足存在，这才是好状态。这种最早记载于《易经》的中国式大智慧，历来为有识士人所重视，曾氏尤对此极有研究。霆字营统领鲍超是个粗人，勇猛有余，学识不足，故曾氏写这句话劝导他。

□言　命

原文

孟子言治乱兴衰之际，皆由人事主之，初不关乎天命，故曰“以齐王由反手也”，曰“可使制梃以挞秦楚之坚甲利兵”，皆以人谋而操必胜之权。所谓祸福无不自己求之也。董子亦曰“治乱兴废在于己，非天降命不可得反”。与孟子之言相合矣。孔子曰“天生德于予，桓魋其如予何”，“天之未丧斯文，匡人其如予何”，亦似深信在己者之有权。然凤鸟不至，河不出图，有“吾已矣夫”之叹，又似以天命归诸不可知之数。故其答子服景伯曰“道之将行，命也；道之将废，命也”，语南宫适曰“君子若人，尚德若人”，隐然以天命为难测。圣贤之言微旨不同，在学者默会之焉耳。

译文

孟子说社会的治与乱、兴与衰等状态，都由人事来决定，本来就不与天命相关，故而说“对齐王而言如同反手之间”，说“可以制造棍棒来笞挞秦国楚国的坚甲利兵”，都是以人的谋略来操必胜的权柄。这就是所谓祸与福无不是自己求来的。董仲舒也说“治与乱、废与兴在于自己，不是上天所降下来的命令不可违反”，与孟子的话相符合。孔子曰“上天在我身上生就优秀品德，桓魋能把我怎样?”“上天没有不要斯文，匡人能把我怎样?”也好像是深信权柄是握在自己手里的。但是凤凰不来，黄河也不再浮出图典，于是有“我这一生算是完了”之叹，又好像将天命归之于不可知之数。故而他回答子服景伯说“道能得以推行，这是命；道将被废止，也是命”，对南宫适说“此人是个君子，此人崇尚道德”，隐隐然视天命为难以推测。圣贤的话中深奥的旨意互不相同，要靠求学者自己去默默地体悟。

评点

中国古代学者好言命。命有许多种表叙：时命、命运、天命等等。细细揣摸，在古人那里，命指的是不由自我决定得了的而对人生具有较大影响的外界力量。人生活在世界上，世界由万物组成，作为其中一个渺小的生命，不能不受他物的影响，而作为对生命负责的明白人，也便不能不研究命了。所以学者好言命便不奇怪，学者中的最为卓越者圣贤关注命，也就很自然了。但命，又是一个极不易看得清、说得透的话题，它与人的个体努力之间关系极为复杂微妙，所以，即便是孔孟这样的圣哲，一旦说起它来也常常语焉不详，或者自相矛盾。于是曾氏有这则言命的笔记，最后也只得以“微旨不同，在学者默会之”来指导后生辈。

□ 诚中形外

原文

诚中形外，根心生色。古来有道之士，其淡雅和润，无不达于面貌。余气象未稍进，岂嗜欲有未淡耶？机心未消耶？当猛省于寸衷，而取验于颜面。

译文

修诚于内则表现于外，扎根于心则生色于面。古来有道的人，他的淡雅和润无不表现在外貌上。我的气色没有稍稍进步，难道是欲望没有淡薄吗？机心没有消除吗？应当在心中努力反省，并在颜面上表现出来。

评点

人的内心与外表是紧密相连的。外表安详，内心多半宁静；外表灿烂，内心多半光明。曾氏以淡嗜欲消机心来增进自己的外在气象，可谓中的之举。

□ 书赠仲弟六则

原文

清

《记》曰："清明在躬。"吾人身心之间，须有一种清气。使子弟饮其和，乡党熏其德，庶几积善可以致祥。饮酒太多，则气必昏浊；说话太多，则神必躁扰。弟于此二弊，皆不能免。欲葆清气，首贵饮酒有节，次贵说话不苟。

俭

凡多欲者不能俭，好动者不能俭。多欲如好衣、好食、好声色、好书画古玩之类，皆可浪费破家。弟向无癖嗜之好，而颇有好动之弊。今日思作某事，明日思访某客，所费日增而不觉。此后讲求俭约，首戒好动。不轻出门，不轻举事。不特不作无益之事，即修理桥梁、道路、寺观、善堂，亦不可轻作。举动多则私费大矣。其次则仆从宜少，所谓食之者寡也。其次则送情宜减，所谓用之者舒也。否则今日不俭，异日必多欠债。既负累于亲友，亦贻累于子孙。

明

三达德之首曰智，智即明也。古来豪杰，动称英雄。英即明也。明有二端：人见其近，吾见其远，曰高明；人见其粗，吾见其细，曰精明。高明者，譬如室中所见有限，登楼则所见远矣，登山则所见更远矣。精明者，譬如至微之物，以显微镜照之，则加大一倍、十倍、百倍矣。又如粗糙之米，再舂则粗糠全去，三舂、四舂则精白绝伦矣。高明由于天分，精明由于学问。吾兄弟忝居大家，天分均不甚高明，专赖学问以求精明。好问若买显微之镜，好学若舂上熟之米。总须心中极明，而后口中可断。能明而断谓之英断；不明而断谓之武断。武断自己之事，为害犹浅；武断他人之事，招怨实深。惟谦退而不肯轻断，最足养福。

慎

古人曰钦、曰敬、曰谦、曰谨、曰虔恭、曰祗惧，皆慎字之义也。慎者，有所畏惮之谓也。居心不循天理，则畏天怒；作事不顺人情，则畏人言；少贱则畏父师，畏官长。年老则畏后生之窃议。高位则畏僚属之指摘。凡人方寸有所畏惮，则过必不大，鬼神必从而原之。若嬉游、斗牌等事而毫无忌惮，坏邻党之风气，作子孙之榜样，其所损者大矣。

恕

圣门好言仁，仁即恕也。曰富，曰贵，曰成，曰荣，曰誉，曰顺，此数者，我之所喜，人亦皆喜之。曰贫，曰贱，曰败，曰辱，曰毁，曰逆，此数者，我之所恶，人亦皆恶之。吾辈有声势之家，一言可以荣人，一言可以辱人。荣人，则得名得利得光耀，人尚未必感我，何也？谓我有势，帮人不难也。辱人则受刑，受罚，受苦恼，人必恨我刺骨，何也？谓我倚势，欺人太甚也。吾兄弟须从恕字痛下工夫，随在皆设身以处地。我要步步站得稳，须知他人也要站得稳，所谓立也。我要处处行得通，须知他人也要行得通，所谓达也。今日我处顺境，预想他日也有处逆境之时；今日我以盛气凌人，预想他日人亦以盛气凌我之身，或凌我之子孙。常以恕字自惕，常留余地处人，则荆棘少矣。

静

静则生明，动则多咎，自然之理也。家长好动，子弟必纷纷扰扰。朝生一策，暮设一计，虽严禁之而不能止。欲求一家之安静，先求一身之清静。静有二道：一曰不入是非之场，二曰不入势利之场。乡里之词讼曲直，于我何干？我若强为剖断，始则赔酒饭，后则惹怨恨；官场之得失升沉，于我何涉？我若稍为干预，小则招物议，大则挂弹章。不若一概不管，可以敛后辈之躁气，即可保此身之清福。

译文

清

《礼记》上说："清明体现在身上。"我们人的身心之间，必须有一种清气，使子弟享受他的祥和，乡人受他道德的熏陶，或许可以积善而招致吉祥。饮酒太多，则精气必定浑浊，说话太多，则神志必躁动。弟在这两个毛病上都不能避免。想要保存清气，首先重在饮酒有节制，次在说话不苟且。

俭

大凡欲望过多者，不能节俭；喜好动者，不能节俭。欲望多，比如爱好衣服，爱好饮食，爱好声色，爱好书画古玩等等，都可以因浪费而败家。弟一向没有特别的嗜好，但有好动的毛病。今天想做某桩事，明日想拜访某个客人，耗费钱物每天增加而不自觉。此后要讲求节俭简约，首先在戒除好动的毛病，不要轻易出门，不要轻易举办事情，不仅不做无益的事，即便修理桥梁道路寺观行善堂所，也不要轻易兴作，做事多个人所费则很大。其次，仆从宜少，所谓"吃白饭的人少"。再者，则赠送人情宜减，所谓"开支上能做到舒畅"。否则，今天不节俭，日后必欠债多，既让亲友背负牵累，也给子孙留下负担。

明

三种好品德的第一种叫做智，智即明。自古以来的豪杰，动辄称作英雄，英，即明的意思。明有两方面。别人只看到近的，我能看到远的，叫做高明；别人只看到粗部，我可以见到细微，叫做精明。所谓高明，比如说在房子里能见到的有限，登上楼后则所看见的就远了，登上山后则所看见的就更远了。所谓精明，比如极微小的物品，用显微镜一照，则加大一倍十倍百倍了。又比如粗糙的米，再次舂捣，则粗糠全部脱去，三次舂捣四次舂捣，则精白无比了。高明是由于天分，精明则由于学问。我们兄弟惭愧地居在大家之位上，天分都不很高明，唯有依靠学问来求得精明。喜好询问如同买来显微镜，爱好学习好比舂捣已熟透的谷米，总得心里面很明了，而后口中才可说出判断的话来。能够做到明白判断，叫做英明；不明白的判断，叫做武断。武断自己的事情，为害尚且浅；武断别人的事，招来的怨恨则深。唯有谦退而不愿轻率判断，最足以培植福气。

慎

古人说钦，说敬，说谦，说虔恭，曰祇惧，都是慎字的意思。所谓慎，就是有所畏惮的意思。居心不依循天理，则畏惧天怒；做事不顺人情，则畏惧别人指责；年少或地位低贱，则畏惧父亲、老师或畏惧官吏上司；年老，则畏惧后生的悄悄议论；处高位，则畏惧僚属的批评。人在心中凡有所畏惮，则过失必不会大，鬼神并因而原谅，倘若在嬉笑游乐打牌等事上毫无忌惮，败坏了家乡的风气，成为子孙效法的榜样，那么造成的损失就大了！

恕

孔孟学派喜欢说仁，仁也就是恕。说富，说贵，说成，说荣，说誉，说顺，这几样，是我的喜欢，别人也都喜欢。说贫，说贱，说败，说辱，说毁，说逆。这几样，是我的厌恶，别人也都厌恶。我们这些有声势的人家，一句话可以使别人荣耀，一句话也可以使人受辱。使人荣耀，则让人得名得利得光耀，别人尚且未必感激我，为何呢？说我有势力，帮助别人不困难。使人受辱，则让人受到刑罚受到苦恼，别人必定恨我刺骨，为何呢？说我倚仗势力欺人太甚。我们兄弟必须从恕字上痛下工夫，随时随处都要设身处地为别人着想。我想每一步站得稳，要知道别人也想站得稳，这就是立。我想处处行得通，要知道别人也想行得通，这就是达。今天我处在顺境，要预计他日也有身处逆境的时候。今天我以盛气凌人，要预计他日别人也会以盛气凌我本人，或者凌我的子孙。常常以恕字为自我警惕，常留余地待人，则荆棘麻烦就少了。

静

静则生发明，动则多引来咎，这是自然而然的道理。家长好动，必定会使子弟纷乱，受到干扰。早上生出一个想法，晚上又设置一个计划，即便严厉禁戒也不能止住。想求得一家的安静，先要求得家长一人的清静。静有两个途径可得到。一是不进入是非之场所，二是不进入势利之场所。乡间里的打官司论曲直，与我有什么关系？我若强行为它作分析判断，开始则赔酒赔饭，后来则惹来怨恨。官场上的得失升沉，与我有什么牵涉？我若是稍稍作点干预，小则招来议论，大则引来弹劾奏章。不如一概不管，可以收敛后辈的躁动之气，也可以保自身的清福。

评点

应二弟国潢（在族中排第四，故亦称四弟）之请，曾氏在同治七年为他写了六段话。这六段话即对清、俭、明、慎、恕、静六字的阐释。曾氏的这个仲弟，比他整整小了十岁。虽自小起便读书，但科名不利。二十六岁那年，曾氏为他捐了个监生。有此身份，可以参加乡试走中举中进士一路，也可以借此进入仕途混个一官半职。但后来这两条路他都没有走，一辈子在家守着祖宗墓庐。这一则是因为他的才学能力较之兄弟们稍逊一筹，二则后来战事兴起，四个兄弟都从军在外，老家也必须得有一个人在才行。曾氏的这个二弟身上有许多毛病，比如好出风头，好管闲事，好喝酒，好吹唢呐，好狎狭游，甚至依仗兄弟的权势，还好点胡作非为。曾氏的这六个字，每个字都是针对其二弟的毛病而言的。但因为曾氏学富识高，故这六段话对其他人也具有针砭性、启发性。如对明字的剖析，有高明、精明之分，远则为高，细则为精。高由天分，精由学问等等，都有助于思维的训练。

□ 以不忮不求为重

原文

余生平略涉儒先之书，见圣贤教人修身，千言万语，而要以不忮不求为重。忮者，嫉贤害能，妒功争宠，所谓怠者不能修，忌者畏人修之类也。求者，贪利贪名，怀土怀惠，所谓未得患得，既得患失之类也。忮不常见，每发露于名业相侔、势位相埒之人；求不常见，每发露于货财相接、仕进相妨之际。将欲造福，先去忮心，所谓人能充无欲害人之心，而仁不可胜用也。将欲立品，先去求心，所谓人能充无穿窬之心，而义不可胜用也。忮不去，满怀皆是荆棘；求不去，满腔日即卑污。余于此二者常加克治，恨尚未能扫除净尽。尔等欲心地干净，宜于此二者痛下工夫……附作忮求诗二首录左。

不忮

善莫大于恕，德莫凶于妒。妒者妾妇行，琐琐奚比数。己拙忌人能，己塞忌人遇。己若无事功，忌人得成务。己若无党援，忌人得多助。势位苟相敌，畏逼又相恶。己无好闻望，忌人文名著。己无贤子孙，忌人后嗣裕。争名日夜奔，争利东西骛。但期一身荣，不惜他人污。闻灾或欣幸，闻祸或悦豫。问渠何以然，不自知其故。尔室神来格，高明鬼所顾。天道常好还，嫉人还自误。幽明丛诟忌，乖气相回互。重者灾汝躬，轻亦减汝祚。我今告后生，悚然大觉悟。终身让人道，曾不失寸步。终身祝人善，曾不损尺布。消除嫉妒心，普天零甘露。家家获吉祥，我亦无恐怖。

不求

知足天地宽，贪得宇宙隘。岂无过人姿，多欲为患害。在约每思丰，居困常求泰。富求千乘车，贵求万钉带。未得求速偿，既得求勿坏。芬馨比椒兰，磐固方泰岱。求荣不知厌，志亢神愈忲。岁燠有时寒，月明有时晦。时来多善缘，运去生灾怪。诸福不可期，百殃纷来会。片言动招尤，举足便有碍。戚戚抱殷忧，精爽日凋瘵。矫首望八荒，乾坤一何大！安荣无遽欣，患难无遽憝。君看十人中，八九无倚赖。人穷多过我，我穷犹可耐。而况处夷途，奚事生嗟忾？于世少所求，俯仰有余快。俟命堪终古，曾不愿乎外。

译文

我一生略微涉及前代大儒的书籍，看到圣贤于修身方面教导别人的话尽管千言万语，但它的要点以不忮不求为重。所谓忮，即嫉贤害能，忌妒别人立功，与人在上司面前争宠，也就是书上所说的“懒惰的人不肯去修炼，好忌妒的人则害怕别人修炼”这一类。所谓求，即贪图名利，时时刻刻想念着利益恩惠，也就是书上所说的“没有得到时总想得到，已得到又害怕失去”这一类。忮不常见，每每出现在功名事业、权势地位相差不大的人之间。求不常见，每每出现在财产的经手与仕途的竞争之时。打算为自己谋求幸福，先要去掉忮心，这就是所说的“人如果能充满着不想害别人的心，而仁则用之不尽”；打算提高自己的人品，先要去掉求心，这就是所说的“人如果能没有盗窃之心，则义将用之不尽”。忮若不去掉，则满腹都是荆棘；求若不去掉，则满肚子一天天变得卑污。我对于这两点，常常加以整治，尚痛恨没有能够扫除干净。你们想要心地干净，宜在这两点上痛下工夫。附所作的关于忮、求诗两首，抄寻于左边。

不忮

善行莫大于宽恕，心性莫恶于忌妒。忌妒乃妇人的行为，猥猥琐琐不值得提起。自己笨拙却忌妒别人能干，自己遭堵塞却忌妒别人顺畅，自己没有建树，却忌妒别人获得成功，自己没有同伴的支援，却忌妒别人多得帮助。权势地位相当，则害怕对方逼迫又互相仇恨。自己没有好名声，则忌妒别人文名彰显。自己没有贤良子孙，则忌妒别人的后代兴旺。为争名而日夜奔驰，为争利而四处劳神。为了自己一人的荣耀，不惜让别人受污。听说别人遭灾则心里欢喜，听说别人遇祸则心里愉悦。问他为何如此做，他也说不出此中的缘故。你的心里充塞神圣，言行高明则鬼都会来眷顾。天道常常喜欢回报，忌妒别人者最后会误了自己。世上有形无形中有许多污垢忌讳处，乖戾之气与它们互相倚伏，乖戾之气重的则使人受灾，乖戾之气轻的则减掉人的福分。我现在以此先诫后生辈，肃然警觉过来。一生为别人让道，你自己也不会失去半步路。一生为别人祝福，你也不会损失一尺布。消除嫉妒之心，普天下都会降甘露。大家都吉祥，我也不会再有恐怖。

不求

知道满足则天地宽广，贪求得到则宇宙狭隘。不能说没有过人之处，只是被多欲求所害了。处在简约时则每每想丰足，处在困苦时则每每追求奢泰。富裕了则求取千辆车，尊贵了则追求万钉打造的腰带。没有得到时则巴望早日实现，已得到了又盼望长期保留。希望自己所处的环境如同种满椒兰似的芬芳，自己所获得的地位如泰山般的坚固。追求荣耀不知厌倦，志气亢奋精神越来越振作。一年之中有热也有冷，月有明亮也有晦暗。时运来了善缘也跟着多，运气一去灾祸也接着发生。运去时什么福分也盼不到，而各种各样的灾殃都会来到。一句话说得不当就招来怨尤，一动脚便遇到障碍。弄得人一天到晚心情戚然怀抱忧愁，精神上的爽快之感一天天凋零。抬起头来仰望四面八方，宇宙天地何等浩大！享受荣耀无需骤然间便得意忘形，身处患难也无需深深地怨恨。您看世上十个人里，便有八九人无所倚赖。不顺利的人比我多得多，我一时不顺是可以忍耐的。况且处于坦途上，何来叹息声呢？对于世界所求不多，则无论是俯是仰都快乐。静候命运中的时机到来，这是值得永远谨守的大道理，这之外的所求则不要去奢想。

评点

佛家认为贪、嗔、痴是人性中的三大弱点，在曾氏的眼中，儒家将忮、求列为人类应当剔除的坏习。求即贪。可见无论是佛界的祖师还是儒学的圣贤，都看到人类自身所存在的一个最大毛病：贪。所谓贪，即过分地谋求利益，包括物质利益和非物质利益。古往今来，贪财贪物贪色贪权贪名的人遍地皆是，真正能看淡财、物、色、权、名的人却极少极少。因为贪，会过度劳心劳力，耗尽精血，使人多病早亡。因为贪，会热心争竞，易于结仇结怨，招致无穷苦恼。因为贪，会不择手段，甚至伤天害理，触犯刑法，最后丢了性命。自有人类以来，因贪而死于非命的人不知多少！然而，人类却很难从中觉悟过来。

除开贪外，嫉妒也是人性中的极大弱点。粗略看来，嫉妒像是一种很奇怪的病态。人家得了好处，并未伤害你，你凭什么不好受呢？仔细解剖，怀着这种病态的人，他的心里会觉得别人得的好处是抢了他的，或是别人得到了而自己没得到，就会衬托出自己的无能。如此则间接伤害他，所以他不好受。嫉妒也普遍存在于人的心中，只是程度深浅不同罢了。许多人因嫉妒而失去理智，害人害己。嫉妒对人类的危害，实在不可小视。

一个人如果去掉贪去掉妒，则如同旅行者丢掉不必要的包袱一样，将轻松前进！潇潇洒洒地领略一路风光。

□ 慎独主敬求仁习劳

原文

日课四条

一曰慎独则心安。自修之道，莫难于养心。心既知有善知有恶，而不能实用其力，以为善去恶，则谓之自欺。方寸之自欺与否，盖他人所不及知，而己独知之。故《大学》之“诚意”章，两言慎独。……能慎独，则内省不疚，可以对天地质鬼神，断无行有不慊于心则馁之时。人无一内愧之事，则天君泰然，此心常快足宽平。是人生第一自强之道，第一寻乐之方，守身之先务也。

二曰主敬则身强。敬之一字，孔门持以教人，春秋士大夫亦常言之，至程朱则千言万语不离此旨。……吾谓敬字切近之效，尤在能固人肌肤之会筋骸之束。庄敬日强，安肆日偷，皆自然之征应，虽有衰年病躯，一遇坛庙祭献之时，战阵危急之际，亦不觉神为之悚，气为之振，斯足知敬能使人身强矣。若人无众寡，事无大小，一一恭敬，不敢懈慢，则身体之强健，又何疑乎？

三曰求仁则人悦。……我与民物，其大本乃同出一源。若但知私己，而不知仁民爱物，是于大本一源之道已悖而失之矣。至于尊官厚禄，高居人上，则有拯民溺救民饥之责。读书学古，粗知大义，即有觉后知觉后觉之责。若但知自了，而不知教养庶汇，是于天之所以厚我者辜负甚大矣。

四曰习劳则神钦。凡人之情，莫不好逸而恶劳，无论贵贱智愚老少，皆贪于逸而惮于劳，古今之所同也。人一日所着之衣所进之食，与一日所行之事所用之力相称，则旁人韪之，鬼神许之，以为彼自食其力也。

古之圣君贤相，若汤之昧旦丕显，文王日昃不遑，周公夜以继日坐以待旦，盖无时不以勤劳自励。《无逸》一篇，推之于勤则寿考，逸则夭亡，历历不爽。为一身计，则必操习技艺，磨炼筋骨，困知勉行，操心危虑，而后可以增智慧而长才识。为天下计，则必己饥己溺，一夫不获，引为余辜。大禹之周乘四载，过门不入，墨子之摩顶放踵，以利天下，皆极俭以奉身，而极勤以救民。故荀子好称大禹、墨翟之行，以其勤劳也。

军兴以来，每见人有一材一技、能耐艰苦者，无不见用于人，见称于时。其绝无材技、不惯作劳者，皆唾弃于时，饥冻就毙。……是以君子欲为人神所凭依，莫大于习劳也。

译文

日课四条

一、能谨慎地对待独处则心里安然。在自我修炼这件事上，难以做到的是养心。心里既然知道善，知道恶，但不能实实在在地用自己的力量去为善去恶，则是自我欺骗。心中的自欺与否，别人无法知道，而本人是知道的，故而《大学》里的“诚意”篇，两次谈到慎独。能做到慎独，则自我反省不内疚，可以坦然面对天地和鬼神，绝对没有所做的事让心有愧悔而使得正气疲软的时候。人没有一件内疚的事，则心灵泰然，常常有快乐满足宽和平静之感。这是人生的第一自强之道，也是最好的寻求快乐的办法，保证身体康健所首先要做到的事。

二、以敬为主宰则身体强健。敬这个字，孔子学派用它来教导别人，春秋时期士大夫也常常说到它，到了程子、朱子，则千言万语不离开这个宗旨。我说敬字切实而看得见的功效，尤其在于它能使人的肌肤筋骨得到约束。庄敬则一天天强健，安肆则一天天懒散，这是自然而然的应验。即使是老年病者，一旦遇到隆重的坛庙祭典，危险紧急的战场，也不自觉地神情为之悚然，精气为之振作，这就足以知道敬能使人身体强壮了。倘若人无论多少，事无论大小，全都持以恭敬之态，不敢怠慢，则身体的强健，又有什么可怀疑的呢？

三、追求仁则能使别人愉悦。我与别人以及万物，它的根本之处是同一的。倘若只知道爱惜一己，而不知道仁爱别人及万物，这就是与根本之处是同一的这个大道理相违背。至于官大禄丰高居百姓之上者，则负有拯救民众苦难的责任；读书识字学习古代圣贤略知大义者，则负有让后知后觉者警觉的责任。倘若只是顾自己，而不知教导养育大众，这便是很辜负了上天对自己的厚待之恩。

四、以劳作为习惯者则神都钦服。大凡人的性情，莫不好逸恶劳，无论是贵是贱是智是愚是老是少，都贪求安逸而害怕劳作，这一点古今都相同。人一天所穿的衣服，所吃的食物，与一天所做的事情所费的力相当，则别人赞同，鬼神允许，认为他是自食其力。

古代的圣君贤相，比如商汤的黎明即起床办公，周文王的过午而不歇息，周公的夜以继日，半夜起身坐而等待天亮，都是无时无刻不以勤劳来自我勉励。《无逸》这篇文章，讨论勤则长寿、逸则亡身的道理，历历不爽。为自己一身考虑，则必须操习技艺，磨炼筋骨，克服困难去获取知识强求实行，提着一颗心常思考些使人警惧的问题，如此才可以增长智慧和才干；为天下众生考虑，则必定是宁愿自己受饥饿受淹没，也为着一个普通百姓未得到他的好处而引为自己的责任未尽。大禹到处治水四年，路过家门而不入，墨子为天下利益从头到脚都受伤，这都是自奉极俭而拯救民众极勤。故而荀子喜欢称颂大禹、墨子的行为，这是因为他们勤劳的缘故。湘军组建以来，每每看到一个人只要有一点才干一门技术又能耐得艰苦，就没有见到不被人所用所称赞的。那些完全没有才能技术，又不习惯劳作的，则被时代唾弃，饿死冻死。所以君子想要为人神所依凭，要做的最大事情便是习于勤劳了。

评点

所谓日课，即每天都要温习的功课。这四条日课，是曾氏在同治九年六月间为两个儿子所写的。实际上是他自己一生对人世间的领悟。在他看来，人要真正地做到心安，则必须慎独，即在没有任何监督的情况下也不做坏事。人的身体要强健，则必须主敬。所谓敬，指的是内心纯洁，外表端严。如此人则固肌肤而束筋骸，身体日渐强壮。人若秉仁厚之心，则会善待他人；善待他人者，他人也将善待之。人人如此，则人群和悦，社会和谐。劳作是人生存之本，而好逸恶劳又是人性的弱点，故而特别需要时时提醒。难能可贵的是，曾氏看出劳逸不均是当时社会的最不平之事。作为一个封建时代的政治家，可谓头脑清醒，目光尖锐。在这四条日课的后面，曾氏写道："今书此四条，老年用自儆惕，以补昔岁之愆，并令二子各自勖勉，每夜以此四条相课，每月终以此四条相稽，仍寄诸侄共守，以期有成焉。"由此看来，这是晚年曾氏为他的大家族所制定的永久功课。

第二编／为学

□ 猛火煮慢火温

原文

师友夹持，虽懦夫亦有立志。子思、朱子言为学譬如熬肉，先须用猛火煮，然后用慢火温。予生平工夫全未用猛火煮过，虽略有见识，乃是从悟境得来。偶用功，亦不过优游玩索已耳。如未沸之汤，遽用慢火温之，将愈煮愈不熟矣。

译文

老师朋友上下扶掖，即便是懦夫也会立有志向。我想起朱子的话：为学好比熬肉，先必须用大火煮沸，然后再用小火慢慢地煨透。我平生学问上的工夫，完全没有用过大火煮沸，虽然略微有点见识，乃是从悟性这个境界里得来的。偶尔用过功，也不过是悠闲把玩而已，好

比没有沸腾的汤，即刻便用慢火温煨，将会越煮越不能熟透。

评点

这段话出自曾国藩道光二十二年九月十八日给诸弟的家信。此时曾氏年龄三十二岁，入京已三年，官居翰林院国史馆协修官，秩为正六品，属中央政府里的低级官员，俗称小京官。受信人为他的四个弟弟。四个弟弟都在老家湖南读书，且无一人有任何功名。此时的曾氏身为词臣，公务清闲，得以有时间读书做诗文。这段时期，他以《朱子全书》为课本，究心程朱理学，所引的这段朱熹的话，便出自于《朱子语类》。朱熹的原话为："今语学问，已如煮物相似，须爇猛火先煮，方用微火慢煮。若一向只用微火，何由得熟？欲复自家原来之性，乃恁地悠悠，几时会做得？大要须先立头绪。头绪既立，然后有所持守。"

朱熹的意思是，求学问的过程，就好比用火煮食物一样。先要用大火将食物猛烈地煮一阵子，待它已经熟了后，再用小火慢慢地煨。食物尤其是难以煮熟的食物比如肉类，如果一开始不用大火猛煮的话，它根本就熟不了，但也不能一个劲地用大火，那样就会把它烧焦了。食物中的精华部分，则需用小火慢慢细细地熬出来。朱熹认为，要恢复人原本的诚善之性，要为人生立一个大的规模，必须要用一段时期大量地刻苦地攻读圣贤的经典著作。有了这样一段过程之后，才有可能再来悠闲地阅读，细心地体味书中精义；如果一开始就欠缺这个刻苦攻读的过程，那么一辈子就将得不到真正的学问。

曾氏在唐鉴的指导下与倭仁等人一道，通过严格修炼，其信仰更为坚定，其心思也日趋纯粹，在求取学问的途径上，他亦甚为认同这种"先猛后温"的方式。鉴于过去缺少"猛火煮"阶段，他决心以加倍勤奋来予以补救。道光二十二年十二月二十日，曾氏在给诸弟的信后附了一份课程表。其日常功课的主要内容便是读书求学：读完二十三史，又特别注明每日读十页，虽有事亦不间断，一书不读完，不读他书。每天写日记。每天记茶余偶谈一则，分德行、学问、经济、艺术四门。每日做诗文数首。每天早起作字。夜里一律不出门。

曾氏将这个自己很认同并切实照着办的读书方法告诉诸弟，无疑是希望弟弟们也能照着做。曾氏的这四个弟弟，眼下正是全职读书郎，实在是应该趁此大好时候来一番“猛火煮肉”，即集中全副精力大量地日夜兼程地读书做诗文，借以立下学问规模。笔者也很认同这种求学方式。人生在世虽然漫长，可以活到七八十年，甚至高达百岁，但不需旁骛，能系统读书的时间也不过十多年，这十多年的求学岁月对一生的事业和成就关系巨大。在这段时间里有没有“烧过猛火”，常常是日后的人生有无成就的一个重要原因。许多人在学校里读书时不知珍惜，到了中年以后才痛切感受少壮不努力所带来的后果，再思补救，为时已晚。因为中年之后，按求学的程序，是应该到“慢火温”的时候了。那时若再用“猛火煮”，且不说各种条件已不具备，即便具备，“温”的阶段岂不要下移到老年！人到了老年，还能有大作为吗？

□ 用功譬若掘井

原文

子序之为人，予至今不能定其品。然识见最大且精，尝教我云：“用功譬若掘井，与其多掘数井而皆不及泉，何若老守一井，力求及泉而用之不竭乎？”此语正与予病相合。盖予所谓掘井多而皆不及泉者也。

译文

吴子序的为人，我至今还不能为他定位在哪一品上，但是他的见识远大而且精到，曾经教我说："用功好比挖井，与其多挖几口井而都不见泉水，何必不死守一井，力求见到泉水，从而用之不竭呢?"这句话所说的正与我的毛病相合，我就是他所说的挖井多而又都不见泉水者。

评点

这是道光二十二年九月，曾氏写给诸弟家信中的一段话。世间的道理既多又不多，要知道它们也并不太难，难的是运用得当。离开具体事情来空谈道理好谈，但针对某件具体事情来选取合适的道理，则很不易。就拿掘井来说，便有老挖下去而不见水当及时转移与死守一井不见水不罢休两种，要说道理，都有它的道理，对于一口摆在眼前的井来说，选择何种才能达到目的，这便有智与不智的区别了。

□ 诗文命意要高

原文

四弟之诗又有长进，第命意不甚高超，声调不甚响亮。命意之高，须要透过一层。如说考试，则须说科名是身外物，不足介怀，则诗意高矣；若说必以得科名为荣，则意浅矣。举此一端，余可类推。腔调则以多读诗为主，熟则响矣。

译文

四弟的诗又有长进，但立意不很高超，声调不很响亮。立意的高，在于要透过一层。比如说考试，则必须说功名是身外之物，不足以在胸中介意，那么诗意则高了。若说必须以得到功名为荣耀，则立意就肤浅。举这一点，其余可类推。至于腔调，则以多读诗为主，熟练则自然响亮了。

评点

读了曾氏为其弟所举的例子，笔者第一印象是，古今文人多矫情。如此看来，许多说功名是身外之物的诗文都不可信，因为那是为了命意高而说的假话。但实实在在地说，功名的确是身外之物，这种认识是产生在真正悟透生命的真谛之后，而不是鹦鹉学舌或言不由衷。

□ 不要蛮读蛮记

原文

纪泽儿读书记性不好，悟性较佳，若令其句句读熟，或责其不可再生，则愈读愈蠢，将来仍不能读完经书也。请子植弟将泽儿未读之经，每日点五六百字教一遍，解一遍，令其读十篇而已，不必能背诵也，不必常温习也。待其草草点完之后，将来看经解，亦可求熟。若蛮读蛮记蛮温，断不能久熟，徒耗日工而已。诸弟必以兄言为不然。吾阅历甚多，问之朋友，皆以为然。……儿侄辈写字亦要紧，须令其多临帖。临行草字亦自有益，不必禁之。

译文

纪泽读书，记性方面不好，悟性方面较佳。若叫他每一句都读熟，或者要求他不能将读熟的句子再生疏，那么他会越读越蠢，将来依旧不能读完经书。请子植弟将纪泽没有读过的经书，每天点出五六百字，教授一遍，讲解一遍，叫他读十遍，不一定能背诵，不一定常温习，等到他草草点完之后，将来看经书的解释，也可以求得熟习。若霸蛮读霸蛮记霸蛮温习，决不能做到久熟，白白地耗费时间工夫而已。各位老弟一定不会赞成兄的所言，我阅历很多，询问身边朋友，都认为这样行。儿侄辈写字也要抓紧，必须叫他们多临帖。临摹行草字体，也自有益处，不必禁止。

评点

对儿子学业上的要求，曾氏的态度比较宽松。他叫弟弟不要强迫纪泽死记呆背，重要的在于启发其悟性。对儿子的功名，曾氏的态度也较为宽松。他不让儿子拼命读四书五经，通过科场求出身，而是请洋人在家教两个儿子学英文。正是因为这种开明的家庭教育，才有日后的外交家曾纪泽和数学家曾纪鸿。

□ 四十岁后仍可有大长进

原文

弟之文笔，亦不宜过自菲薄，近于自弃。余自壬子出京，至今十二年，自问于公牍书函、军事吏事、应酬书法无事不大长进。弟今年四十，较我壬子之时尚少三岁，而谓此后便无长进，欺人乎？自弃乎？弟文有不稳之处……无不畅之处，不过用功一年二载便可大进。昔温弟谏余曰：“兄精神并非不足，乃吝惜不用耳。”余今亦以此意谏弟也。

译文

弟对于自己的文笔，也不宜过于看不起，以至于自暴自弃。我自咸丰二年离开京师，至今十二年，自己觉得对于公牍、信函、军事、吏事、应酬、书法，没有哪件事上无长进。弟今年四十，比我咸丰二年时尚少三岁，就说今后无长进，这是欺骗别人呢？还是自暴自弃呢？弟的文笔有不稳妥之处，但无不畅通之处，不过用功一二年，即可有大长进。过去温甫弟规劝我说："兄的精神并非不足，而是舍不得用。"我今天也以这个意思规劝弟。

评点

曾国荃四十岁时对自己的文笔长进缺乏信心，这一点不奇怪，而今许多人不到四十便对自己各方面的长进缺乏信心。曾氏说他四十三岁离开北京后，十二年来在很多方面都大有长进，这是实话。这一方面说明，人到四十岁时并未停止长进，但另一方面我们也要看到，曾氏这十二年中的大长进应是环境使然。这说明，人的长进离不开激励。"艰难困苦，玉汝于成"，这八个字说的是真理。

□ 识度气势情韵趣味四大类

原文

所谓四象者：识度即太阴之属，气势则太阳之属，情韵少阴之属，趣味少阳之属。其中所选之文，颇失之过于高古。弟若依此四门而另选稍低者、平日所嗜者抄读之，必有进益。但趣味之门，除我所抄者外，难再多选耳。

译文

所谓四象，指的是：识度即太阴之类，气势即太阳之类，情韵即少阴之类，趣味即少阳之类。其中所选的文章过于高古，这是它的缺失。弟若依照这四个门类，另外选择稍稍低一点的。平日里很喜欢的文章，亲手抄写诵读，必定有所进益。但趣味这一门类，除开我所抄录的，恐怕再难多选了。

评点

曾氏自称在三十多岁时便已窥得古文之奥微。他将古人文章分为识度、气势、情韵、趣味四大门类，很可能就是他自认为独自看出来的奥微。曾氏将邵雍的四象说借用过来，分别以太阴、太阳、少阴、少阳来命名。他认为属于识度这一类的文章，在经书中有《周易》里的十翼，在诸子百家中有《史记》里的序赞，欧阳修的文章。属于气势类的文章，经书中有《泰誓》《牧誓》，诸子百家中的扬雄、韩愈的文章。属于情韵类的文章，经书中有《诗经》，诸子百家中的《楚辞》。属于趣味类的文章，经书中有《左传》，诸子百家中有《庄子》、韩愈文章。

□ 为学四字：速熟恒思

原文

曾以为学四字勖儿辈：一曰看生书宜求速，不多阅则太陋；一曰温旧书宜求熟，不背诵则易忘；一曰习字宜有恒，不善写则如身之无衣，山之无木；一曰作文宜苦思，不善作则如人之哑不能言，马之跛不能行。四者缺一不可。盖阅历一生而深知之深悔之者，今亦望家中诸侄力行之。养生与力学，二者兼营并进，则志强而身亦不弱，或是家中振兴之象。

译文

曾经以为学四字勉励儿辈：一叫做读生书宜求快速，若不能多阅读则显得孤陋；一叫做温习旧书宜求熟练，若不能背诵则容易忘记；

一叫做练习写字宜有恒心，若不善于写字则好比身上没有衣服，山上没有树木；一叫做写文章宜苦苦思考，若不善于做文章则好比哑巴人不能说话，跛脚马不能走路。四个字缺一不可。这是我阅历一生而自己深为愧悔的，而今希望家中诸侄儿努力实行。养生与力学，两者都经营，做到齐头并进，则志气强壮而身体也强壮，或许是家中振兴的气象。

评点

以笔者之体会，曾氏所说的速，指的是博览，所说的熟，指的是精研。读书既要博又要精。博是精的基础，而精则可望有自家的独学。

□ 少年不可怕丑

原文

读书之法，看、读、写、作，四者每日不可缺一。看者，如尔去年看《史记》《汉书》韩文《近思录》，今年看《周易折中》之类是也。读者，如《四书》《诗》《书》《易经》《左传》诸经，《昭明文选》，李杜韩苏之诗，韩欧曾王之文，非高声朗诵则不能得其雄伟之概，非密咏恬吟则不能探其深远之韵。譬之富家居积，看书则在外贸易，获利三倍者也，读书收则在家慎守，不轻花费者也；譬之兵家战争，看书则攻城略地，开拓土宇者也，读书则深沟坚垒，得地能守者也。看书与子夏之“日知所亡”相近，读书与“无忘所能”相近，二者不可偏废。至于写字，真行篆隶，尔颇好之，切不可间断一日，既要求好，又要求快。余生平因作字迟钝，吃亏不少。尔须力求敏捷，每日能作楷书一万则几矣。至于作诸文，亦宜在二三十岁立定规模；过三十后，能长进极难。作四书文，作试帖诗，作律赋，作古今体诗，作古文，作骈体文，数者不可不一一讲求，一一试为之。少年不可怕丑，须有狂者进取之趣，此时不试为之，则后此弥不肯为矣。

译文

读书的方法，看、读、写、作四个字，每天不能欠缺一个字。看，比如你去年看的《史记》《汉书》、韩愈文章、《近思录》，今年看的《周易折中》这一类即是。读，比如《四书》《诗经》《尚书》《易经》《左传》等经书，《昭明文选》，李白、杜甫、韩愈、苏轼的诗，韩愈、欧阳修、曾巩、王安石的文章，不高声朗读则不能领略到它的雄伟的气概，不细咏轻吟则不能探测它的深远的韵致。好比富有之家积累财产，看书则如同在外贸易，获三倍的利益，读书则如同在家谨慎把守，不轻易花费。好比军队打仗，看书则如同攻城略地，开拓疆土，读书则好比深沟坚垒能守住所得到的土地。看书与子夏说的“每天知道自己所不知的”相近，读书与“不忘记所已知的”相近。两者不可偏废。至于写字，真、行、篆、隶各体，你都比较喜好，切不可间断一天，既要求好，又要求快。我一生因写字迟钝，吃亏不少。你必须力求敏捷，每天能写楷书一万个，则差不多了。至于做各种文章，也宜在二三十岁时立定规模，过了三十岁后，长进就难了。做四书文章，做试帖诗，做律赋，做古体诗今体诗，做古文，做骈文，这几种不能不一一都讲求，一一都试着写。少年时不应该怕丑，必须有“狂者进取”的姿态，这时候不试着去做，那么以后则不愿意去做了。

评点

曾氏所说的“少年不可怕丑，须有狂者进取之趣”，实在是人生经验之谈。人在年轻时，必须要有点不顾一切去拼搏的气概。拼搏成功，则可以为一生事业的基础；拼搏失败，或者从头再来，或者另觅途径再来，都还来得及。人到中年，各种各样的原因都要求人不能失败；既怕失败，便有顾虑，也便失去力拼的勇气，成功于是距人越来越远了。

□ 阅历增进对《孟子》的理解

原文

《离娄》首章“上无道揆，下无法守”，吾往年读之，亦无甚警惕。近岁在外办事，乃知上之人必揆诸道，下之人必守乎法。若人人以道揆自许，从心而不从法，则下凌上矣。“爱人不亲”章，往年读之，不甚亲切。近岁阅历日久，乃知治人不治者，智不足也。

译文

《孟子》中的《离娄》篇首章“处上位者不按道决策，处下位者则没有法规可依循”，这两句话，我在过去读它时，也没有引起多大的注意。近年来在外面办事，于是知道处上位者必须依据道来决定政策，处下位者才好依法做事，假若人人都以为自己是在按道行政，听从自己的一心而不依循法令，那么处下位者则凌驾于处上位者了。“爱人不亲”这一章，过去读它，不觉得很亲切，近年阅历时间久，于是知道治人者若达不到治理效果的话，那是自己的智慧不足。

评点

常言说好书可常读常新。之所以能常新，是因为每一次读书时都会加进读者自己的生命阅历，从而对书增加一层新的理解。曾氏从过去的“无甚警惕”“不甚亲切”到现在的警惕、亲切，其原因乃“阅历日久”。

□ 文人不可无手抄小册

原文

阮文达公为学政时，搜出生童夹带，必自加细阅。如系亲手所抄，略有条理者，即予进学；如系请人所抄，概录陈文者，照例罪斥。阮公一代闳儒，则知文人不可无手抄夹带小本矣。昌黎之记事提要、纂言钩玄，亦系分类手抄小册也。

译文

阮元做学政时，搜出考生私自带进考场的簿册，必定亲自细细审阅。如果是考生亲手所抄而略有条理的，即准予进学；如果是请别人所抄，全部录的是陈旧文章的，照违例罪予以斥责。阮元一代大儒，他知道文人不可能没有亲手所抄的小簿册。韩愈的“记事提要”“纂言钩玄”，也就是分类手抄的小册子。

评点

曾氏所说的手抄夹带小册，就是我们今天常说的读书笔记本。但这类笔记本，也只是平时使用，若带进考场是不允许的。阮元能容忍此事，足见其人的宽厚。

□ 不必求记却宜求个明白

原文

读书记性平常，此不足虑。所虑者第一怕无恒，第二怕随笔点过一遍，并未看得明白。此却是大病。若实看明白了，久之必得些滋味，寸心若有怡悦之境，则自略记得矣。尔不必求记，却宜求个明白。

译文

读书记性平常，这不足以忧虑。所要忧虑的，第一怕无恒心，第二怕随便用笔点一遍，并没有看明白。这些却是大毛病。若实实在在看明白了，久而久之必然会有些味道，心里好像有一种怡悦境界，那么自然就记住了。不必求记住字句，却要明白其中味道。

评点

读书有死记呆背与明其意义两种。曾氏要儿子“求个明白”，显然所取为后者。有些人长于记忆，甚至过目不忘，这当然很好，对于大多数人来说，能明白所读之书的意义，也就达到读书的目的了。

□ 珠圆玉润

原文

无论古今何等文人，其下笔造句，总以珠圆玉润四字为主。无论古今何等书家，其落笔结体，亦以珠圆玉润四字为主。……世人论文家之语圆而藻丽者，莫如徐陵、庾信，而不知江淹、鲍照则更圆，进之沈约、任昉则亦圆，进之潘岳、陆机则亦圆，又进而溯之东汉之班固、张衡、崔骃、蔡邕则亦圆，又进而溯之西汉之贾谊、晁错、匡衡、刘向则亦圆。至于马迁、相如、子云三人，可谓力趋险奥，不求圆适矣；而细读之，亦未始不圆。至于昌黎，其志意直欲凌驾子长、卿、云三人，戛戛独造，力避圆熟矣，而久读之，实无一字不圆，无一句不圆。尔于古人之文，若能从江、鲍、徐、庾四人之圆，步步上溯，直窥卿、云、马、韩四人之圆，则无不可读之古文矣，即无不可通之经史矣。

译文

无论古今什么样的文人，他下笔为文，总是以珠圆玉润四个字为主。无论古今什么样的书法家，他的笔画结构，也以珠圆玉润四个字为主。世人评论作家的文句圆润辞藻华丽，常说莫过于徐陵、庾信，而不知道江淹、鲍照更圆润，向上推进沈约、任昉也圆润，又向上推进潘岳、陆机也圆润，又向上推进而追溯到东汉的班固、张衡、崔骃、蔡邕也圆润，又向上推进而追溯到西汉的贾谊、晁错、匡衡、刘向也圆润，至于司马迁、司马相如、扬雄三人，可以说得上竭力趋于险奥，不求圆润了，而细细读他们的文章，也不是不圆。至于韩愈，他的志向是简直想凌驾在司马迁、司马相如、扬雄三人之上，戛戛独造，努力避免圆熟了，但经常阅读后，会知道实在是无一字不圆，无一句不圆。对于古人的文章，若是能从江、鲍、徐、庾四人的圆润一步步上溯，一直窥探到司马相如、扬雄、司马迁、韩愈四人的圆润，则没有不可诵读的古文了，也就没有不可通晓的经书与史书了。

评点

曾氏认为珠圆玉润乃为文所要达到的最高境界，并于以险奥为艺术追求的司马迁、司马相如、扬雄、韩愈四人的文章中，也看出珠圆玉润的实质。这应是曾氏作为一代文章宗师的慧眼独到。

□ 文章的雄奇之道

原文

文中雄奇之道：雄奇以行气为上，造句次之，选字又次之。然未有字不古雅而句能古雅，句不古雅而气能古雅者；亦未有字不雄奇而句能雄奇，句不雄奇而气能雄奇者。是文章之雄奇，其精处在行气，其粗处全在造句选字也。余好古人雄奇之文，以昌黎为第一，扬子云次之。二公之行气，本之天授。至于人事之精能，昌黎则造句之工夫居多，子云则选字之工夫居多。

译文

文章中雄奇风格的获得：雄奇以气势运行为上，造句次之，选字又次之。但是没有字不古雅而能做到句子古雅的，没有句子不古雅而能做到气势古雅的；也没有字不雄奇而能做到句子雄奇，句子不雄奇而气势能雄奇的。所以文章的雄奇，其精深处在于行气，其粗浅处则全在于造句选字。我喜好古人中的气势雄奇的文章，以韩愈为第一，扬雄次之。二位文章的行气，其根本在于天授。至于人事上的精能，韩愈在造句方面居多，扬雄则在选字上的工夫居多。

评点

对于文章，曾氏偏好雄奇的风格，故他一生喜欢读庄子、司马迁、扬雄、韩愈等人的文章，所喜的是他们为文的雄奇瑰丽。他指导家人做文章，也总是喜欢将他们往雄奇一路上引。如对其六弟说："弟之天姿不凡，此时作文，当求议论纵横，才气奔放，作为如火如荼之文，将来庶有成就。"对其儿子说："少年文字，总贵气象峥嵘，东坡所谓蓬蓬勃勃为釜上气。"他自己作文，更是力求雄奇。钱基博评曾氏："其持论以光气为主，以音响为辅，探源扬、马，专宗退之，奇偶错综，而偶多于奇，复字单词，杂厕其间，厚集其气，使声彩炳焕而戛焉有声。"（《现代中国文学史》）在回答儿子如何才能做到文章雄奇之问时，曾氏明确指出，雄奇以行气为主，造句次之，选字又次之，但行气又从字句中来；它们之间的关系是表里之间的关系，是精粗之间的关系。

□ 本义与余义

原文

古人解经，有内传，有外传。内传者，本义也；外传者，旁推曲衍，以尽其余义也。孔子系《易》，小象则本义为多，大象则余义为多。孟子说《诗》，亦本子贡之因贫富而悟切磋，子夏之因素绚而悟礼后，亦证余义处为多。《韩诗外传》尽余义也，《左传》说经，亦以余义立言者多。

译文

古人对经书的解释，有内传，也有外传。内传解释经书的本义，外传则是对本义的推衍延伸，以求完全发挥经书的余义。孔子将《象传》系于《易经》，其中“小象”则讲本义为多，“大象”则讲余义为多。孟子说《诗经》，也是本着子贡的因贫与富的话题而领悟切磋之义，子夏因素与绚的话题而领悟礼产生于仁之后，论证余义处为多。《韩诗外传》说的都是余义，《左传》说经，也多以余义来立言。

评点

读书重在能举一反三，触类旁通。古人对经书的研究以内、外分传，在这方面为我们做了示范。一部经典通过无数人的推衍发挥，最后成为一部学问。这门学问，应该说是众人智慧的汇合。

□ 读书可变化气质

原文

尔近来写字，总失之薄弱，骨力不坚劲，墨气不丰腴，与尔身体向来轻字之弊正是一路毛病。尔当用油纸摹颜字之《郭家庙》、柳字之《琅琊碑》《玄秘塔》，以药其病，日日留心，专从厚重二字上用功，否则字质太薄，即体质亦因之更轻矣。人之气质，由于天生，本难改变，惟读书则可变化气质。

译文

你近来写字，总是失在薄弱这一点上，骨力不坚劲，墨气不丰满，与你的身体向来有轻这个字的弊端属于同一路毛病。你应当用油纸描摹颜真卿的《郭家庙》、柳公权的《琅琊碑》《玄秘塔》，用来医治此病，每天都留心，专门从厚与重两个字上用功，否则字的质地太薄，同时人的体质也因此而更加轻了。人的气质由于天生，本难以改变，唯有读书可以改变气质。

评点

曾氏总是批评纪泽举止过于轻飘，这次又说他的字也显得薄弱，又联系到他的体质。曾纪泽只活了五十一岁，从所存的照片来看身体也像是单薄。看来，曾纪泽的举止轻，字不坚劲，很可能都源于他体质上的弱。

□ 文章与小学

原文

余观汉人词章，未有不精于小学训诂者，如相如、子云、孟坚于小学皆专著一书，《文选》于此三人之文著录最多。余于古文，志在效法此三人，并司马迁、韩愈五家，以此五家之文，精于小学、训诂，不妄下一字也。尔于小学，既粗有所见，正好从词章上用功。《说文》看毕之后，可将《文选》细读一过，一面细读，一面钞记，一面作文，以仿效之。凡奇僻之字，雅故之训，不手钞则不能记，不摹仿则不惯用。自宋以后能文章者不通小学，国朝诸儒通小学者又不能文章，余早岁窥此门径，因人事太繁，又久历戎行，不克卒业，至今用为疚憾。

译文

我看汉人所写的词章，没有不精通小学、训诂的，比如司马相如、扬雄、班固，在小学上都有一部专著，《文选》关于这三人的文章所选最多。我对于古文，有志效法这三人，再加上司马迁、韩愈共五家，因为这五家的文章都精通小学、训诂，不随便写一个字。你对于小学既然粗略有所见解，正好从词章上用功。《说文》读完后，可以将《文选》细细读一遍，一面抄录，一面自己作文来仿效。凡是奇怪生僻字，古雅词义的解释，不亲手抄录则不能记住，不模仿写作则不能习惯运用。自宋代以后，能做文章的不通晓小学，本朝的学问家通晓小学但又不能做文章，我早年便看出了此中的门路，但因人事太繁杂，又久在军营，没有将这个事业办成，至今引为内疚遗憾。

评点

曾氏说自宋以后中国文人便将文章与文字学分开了，能文章者不通文字学，通文字学者又不能为文章。此现象于今更普遍。它的产生，有其合理的成分，这是因为文章与文字学毕竟分属两类不同的学科。但现在许多文理不通、文句不顺的文章诗词竟然十分流行，使人颇为困惑不解。

□ 效王陶则可效嵇阮则不可

原文

五言诗，若能学到陶潜、谢朓一种冲淡之味和谐之音，亦天下之至乐，人间之奇福也。尔既无志于科名禄位，但能多读古书，时时哦诗作字，以陶写性情，则一生受用不尽。第宜束身圭璧，法王羲之、陶渊明之襟韵潇洒则可，法嵇、阮之放荡名教则不可耳。

译文

五言诗，若是能够将陶潜、谢朓的那种冲淡之味、和谐之音学到，也是天下的至乐、人间的奇福。你既然无志于科名禄位，能够多读些古书，常常诵诗写字，用来陶冶性情，则一生受用不尽。但要有原则检束自己，效法王羲之、陶渊明的襟怀潇洒则可以，若效法嵇康、阮籍那样在名教面前放浪形骸则不可以。

评点

置身于功名之外者，有洁身自爱的，也有放荡不羁的，故而曾氏叮咛儿子，要学前者如王、陶等人，而不要学后者如嵇、阮之辈。

□ 跌宕倔强为行气不易之法

原文

余近年颇识古人文章门径，而在军鲜暇，未尝偶作，一吐胸中之奇。尔若能解《汉书》之训诂，参以《庄子》之诙诡，则余愿偿矣。至行气为文章第一义，卿、云之跌宕，昌黎之倔强，尤为行气不易之法。尔宜先于韩公倔强处揣摩一番。

译文

我近年较能辨识古人文章的门路，只是在军营中少有闲暇，没有机会偶尔写作，一吐胸中奇气。你若是能够理解《汉书》的训诂，又能参透《庄子》的诙谐诡谲，那么我的愿望也就实现了。至于行气为文章的第一要点，司马相如、扬雄的跌宕，韩愈的倔强，尤其可作为行气的不改法则。你应该先对韩愈文章的倔强处细心揣摩一番。

评点

曾氏十分重视文章的行气，将它视为第一义。在这段话里，曾氏就如何行气指出两条不易之法：一为跌宕，一为倔强。人们看重曾氏的书信，其中一点是曾氏不仅在原则上为子弟指出方向，而且还为子弟朝着这个方向前行铺路搭桥。此处所说的跌宕与倔强可视为通向行气的两座桥梁。

□ 名篇当吟玩不已

原文

凡诗文欲求雄奇矫变，总须用意有超群离俗之想，乃能脱出恒蹊。尔前信读《马汧督诔》，谓其沉郁似《史记》，极是极是。余往年亦笃好斯篇。尔若于斯篇及《芜城赋》《哀江南赋》《九辩》《祭张署文》等篇吟玩不已，则声情自茂、文思汩汩矣。

译文

凡诗文若想求得雄奇矫劲多变，总得在立意上有超群离俗的想法，才能脱离常见的套路。你前次信里说读《马汧督诔》，它的沉郁像《史记》，说得很对很对。我往年也特别喜好这篇诔文。你若将这篇以及《芜城赋》《哀江南赋》《九辩》《祭张署文》等篇仔细把玩吟诵不已，则为文时自然能够声情并茂、思路顺畅了。

评点

文章和诗词一样，不但要多看，还要多吟诵，在吟诵中感受它的声调。吟玩累积到一定的工夫，则握笔为文，亦将声情并茂而不自觉。

□ 少年文字总贵气象峥嵘

原文

问有一专长，是否须兼三者乃为合作。此则断断不能。韩无阴柔之美，欧无阳刚之美，况于他人而能兼之？凡言兼众长者，皆其一无所长者也。鸿儿言此表范围曲成，横竖相合，足见善于领会。至于纯熟文字极力揣摩，固属切实工夫，然少年文字，总贵气象峥嵘。东坡所谓蓬蓬勃勃如釜上气。古文如贾谊《治安策》、贾山《至言》、太史公《报任安书》、韩退之《原道》、柳子厚《封建论》、苏东坡《上神宗书》，时文如黄陶庵、吕晚村、袁简斋、曹寅谷，墨卷如《墨选观止》《乡墨选锐》中所选两排三迭之文，皆有最盛之气势。尔当兼在气势上用功，无徒在揣摩上用功。大约偶句多，单句少，段落多，分股少，莫拘场屋之格式。短或三五百字，长或八九百字千余字，皆无不可。虽系《四书》题，或用后世之史事，或论目今之时务，亦无不可。总须将气势展得开，笔仗使得强，乃不至于束缚拘滞，愈紧愈呆。

译文

问有一项专长，是否必须兼备其他三项一起合作。这是断然不可能的。韩愈没有阴柔美，欧阳修没有阳刚美，何况对于其他人来说能兼备吗？凡是说兼备众长的，都是因为他没有一项专长。纪鸿儿说这个表效法阴阳而随机应变，横直都能相合，足见善于领会。至于将文字炼得纯熟，竭力去揣摩文章深意，固然属于切切实实的工夫，但少年人写作文章，总还是以气象峥嵘为可贵，好比苏东坡所说的那种蓬蓬勃勃，如同锅上的热气似的。古人文章中如贾谊的《治安策》、贾山的《至言》、司马迁的《报任安书》、韩愈的《原道》、柳宗元的《封建论》、苏东坡的《上神宗书》，现时的文章中如黄陶庵、吕晚村、袁简斋、曹寅谷，科场中的文章如《墨选观止》《乡墨选锐》中所选的两排三叠之文，都有最旺盛的气势。你应当兼顾在气势上用功，不要徒徒在揣摩上用功夫。大约排偶句多，单个句少，段落多，分股少，不要拘泥于科场考试的格式，短或三五百字，长或八九百字、千多字都无不可，即便是从《四书》上取题，或者用后世的史事，或论当今的时务，也无不可。总须得将气势展得开，笔力用得强，才不至于拘束板滞，弄得越紧越呆。

评点

因为曾氏提出气势、识度、情韵、趣味四象之说，又以太阳、少阳、太阴、少阴配之，并列表予以说明，两个儿子便就此向父亲提问谈体会。大儿纪泽问，有一象之长，是否还须其他三象配合，才能写出好文章。小儿纪鸿则说列表说明四象，当领会其中相通之内蕴，不要呆板割裂。曾氏表扬小儿善于从整体和本质上看事物的智慧，又针对大儿的问题给予明确回答。一句“少年文字总贵气象峥嵘”，当视为此段文字中的精警之句。

□ 气势最难能可贵

原文

四象表中，惟气势之属太阳者，最难能而可贵。古来文人，虽偏于彼三者，而无不在气势上痛下工夫。

译文

四象表中，惟属于太阳类的气势最为难能可贵，自古来文人，即便偏于另外三者的，也无不在气势下痛下工夫。

评点

对于气势这一点，曾氏反复强调，这固然有他自己偏爱的成分在内，但也的确是好文章的一个极重要因素。

□ 打得通的便是好汉

原文

余于凡事皆用困知勉行功夫，尔不可求名太骤，求效太捷也。以后每日习柳字百个，单日以生纸临之，双日以油纸摹之。临帖宜徐，摹帖宜疾，专学其开张处。数月之后，手愈拙，字愈丑，意兴愈低，所谓困也。困时切莫间断，熬过此关，便可少进。再进再困，再熬再奋，自有亨通精进之日。不特习字，凡事皆有极困极难之时，打得通的，便是好汉。

译文

我对于每件事都用困知勉行的功夫，你不可求名太骤然，求效太快捷。以后每天练习柳体字一百个，逢单日以生纸临摹，逢双日以油纸临摹。临帖宜慢，摹帖宜快，专学它的开张处。几个月以后，手愈笨拙，字愈丑陋，兴趣愈低落，这就是所说的困。困时切不要间断，熬过这一关，便可以少许进步。再进一步便会遇到再困，再困时再熬，于是便可再奋进，自然有亨通精进的一天。不只是练习字，凡事都有极困难的时候，打得通的，便是好汉。

评点

曾氏这段话好极了！好在他以自身的习字经历真实地写出困知勉行的体会，最后得出“打得通的便是好汉”的结论，通俗而形象地道出人生奋斗的真谛。

□ 思路宏开

原文

作文以思路宏开为必发之品。意义层出不穷，宏开之谓也。

译文

做文章，以思路宽阔开张者为必定发达的作品。意义能层出不穷，这就是宽阔开张的意思。

评点

此话说到为文的极紧要之点，可谓这位湘乡文派祖师爷的骊珠，读者诸君宜仔细咀嚼。

□ 判定大家的标准

原文

凡大家名家之作，必有一种面貌，一种神态，与他人迥不相同。譬之书家，羲、献、欧、虞、褚、李、颜、柳一点一画，其面貌既截然不同，其神气亦全无似处。本朝张得天、何义门虽称书家，而未能尽变古人之貌。故必如刘石庵之貌异神异，乃可推为大家。诗文亦然。若非其貌其神迥绝群伦，不足以当大家之目。渠既迥绝群伦矣，而后人读之，不能辨识其貌，领取其神，是读者之见解未到，非作者之咎也。尔以后读古文古诗，惟当先认其貌，后观其神，久之自能分别蹊径。今人动指某人学某家，大抵多道听途说、扣槃扪烛之类，不足信也。君子贵于自知，不必随众口附和也。

译文

凡大家名家的作品，必定有一种面貌一种神态，与别人完全不相同。比如书法家，王羲之、王献之、欧阳询、虞世南、褚遂良、李邕、颜真卿、柳公权等人的一点一画，面貌固然彼此截然不同，神气也全无相似之处。本朝张得天、何义门虽然号称书法家，但未能完全改变古人的面貌，所以必须像刘墉那样面貌不同神气不同，才可以推为大家。诗文也是这样。若不是面貌神气远远超过一般人，不足以称之为大家。他已经是远远超越一般人了，但后人读他的字，不能辨识他的面貌，领会他的精神，这是读的人见解未达到，并不是作字者的过错。阅读古文古诗，唯有先认识它的面貌，后看出它的精神，久而久之自然能分别出门路。今人动辄指某人学某家，大多属于道听途说、扣槃扪烛之类，不值得相信。君子可贵之处在于自知，不必要附和众人之说。

评点

曾氏提出判定诗文书法大家的标准，即面貌神态均要迥绝群伦。这是深得艺术鉴赏三昧之言。曾氏能有这样的认识，固然得益于他的见识，也得益于他的亲身经历，无论于诗文还是于书法，他都用功甚勤。

□ 虽南面王不以易其乐

原文

凡诗文趣味约有二种：一曰诙诡之趣，一曰闲适之趣。诙诡之趣，惟庄、柳之文，苏、黄之诗。韩公诗文，皆极诙诡。此外实不多见。

闲适之趣，文惟柳子厚游记近之，诗则韦、孟、白傅均极闲适。而余所好者，尤在陶之五古、杜之五律、陆之七绝，以为人生具此高淡襟怀，虽南面王不以易其乐也。……但不可走入孤僻一路耳。

译文

凡诗文的趣味，大约有两方面，一叫做诙谐之趣，一叫做闲适之趣。诙谐之趣，唯有庄子、柳宗元的文章，苏轼、黄庭坚的诗，韩愈的诗文，都极为诙谐，此外实在不多见。闲适之趣，文章则只有柳宗元的游记相近，诗则韦庄、孟浩然、白居易，都极为闲适。而我所喜好的，尤其是陶潜的五古、杜甫之五律、陆游的七绝，认为人生具备这样高远淡泊的胸襟，其快乐即便是拿南面称王来交换也不给；当然，也不要走入孤僻一路上去。

评点

曾氏常说胸襟二字。他说人生办事，第一仗的是胸襟。此处又说若能有高淡的胸襟，其乐要超过南面为王。曾氏对人之胸襟的这种认识，值得重视。

□ 以困勉之功志大人之学

原文

学问之事，以日知月无亡为吃紧语，文章之事，以读书多、积理富为要。……读书立志，须以困勉之功、志大人之学。

译文

学问方面，以每天获得新知每月不忘记已得到的知识为要紧的话；文章方面，以读书多积累的道理丰富为要点。读书立志，必须要有困知勉行的功夫来记住大人先生的学问。

评点

从这段起的以下几段，都抄自曾氏日记。这段话改用浅白的语言表述，即求学在于获取新知不忘旧知，写文章在于要有自己的思想，读书则要知难而进。日知月无忘，是“日知其所亡”“月无忘所能”的缩写。这两句话均出自《论语》。道光二十二年底，曾氏在给诸弟的信中，附了一张自己在京师的每日课程表，其中便有这两项。

□ 唐鉴所教种种

原文

至镜海先生处，问检身之要、读书之法。先生言当以《朱子全书》为宗。时余新买此书，问及，因道此书最宜熟读，即以为课程，身体力行，不宜视为浏览之书。又言治经宜专一经，一经果能通，则诸经可旁及。若遽求兼精，则万不能通一经。先生自言生平最喜读《易》，又言为学只有三门，曰义理，曰考核，曰文章。考核之学，多求粗而遗精，管窥而蠡测。文章之学，非精于义理者不能至。经济之学，即在义理内。又问：经济宜何如审端致力？答曰：经济不外看史，古人已然之迹，法戒昭然；历代典章，不外乎此。又言近时河南倭艮峰仁前辈用功最笃实，每日自朝至寝，一言一动，坐作饮食，皆有札记。或心有私欲不克，外有不及检者皆记出。先生尝教之曰：不是将此心别借他心来把捉才提醒，便是闭邪存诚。又言检摄于外，只有“整齐严肃”四字；持守于内，只有“主一无适”四字。又言诗文词曲，皆可不必用功，诚能用力于义理之学，彼小技亦非所难。又言第一要戒欺，万不可掩着云云。听之，昭然若发蒙也。

译文

到唐镜海先生处，向他请教督察自身的要点及读书的方法。先生说应当以《朱子全书》作为指导。此时我刚新买进这套书，于是问到这本书的读法。先生因而说，此书最适宜熟读，也就是说以它作为课本，并且要切实照它所说的去做，不应看作泛览的书籍。又说，钻研经书，适宜专攻一经，一经果然通晓，则其他经书可以旁及。若想很快都精，则绝不能通晓一经。先生说自己平生最喜欢读《易经》。又说学问只有三门，叫做义理，叫做考核，叫做文章。考核这门学问，多追求粗浅而丢掉精奥，如同从管中窥物以蠡测海。文章这门学问，不精于义理则不能做好。至于经济之学，则在义理这门学问之中。又请教经济之学如何找出头绪而用功。先生回答，求经济之学不外乎读史，古人已历经过的事，像法规戒律似的明明白白地摆在那里，历代的典章，没有不在那里记载着。又说近时倭仁（字艮峰）前辈，用功最踏实，每天自早起到睡觉，一句话，一个动作，坐着站起喝水吃饭都有札记，或是心中有私欲不能克服，对外有不检点之处，都记下来。先生曾教他说，不是从他处借别人的心来把握提醒自己的心，这才算作关闭邪念保存诚意。又说对外的检束，只有整齐严肃这四个字；内心的持守，只有主一无适四个字。又说诗文词曲，都可不必要用功，果真能用功于义理之学，那些小技巧也就不难获得。又说第一要戒除欺蒙，万万不可掩着藏着等等。听了这些教导，心中的明白有如得到启蒙似的。

评点

道光二十一年初秋，进京一年多年届三十的曾氏，在朋友们的引导下，拜太常寺卿唐鉴为师。唐鉴字镜海，湖南善化人，以研究程朱理学闻名海内。在唐鉴的指点下，曾氏开始以《朱子全书》作为人身修炼的功课，检束身心，规范言行。这段话出自道光二十一年七月十四日的日记。记载的是唐鉴对他的指点。从这段话中可以看出，唐鉴启发曾氏有如下几点：按《朱子全书》所教身体力行，专攻一经，致力于义理之学，以日记来自我监督，持身严谨端凝、诚实不欺等等。翰林院的七八年中，曾氏大体上遵循唐鉴所教，努力以圣贤为榜样陶铸自我。这一段岁月，对曾氏一生的事业影响甚大。

□ 古人说经多断章取义以意逆志

原文

《易经》有圣人之道四，而朱子专重“以卜筮者尚其占”一句，似未的当。因言古人说经，多断章取义，以意逆志，不必定符本义。

译文

《易经》中的圣人之道有四个方面，而朱熹专门注重“以卜筮者看重它的占卜”这一句，似乎不很准确。由此可知古人说经书，多为断章取义，以自己的想法来理解书中的含义，不一定都能符合本义。

评点

《系辞》说：“《易》有圣人之道四焉：以言者尚其辞，以动者尚其变，以制器者尚其象，以卜筮者尚其占。”这里说的四个方面是辞、变、象、占，分别为言者、动者、制器者、卜筮者所重视。朱熹只注重卜筮者所重视的占卜，显然不够全面。曾氏由此而看出古人读经典时所犯的“断章取义，以意逆志”的普遍毛病。曾氏的提醒有助于我们阅读古籍。

□ 乐律与兵事文章相表里

原文

乐律之不可不通，以其与兵事、文章相表里。

译文

乐律不可不通晓，这是因为它与军事、文章互相表里。

评点

儒学很重视乐。孔子教学生的课程中乐占很重要的地位，因而能出现“洙泗之畔，弦歌不绝”的景象。《乐经》为《六经》之一。孔子说：“《乐》以发和。”意为乐起着调和的作用。曾氏正是从这个角度出发，认为乐可与军事、文章互为表里。

□ 自成一家与剽袭

原文

诸子中惟老、庄子、荀子、孙子自成一家之言，余皆不免于剽袭。

译文

诸子里面，唯有老子、庄子、荀子、孙子能自成一家之言，其余的都免不了剽窃抄袭。

评点

近世湘中名士李肖聃先生很推崇曾氏的文章，但也指出曾氏为文的一个毛病，说“公作文，喜为断语而常过其实”（见《星庐笔记》)。此处所抄录的这句话，便是曾氏的一个“断语”，但恰恰又印证了李之说：过其实。老、庄、荀、孙，固然自成一家，墨子、韩非子等难道就不能算自成一家吗？李肖聃分析曾氏常犯的这个毛病，其原因是“皆由才大而心未能尽细也”。此话有道理。

□ 论古文之道

原文

古文之道，谋篇布势是一段最大工夫。《书经》《左传》，每一篇空处较多，实处较少；旁面较多，正面较少。精神注于眉宇目光，不可周身皆眉，到处皆目也。线索要如蛛丝马迹，丝不可过粗，迹不可太密也。

古人文笔有云属、波委、官止、神行之象，实从熟后生出，所谓“文人妙来无过熟”者，此也。

古文之道，布局须有千岩万壑、重峦复嶂之观，不可一览而尽，又不可杂乱无纪。

古文之道，亦须有奇横之趣、自然之至，二者并进，乃为成体之文。

古文之法，全在气字上用功夫。

为文全在气盛，欲气盛全在段落清。每段分束之际，似断不断，似咽非咽，似吞非吞，似吐非吐，古人无限妙境，难于领取。每段之处，似承非承，似提非提，是突非突，似纾非纾，古人无限妙用，亦难领取。

奇辞大句，须得瑰玮飞腾之气，驱之以行。凡堆重处皆化为空虚，乃能为大篇，所谓气力有余于文之外也，否则气不能举其体矣。

译文

古文的法则，谋篇布势是一个最重要的工夫。《书经》《左传》，这两部书中的每一篇文章从空处说较多，从实处说较少，从侧面说较多，从正面说较少，精神贯注在眉宇以及目光中，但不可以全身都是眉毛，到处都是眼睛。线索应当像蛛丝马迹一样，但丝不可以太粗，迹不可以太密。

古人的文笔，有一种云属波委、官止神行的现象，实实在在说，这是熟练后所产生的，所谓“文人的奇妙无非是很熟练”，就是指的这个。

古文的法则，它的布局必须有千岩万壑、重峦复嶂的景观，不可以一览而尽，也不可以杂乱无序。

古文的法则，也必须有奇特横空的趣味、自然而然的走势，二者并进，才成为像样子的文章。

古文的法则，全在一个气字上用功夫。

写文章完全在于气盛，想要气势旺盛充足，则在于段落清楚。每一段结束的时候，像是断裂又不是断裂，像是咽塞又不是咽塞，像是吞纳又不是吞纳，像是吐出又不是吐出。古人无穷无尽的绝妙境地，难以领悟获得。每一段开启之时，像是承接又不是承接，像是提起又不是提起，像是急突又不是急突，像是纡徐又不是纡徐。古人无穷无尽的手法，也难以领悟获取。

奇特的词语，宏大的句子，必须依靠瑰玮飞腾的气势来驱逐它运行。凡是打堆重叠之处，都化为空的虚的，才能成为大文章，所谓“气和力用之在文字之外”，否则气势不能托起词句。

评点

此处所抄录的这几段为文体会，散见于曾氏不同时期的日记里，可以称之为偶得，或者可依诗话、词话之例，称之为文话。早在三十多岁时，曾氏便自认为已得古人为文的蹊径。对于其他方面的事情，曾氏少有自许，唯独在古文上，曾氏自信心颇强，并很想将它总结出来，以便他一旦撒手时，满肚子的古文经将不会成为广陵散。然而，他始终没有腾出一份时间和心境来做这件事，因此我们看不到一篇系统的曾氏古文写作论，留下来的也只是类似这般的三言两语式的为文偶得。

分析这几则日记，我们可知，曾氏独自探得的古文蹊径，约有这样几条：一，文章要有空有实，有正有旁，而且是空多于实，旁多于正。二，要多写，熟才能生巧。三，文章要有起伏跌宕，不能太平直。四，内容要有奇趣，而行文则须自然。五，文章在于气，气盛则文章好，气主要体现每段的收束与张起之间。有志为文者，可细细咀嚼体悟。

□ 阳刚阴柔与喷薄吞吐

原文

吾尝取姚姬传先生之说，文章之道，分阳刚之美、阴柔之美，大抵阳刚者，气势浩翰；阴柔者，韵味深美。浩瀚者，喷薄而出之；深美者，吞吐而出之。就吾所分十一类言之，论著类、词赋类宜喷薄；序跋类宜吞吐；奏议类、哀祭类宜喷薄；诏令类、书牍类宜吞吐；传志类、叙记类宜喷薄；典志类、杂记类宜吞吐。其一类中微有区别者，如哀祭类虽宜喷薄；而祭郊社、祖宗则宜吞吐；诏令类虽宜吞吐，而檄文则宜喷薄；书牍类虽宜吞吐，而论事则宜喷薄。此外各类，皆可以是意推之。

译文

我曾经采取姚鼐先生的说法，将文章分为两大类，一类具有阳刚之美，一类具有阴柔之美。大致说来，阳刚类的文章气势浩大宽广，阴柔类的文章韵味深沉美好。浩大宽广的文章以喷薄形式写出，深沉美好的文章以吞吐的形式写出。拿我所分的十一类来说，论著类、词赋类宜于喷薄，序跋类宜于吞吐，奏议类、哀祭类宜于喷薄，诏令类、书牍类宜于吞吐，传志类、叙记类宜于喷薄，典志类、杂记类宜于吞吐。其中某一类里也略有区别的，如哀祭类虽宜于喷薄，但祭天地、祭祖宗则宜于吞吐，诏令类虽宜于吞吐，但檄文则宜于喷薄，书牍类虽宜于吞吐，但论事则宜于喷薄。此外的各个类别，都可以以此类推。

评点

咸丰十年，曾氏完成一桩文学史上的大事，即选编了一本名为《经史百家杂钞》的书，所选之文皆出自经书、史书和诸子百家之作，分为十一大类，分别命名为论著、词赋、序跋、诏令、奏议、书牍、哀祭、传志、叙记、典志、杂记。这部书后来成为清末民初的一部畅销书，在士人中产生很大的影响。

这段日记在谈到文章的阳刚之美与阴柔之美的时候，以《经史百家杂钞》为例，指出何种文体宜以喷薄手法写浩瀚的阳刚气势，何种文体宜以吞吐手法写出阴柔韵味。至于阳刚、阴柔的体现形式，曾氏自有论叙，留待下面再来评点。

□ 古文八字诀

原文

往年，余思古文有八字诀，曰雄、直、怪、丽、淡、远、茹、雅。近于茹字似更有所得。而音响、节奏，须一“和”字为主，因将“淡”字改作“和”字。

因思文章阳刚之美，莫要于“涌、直、怪、丽”四字；阴柔之美，莫要于“忧、茹、远、洁”四字。惜余知其意，而不能竟其学。

尝慕古文境之美者，约有八言：阳刚之美曰雄、直、怪、丽，阴柔之美，曰茹、远、洁、适。蓄之数年，而余未能发其为文章，略得八美之一以副斯志。是夜，将此八言各作十六字赞之，至次日辰刻作毕。附录如左：

雄：划然轩昂，尽弃故常；跌宕顿挫，扪之有芒。

直：黄河千曲，其体仍直；山势如龙，转换无迹。

怪：奇趣横生，人骇鬼眩；《易》《玄》《山经》，张韩互见。

丽：青春大泽，万卉初葩；《诗》《骚》之韶，班扬之华。

茹：众义辐凑，吞多吐少；幽独咀含，不求共晓。

远：九天俯视，下界聚蚊；寤寐周孔，落落寡群。

洁：冗意陈言，类字尽芟；慎尔褒贬，神人共监。

适：心境两闲，无营无待；柳记欧跋，得大自在。

译文

往年我思考古文有八字诀窍，称之为雄、直、怪、丽、淡、远、茹、雅，近来对于茹字似乎更加有所收获，至于音响节奏上，必须以一个和字为主，因而将澹字改为和字。

文章的阳刚之美，重要的莫过于涌、直、怪、丽四个字；阴柔之美，重要的莫过于忧、茹、远、洁四个字。可惜的是，我知道它的意思，但不能深究这中间的学问。

曾经追慕古文境界的美好者，约有八个字，在阳刚之美方面，即雄、直、怪、丽，在阴柔之美方面，即茹、远、洁、适。在心中积蓄了几年，我没有将它发挥成为一篇文章，用来略微探索八种美境中的一种，证明我的追慕之志。今夜将这八个字中的每一个字用十六个字来赞扬，到第二天辰时写完，附录于左边。

雄：轩昂挺立，将故常完全抛弃，跌宕顿挫，摸一摸感觉到有刺芒。

直：如同黄河般虽曲折多但主体依旧直挺，又像如龙的山势，转换之际看不出痕迹。

怪：奇特趣味凭空生发，人与鬼都会惊骇眩目。在《易经》《太玄》《山海经》及张华、韩愈的作品里都可见到。

丽：如同春天里的大沼泽地，成千上万朵鲜花初吐花蕊，《诗经》《离骚》以及班固、扬雄的文章里都有这种美好的春光。

茹：各种含义都汇集着，蕴含者多而显露者少，独自幽深地蓄含，不想求得众人知晓。

远：站在九重天上俯视，人间万物如同蚊子聚集，日夜所思索大道理的周公孔子，显得孤独而不合群。

洁：冗长的内意陈旧的语，这类东西全部删除，笔底下的褒贬要谨慎，神与人都在监视着。

适：心与境两者都悠闲，不钻营不期待，如柳宗元的游记与欧阳修的序跋，因此而达到自在大境界。

评点

曾氏很赞同姚鼐将文章分为阳刚之美与阴柔之美两大类的说法，

并进而以四个字来表述阳刚之美，以四个字来表述阴柔之美，再进而模仿钟嵘的《诗品》，对这八个字予以四字一句共四句的阐述。虽然曾氏的表述不一定全面准确，但他对文章之道的努力探索，却很有意义。他的关于古文之境的八个字三十二句话，对文章写作也很有启发性。

□ 古文古诗的八种风格

原文

偶思古文、古诗最可学者，占八句云：“《诗》之节，《书》之括，《孟》之烈，韩之越，马之咽，《庄》之跌，陶之洁，杜之拙。”

译文

偶尔想到古文古诗，其中最可学习的地方，随口念了八句话来表述：《诗经》的节制，《书经》的概括，《孟子》的激烈，韩愈的激越，司马迁的吞咽，《庄子》的跌宕，陶潜的高洁，杜甫的朴拙。

评点

曾氏喜欢思索，也善于用简洁的文字将思索所得予以概括。这八句话是他对古诗古文中的八个（部）经典作家（作品）风格的概括，有的很准确如《孟》之烈，但也有的为了叶韵而显得有点勉强，如马之咽。

□ 韩文与《六经》

原文

古文之道与骈体相通。由徐、庾而进于任、沈，由任、沈而进于潘、陆，由潘、陆而进于左思，由左思而进于班、张，由班、张而进于卿云，韩退之之文比卿云更高一格。解学韩文，则可窥六经之阃奥矣。

译文

古文的法则，与骈文相通。由徐陵、庾信而上溯到任昉、沈约，由任昉、沈约而上溯到潘岳、陆机，由潘岳、陆机而上溯到左思，由左思而上溯到班固、张衡，由班固、张衡而上溯到扬雄、司马相如。韩愈的文章，比扬雄、司马相如更要高出一格。理解韩文，则可略知《六经》的机奥了。

评点

曾氏画出一条从汉到唐的文章演变轨迹，然后再将韩文与六经衔接上。“文起八代之衰”的韩愈是如何接续孔孟道统的，通过这条轨迹可以寻到着落。

□ 文章与情韵声调

原文

韩文《柳州罗池庙碑》，觉情韵不匮，声调铿锵，乃文章中第一妙境。情以生文，文亦以生情；文以引声，声亦足以引文。循环互发，油然不能自已，庶渐渐可入佳境。

译文

读韩愈《柳州罗池庙碑》一文，感觉到该文情韵不绝，声调铿锵，是文章中的第一等妙境。情韵催发好文章，好文章也可以催生情韵，好文章可以引发铿锵声调，铿锵声调也足以引出好文章，循环而互相引发，自然而然地产生不能自己控制，如此或许可渐渐地进入文章佳境。

评点

曾氏认为韩愈《柳州罗池庙碑》是第一等妙文，妙在情韵和声调上。又由此而领悟到情以生文，文以生情，文以引声，声以引文的为文奥妙。这些体会足令喜为文者咀嚼。

□ 韩文技进乎道

原文

阅韩文《送高闲上人》。所谓机应于心，不挫于物，姚氏以为韩公自道作文之旨。余谓机应于心，熟极之候也，《庄子·养生篇》之说也；不挫于物，自慊之候也，《孟子》“养气”章之说也。不挫于物者：体也，道也，本也。机应于心者：用也，技也，末也。韩子之于文，技也，进乎道矣。

译文

读韩愈《送高闲上人》一文。所谓机巧与心相应，气不因外物而挫，姚鼐认为这两句话是韩愈老先生关于作文宗旨的夫子自道。我以为所谓机应于心，这是熟练至极的体现，《庄子·养生篇》中的说法；

不挫于物，自我感觉很好的体现，《孟子》“养气”的说法。气不因外物而挫，这是本体，是法则；机巧与心相应，是运用，是末技。韩愈对于文章而言，是技巧已进入为文之大道。

评点

《庄子·养生篇》中解牛高手庖丁说：“臣之所好道也，进乎技矣。”说的是道在技之上。曾氏所说的“技也进乎道矣”，应化于此典。进乎道的技乃至为高超的技艺，此时的技艺已与大道完全一致。

□ 古文写作上的苦恼

原文

古文一事，平日自觉颇有心得。而握管之时，不克殚精极思，作成总不称意。安得屏去万事，酣睡旬日，神完意适，然后作文一首，以摅胸中奇趣。

余于古文一道，十分已得六七，而不能竭智毕力于此，匪特事务相扰，时有未闲，亦实志有未专也。此后精力虽衰，官事虽烦，仍当笃志斯文，以卒吾业。

久不作文，机轴甚生，心思迟钝，三日尚不能成篇，亦因见客太多，琐事烦渎，神智昏搅故也。

昔年每作一文，辄数日不能成寐，不知老年何以转无此病，岂反健于壮岁耶？抑用心未能锐入耶？

余生平稍致力于古文，思欲有所述作，今耄而一无所成，深用自伤。

与儿子一论所作之文，考据与笔力，两无可取。

每一作文，未下笔之先，若有佳境，既下笔则无一是处。由于平日用功浮泛，全无实际故耳。

译文

对于古文写作这件事，平日里自觉颇为有所心得，但到握笔写时，又不能够做到用尽心思来考虑，写好后又总觉得不满意。真想排除一切事务的干扰，美美地睡上十天，使得精神充足，心情闲适，然后再写一篇文章，以发抒胸中的奇趣。

我对于古人写作的法则，十分已得到其中的六七分，但不能做到用尽心智力量来写作，不完全是琐碎事务的干扰，没有空闲时刻，也实在是心志没有专一。以后即使精力虽然衰退，公务虽然繁杂，仍然要定下心来致力古文写作，以完成我的事业。

长久不写文章，技艺已很生疏，思虑显得迟钝，且不能成篇，也是因为接见客人太多，烦琐之事相侵，把神智都搅得昏乱的缘故。

过去每写一篇文章，动辄几天不能睡好觉，到了老年，不知是什么原因没有这个毛病了，难道是反而比壮年时更健壮了吗？还是因为心思上没有用得像过去那样深入了？

我平生于古文写作上曾经稍微用心，想在这方面有所著述，现在疲惫而一无所成，深感自愧。

与儿子谈论自己所作的文章，在考据和文笔两方面都无可取之处。

每一次写文章，没有下笔之前好像觉得心中有好的意境，到了写时则又觉得一无是处。这是因为平日里用功浅且太宽泛，完全没有实际效果的缘故。

评点

此处所抄录的这几段曾氏日记，谈的全是关于作文之事。曾氏军功盖世，封侯拜相，历史对这些说得不少，且多为肯定，但曾氏本人对此少见自矜，并不认为自己是摆弄军政的高手。他自我感觉良好的只有一个方面，即诗文，尤其是文章的写作。这里所说的古文，就是我们通常所说的时文（八股文）之外的文章。但是，一则困于军政事务，一则疲于年衰体弱，曾氏对于古文写作未能达到自己预期目标的现状，十分苦恼。

□ 五言古诗的两种最高境地

原文

五言古诗有二种最高之境，一种比兴之体，始终不说出正意。如《硕人》，但颂庄姜之美盛，而无子兆乱已在言外；《大叔于田》，但夸叔段之雄武，而耦国兆乱已在言外。曹、阮、陈、张、李、杜，往往有之。一种盛气喷薄而出，跌宕淋漓，曲折如意，不复知为有韵之文。曹、鲍、杜、韩，往往有之。余解此二境，而曾未一作此等诗，自愧亦自惜也。

译文

五言古诗有两种最高的境界。一种是比兴之体，始终不说出诗文所要表达的本意。如《硕人》，只颂扬庄姜的非常美丽，而无子将引发动乱已在言外。如《大叔在田》，只夸耀叔段的雄壮威武，而并立为国将引发动乱已在言外。这种境地在曹植、阮籍、陈子昂、张籍、李商隐、杜牧中往往可见。一种是盛大的气势从诗中喷薄欲出，跌宕淋漓，曲折而如意，令人感觉不出这是有韵的文字，这种境地在曹操、鲍照、杜甫、韩愈的诗中往往可见。我懂得这两种最高境地，只是不曾作过一首这样的诗，既惭愧又遗憾。

评点

这段日记说的是曾氏研究五言古诗的体会。他领悟到五言古诗有两个最高的境地：一是通篇比喻，意在不言中；一是气势雄壮，令人被其气所震撼而不觉得是在读诗。

□ 读陶诗

原文

夜阅陶公《述酒》诗，为南宋鄱阳汤文清公汉所注，于陶公廋词微旨，尽得解释，欣悦无已。

阅陶诗全部，取其闲适者记出，将抄一册，合之杜、韦、白、苏、陆五家之闲适诗，纂成一集，以备朝夕讽诵，洗涤名利争胜之心。

译文

夜晚读陶渊明的《述酒》，这首诗为南宋鄱阳人汤汉所注释，对于陶渊明诗中的隐匿幽赜都给予揭橥，读后欢悦无已。

阅读陶渊明的全部诗作，将其中风格闲适的作品选出，将来抄录一册，与杜牧、韦应物、白居易、苏轼、陆游五人的闲适诗合在一起编成一集，以备早晚诵读，洗净名利与争强好胜之心。

评点

曾氏一生处在名利争胜之中，一颗心长年累月被绷得紧紧的，故而他特别需要借闲适诗作来放松来休闲，陶渊明的诗因此备受他的青睐。他多次要两个儿子读陶诗，借以陶冶心胸："五言诗若能学到陶潜、谢朓一种冲淡之味，和谐之音，亦天下之至乐，人间之奇福也。"（同治元年七月十四日家书）"纪泽于陶诗之识度不能领会，试取《饮酒》二十首、《拟古》九首、《归田园居》五首、《咏贫士》七首等篇反复读之。若能窥其胸襟之广大，寄托之遥深，则知此公于圣贤豪杰皆已升堂入室。"（同治四年七月初三日家书）

□ 艺之精全在微妙处

原文

一摹书谱，乃知艺之精，其致力全在微妙处。若人人共见、共闻之处，必无通微合妙之诣。若一向在浮名时誉上措意，岂有是处！

译文

临摹《书谱》一遍，于是懂得艺术的精到，完全应在微妙之处上用力。人人都能见到听到的地方，必定没有与微妙相合的通道，倘若总在浮名时誉上用功，哪里会寻到微妙处呢？

评点

曾氏在这里谈了一点很有见地的体会，即艺术的精到体现在微妙之处，而这种微妙之处却不在人人都能感觉到的地方，因此要有避开浮名时誉的孤独寂寞之心。

□ 奇气不令过露

原文

大抵作字及作诗古文，胸中须有一段奇气盘结于中，而达之笔墨者却须遏抑掩蔽，不令过露，乃为深至。若将丝毫求知见好之心……洗涤净尽，乃有合处。故曰七均斯无声，五和常主淡也。

译文

大致说来，写字以及写诗写古文，胸中都必须有一股奇特之气盘旋固结其间，而表现在笔墨上，却必须抑制掩藏，不要令它太暴露，这才是老到，倘若将一丝一毫的求取别人知道称赞的心思都洗涤干净了，才有可能与此相吻合，故而有“七种协调乐器的工具本身都不发出声音，五种调和的佐料都以淡为主”之说。

评点

复出之后的曾氏，为人处世主黄老学说，以藏刚于柔之术应对方方面面。他的审美观亦相与吻合。这段奇气不令过露的作字之道，所体现的审美趣味即属于此类。

□ 阅刘墉《清爱堂帖》

原文

阅刘石庵《清爱堂帖》，其起笔多师晋贤及智永《千字文》，用逆蹴之法，故能藏锋。张得天之笔多师褚、颜两家，用直来横受之法，故不藏锋。而联丝萦带，以发其机趣。二者其理本一贯，特逆蹴与直来横受，形迹判然，难合而为一耳。

看刘文清公《清爱堂帖》，略得自然之趣，方悟文人技艺佳境有二：曰雄奇，曰淡远。作文然，作诗然，作字亦然。若能含雄奇于淡远之中，尤为可贵。

梦刘文清公，与之周旋良久，说话甚多，都不记忆，惟记问其作字果用纯羊毫乎？抑用纯紫毫乎？文清答以某年到某处道员之任，曾好写某店水笔。梦中记其店名甚确，醒后亦忘之矣。

译文

看刘墉的《清爱堂帖》，他的起笔多师从晋代的先贤以及智永的

《千字文》，使用逆蹴之法，故而藏锋。张得天的笔画多师从褚遂良、颜真卿两家，使用直来横受的方法，故不藏锋而丝带相连以发挥他的机趣。两种方法的道理本是一致的，只是在形迹上逆蹴与直来横受截然不同，难以合而为一罢了。

看刘墉的《清爱堂帖》，略微得到其中的自然而然的情趣，于是感悟到文人的技艺有两种佳境：叫做雄奇，叫做淡远。作文是这样，作诗是这样，作字也是这样。若是能将雄奇寓含于淡远之中，则尤其可贵。

梦见刘墉，与他相处很久，说了许多话，醒来后都不记得了，只记得问他写字真的用纯羊毫吗？或者用纯紫毫吗？刘墉回答说，某年到某地任道员，曾经喜欢用某店卖的水笔。梦中对这个店名记得很确切，醒来后也忘记了。

评点

在本朝人当中，曾氏最推崇刘墉的书法。夜梦刘墉，并与之讨论用什么笔，醒后还要将它郑重记在日记中，颇有点孔子梦周公的味道。可见曾氏对刘墉的仰慕之深。他在欣赏刘墉的《清爱堂帖》时，生发出“含雄奇于淡远之中”的感悟，不仅可视为曾氏的美学思想，也可看作是曾氏的人生体验。这是一种很高的为人境界，它要求阳刚与阴柔兼备，且将阳刚藏于阴柔之中。曾氏晚年的这个领悟，很有意蕴。

□ 刚健婀娜缺一不可

原文

作字之道，刚健、婀娜，二者阙一不可。余既奉欧阳率更、李北海、黄山谷三家，以为刚健之宗，又当参以褚河南、董思白婀娜之致，庶几成体之书。

余近年始略解书法，而无一定规矩、态度，仍归于一无所成。今定以间架师欧阳率更，而辅之以李北海；丰神师虞永兴，而辅之以黄山谷；用墨之松秀，师徐季海所书之《朱巨川告身》，而辅之以赵子昂《天冠山》诸种，庶几其为成体之书。

用狼毫笔写寸以外字，足以发摅心中迈往之气，为之神怡。

久未作小楷，下笔辄重而不入。是日笔轻稍能入纸，乃悟轮扁甘苦徐疾之说。日内作书，常有长进，盖以每日不间断之故。

译文

写字的法则，刚健劲拔与婀娜多姿，两者缺一都不好。我一面将欧阳询、李邕、黄庭坚三家奉为刚健之风的宗师，又应当以褚遂良、董其昌的婀娜多姿的韵致作为参考，这样或许可能自成一体。

我最近几年才略为理解书法，但缺乏一种固定的规矩态度，仍旧是一无所成。今后一定在结构上师从欧阳询，而以李邕为辅助，在神采上师从虞世南，而以黄庭坚为辅助，用墨上的松秀，则师从徐浩所写的《朱巨川告身》，而以赵孟□的《天冠山》几种字帖作为辅助，或许书法可以自成一体。

用狼毫笔写一寸大以上的字，足可以发舒心中豪迈前进的气概，精神因此而怡乐。

很久没有写小楷，下笔则重却不能入纸。今天下笔轻而能稍稍入纸，于是悟得轮扁关于制轮的一套甘苦疾徐的说法。近日里写字常常有些长进，这是每天不间断写的缘故。

评点

轮扁甘苦徐疾之说，见于《庄子·天道》。这实在是一段古往今来不可多得的绝妙文字，现特为照抄一节，以飨读者——

“轮扁曰：臣也以臣之事观之，斫轮徐则甘而不固，疾则苦而不入，不徐不疾，得之于手而应于心，口不能言，有数存焉于其间。臣不能以喻臣之子，臣之子亦不能受之于臣，是以行年七十而老斫轮。”

这段文字之所以好，是它至少说出两层普遍存于世间的道理：一是世间有许多的巧妙是不能用语言文字来表达的，二是世间有许多的巧妙产生于经年不息的手眼操作中而不自知。书法艺术便是其中之一。曾氏以晚年之手每日不间断作字而自觉常有长进，便正是这种现象的很好说明。

□ 借文章传名谈何容易

原文

来示甚以抛弃诗书为虑，殊非所宜。将借此以博取青紫，则未得之时，邛若神仙；既得之后，睆如败履。身外浮名，何足加损。若谓积轴在胸，烈芬在后，则传人之目，谈何容易。见有握椠怀铅，穷老尽气，当时自夸，没亦汶汶，凡若此者不胜数也。

译文

来信很以抛弃诗书为担心，这种担心绝没必要。若是以诗书来求得高官厚禄，那么未得到时，则将诗书捧若神仙，得到之后，则视如敝履。官声这种身外浮名，怎么可以让人的身份如此增加与减弱！倘若说累积许多学问在胸中，著书立说，博得好名声在身后，则可以通过世人的眼目传扬，这谈何容易。倒是有伏案挥墨，用尽一生气力，在生时自我夸许，死后则默默无闻。像这等人，则数不胜数。

评点

以《四书》《五经》为敲门砖，功名之门一旦敲开，则弃而不顾，这本是科举时代普遍存在的现象。曾氏回复友人的关心，申明自己不是这种人，但也同时指出，借文章书籍传世也不容易，许多人辛辛苦苦一辈子“握椠怀铅”，自认为可以扬名，却事与愿违。应当说，曾氏在这方面的头脑是清醒的。

□《资治通鉴》论古折中至当

原文

先哲经世之书，莫善于司马文正公《资治通鉴》。其论古皆折中至当，开拓心胸。如因三家分晋而论名分，因曹魏移祚而论风俗，因蜀汉而论正闰，因樊、英而论名实，皆能穷物之理，执圣之权。又好叙兵事所以得失之由，脉络分明；又好详名公巨卿所以兴家败家之故，使士大夫怵然知戒。实《六经》之外不刊之典也。

译文

前代贤哲所写的经世之书，没有能超过司马光《资治通鉴》的。他议论古事都能持中允当，开拓心胸。如就三家分晋而论名分，就曹姓魏国代替汉朝而论风俗，就刘姓蜀国而论正朔，就樊英而论名实，都能够做到穷究事物之道理，执掌最为公正的权衡。又喜好叙说军事得与失的缘由，脉络分明。又喜好详析名公巨卿兴家与败家的缘故，使士大夫心存警惕戒备，确实是《六经》之外的不刊之典。

评点

《资治通鉴》刊行近一千年来，备受中国士人的喜爱，尤其受政治家的青睐，据说毛泽东一生读此书达十七遍之多。原因何在？曾氏这段话中说出了其中一个重要点，即论古“折中至当，开拓心胸”。

□ 诗书能养心凝神

原文

早岁有志著述，自驰驱戎马，此念久废。然亦不敢遂置诗书于不问也。每日稍闲，则取班、马、韩、欧诸家文旧日所酷好者一一温习之，用此以养吾心而凝吾神。

译文

早年有著书立说的志向，自从带兵来这一念头久已废止，但也不敢放着诗书而不过问。每日稍有空闲，则将班固、司马相如、韩愈、欧阳修等人的文章以及过去所特别喜好的书一一温习，借此来涵养我的心境而凝聚我的神志。

评点

虽在军旅而不废诗书，这是曾氏军营岁月的真实写照。这固然是出于他的文人积习，更重要的是他在这段话中所说的养心凝神。诗书能滋润人的心田，能使人的神志不放纵，这便是诗书带给人们的好处，可惜的是，眼下物欲横流，很多人失去了这个体验。

□ 柔和渊懿中有坚劲雄直之气

原文

足下为古文，笔力稍患其弱。昔姚惜抱先生论古文之途，有得于阳与刚之美者，有得于阴与柔之美者，二端判分，划然不谋。余尝数阳刚者约得四家：曰庄子，曰扬雄，曰韩愈柳宗元。阴柔者约得四家：曰司马迁，曰刘向，曰欧阳修、曾巩。然柔和渊懿之中必有坚劲之质、雄直之气运乎其中，乃有以自立。足下气体近柔，望熟读扬、韩各文，而参以两汉古赋，以救其短，何如？

译文

你写的古文，笔力稍微显得弱了一点。过去姚鼐先生议论古文的风格，说有的得阳刚之美，有的得阴柔之美，两种风格很明显，像截然划分开一样。我曾经计算过，属于阳刚之美的大约有四人，为庄子、扬雄、韩愈、柳宗元；属于阴柔之美的大约有四人，为司马迁、刘向、欧阳修、曾巩。然而在柔和渊懿的风格中必定存在着坚劲雄直的气质，才可以自立。您的气质偏近于柔，希望能熟读扬雄、韩愈的一些名文，而参考两汉的古赋来弥补自己的短处。怎么样？

评点

曾氏认为，即便是风格阴柔的文章，也必须要有坚劲雄直的气质在其中，才会是传世的好文章。他的这种审美观有一句更雅的表述，即“含雄奇于淡远之中”。

□ 看读写作缺一不可

原文

学者于看、读、写、作四者缺一不可。看者涉猎宜多、宜速；读者讽咏宜熟、宜专。看者“日知其所亡《读者》月无忘其所能”。看者如商贾趋利，闻风即往，但求其多；读者如富人积钱，日夜摩挲，但求其久。看者如攻城拓地，读者如守土防隘。二者截然两事，不可缺亦不可混。至写字，不多则不熟，不熟则不速。无论何事，均不能敏以图功。至作文，则所以瀹此心之灵机也。心常用则活，不用则窒，如泉在地，不凿汲则不得甘醴；如玉在璞，不切磋则不成令器。今古名人虽韩、欧之文章，范、韩之事业，程、朱之道术，断无久不作文之理。张子云："心有所开，即便札记，不思，则还塞之矣。"

译文

求学者在看、读、写、作四个方面，缺一不可。看，指的是所涉及的书宜多，宜快；读，指的是高声朗诵背诵宜熟练宜专门。看，即每天知道哪些是原先所不知的；读，即每个月不忘记所掌握的。看，好比商人趋于利，闻风即往，但求利多；读，好比富人积累银钱，日夜抚摸它，但求财货长久。看又好比攻城掠地，读又好比守土防隘。这两个方面是截然不同的两件事，不可缺失，也不可混同。至于写字，写得不多则不熟练，不熟练则速度不快，无论做什么事，都不能做到敏捷地获得成功。至于作文，则可以使心中的灵机得到疏通，心经常用则活络，不用则窒息，好比泉水在地下，不凿通汲取则得不到甜美的水，好比玉藏在石头里，不切磋则不能成好器具。古今的名人，即便是韩愈、欧阳修的文章，范仲淹、韩琦的事业，程颐、朱熹的学术，绝对没有许久不作文章的道理。张载说："心里若有所领悟，要随即写下札记，一旦不思索，便又阻塞了。"

评点

曾氏用了不少比喻，又引经据典，讲述看、读、写、作四个方面对为学者的重要性。用今天的语言来说，看即博览群书，读即反复诵读经典，写即写字快速，作即勤于动笔为文。除开"写"字无须强调外，其他三字今天仍可作为参考。

□ 文章以精力盛时易于成功

原文

文章之事，究以精力盛时易于进功。足下年力方强，直趣拔俗，宜趁此时并日而学。绝尘而奔，虽未必遽跻作者，而看、读、写、作，四者兼营并进，亦自有一番之功效。

译文

写文章这件事，毕竟以精力旺盛时容易进步。你的年岁活力正当强旺，向上提升脱离平俗，宜趁着这个时候，一天当作两天来学习，快速向前奔驰，即便不一定能很快地跻身写作者的行列，而于看、读、写、作四个方面兼营并进，也自然必有一番功效。

评点

干什么事都必须趁着年富力强时用猛攻，过时则心有余而力不足。因为有老杜一句“庾信文章老更成”的诗，有人便认为文章可以老来更成熟。其实，正因为老来更成熟者少之又少，才有杜甫的如此称赞庾信。“诗酒趁年华”，信不诬也。

□ 文章要有骨有肉有声色

原文

退之论文，先贵沉浸浓郁，含英咀华。陆士衡、刘舍人辈皆以骨肉停匀为上，姬传先生亦以格律、声色与神理、气味四者并称。阁下之文有骨有肉，似宜于“声色”二字少加讲求。

译文

韩愈评论文章，先看重“沉浸浓郁，含英咀华”。陆机、刘勰等人，都以骨与肉匀称为上等。姚鼐先生也以格律、声色与神理、气味四者一并称道。你的文章，有骨有肉，但宜在“声色”二字上再稍微讲求讲求。

评点

“沉浸浓郁，含英咀华”是韩愈《进学解》中的话，这八个字的意思是沉浸在醇厚的内容中，玩味文句的精华。意谓文章既要内容好，又要文句美。内容好比骨，文句好比肉，这就是骨肉停匀。至于声色，则指的是平仄四声与词采的讲求，属于更高一层的境界。若骨肉停匀又有声色，那么文章就更好了。

□ 自为之书不过数十部

原文

四部之书，浩如烟海，而其中自为之书有原之水，不过数十部耳。经则《十三经》是已，史则《廿四史》暨《通鉴》是已，子则《五子》暨管、晏、韩非、淮南、吕览等十余种是已，集则《汉魏六朝百三家》之外，唐宋以来廿余家而已。此外，入子、集部之书，皆赝作也，皆剿袭也。入经、史部之书，皆类书也。不特《太平御览》《事文类聚》等为类书，即《三通》亦类书也。《小学近思录》《衍义》《衍义补》亦类书也。故尝谬论修《艺文志》《四库书目》者，当以古人自为之书，有原之川渎，另行编列，别白而定一尊。其分门别类，杂纂古人成书者，别为一编，则荡除廓清而书之，可存者日少矣。

译文

经、史、子、集四部所收之书浩如烟海，而其中原创的书，有源头的水，不过几十部而已。经部则只有《十三经》属这一类，史部则《二十四史》及《资治通鉴》属这一类，子部则《五子》及《管子》《晏氏春秋》《韩非子》《淮南子》《吕氏春秋》等十余家属这一类，集部则《汉魏六朝百三名家集》之外，唐宋以来二十余家而已。此外，收入子部、集部的书皆假冒之作，皆抄袭之作；收入经部、史部的书都是类书，不仅《太平御览》《事文类聚》等是类书，即便“三通”也是类书，《小学近思录》《衍义》《衍义补》也是类书。故而我曾经发谬论说，修《艺文志》《四库书目》者，应当以古人原创的书，有源头的水，另行编列定为一尊，那些分门别类抄摘古人成书的，再行成为一编，如此则将书海予以廓清，那么可存之书则日渐减少。

评点

中国有史以来的书籍，人们常用浩如烟海来形容，的确是多得不可胜数，然真正称得上经典的则不多。现在印刷业发达，出书已成为一件很平常的事，故而许多书籍被人称为泡沫书、垃圾书。对于此类书，人们已见怪不怪，接下来则是“开卷有益”这句成语也就不再一律正确。泡沫、垃圾这一类书，开卷又有何益呢？

□ 读书贵于得间

原文

凡读书笔记，贵于得间。戴东原谓阎百诗善看书，以其能蹈瑕抵隙，能环攻古人之短也。近世如高邮王氏，凡读一书，于正文、注文一一求其至是，其疑者、非者，不敢苟同，以乱古人之真，而欺方寸之知。若专校异同，而某字某本作某，则谓之考异，谓之校对，不得与精核大义、参稽疑误者同日而语。……当时批写书眉，本不以为著述之事，后人概以编入笔记之内，殆非姜坞及惜抱之意。

译文

大凡读书笔记，可贵的是发现书中的间隙。戴震说阎若璩善于看书，是因为阎能发现书中的瑕玼以及漏隙，能够四面出击古人的短缺处。近世如高邮王念孙，每读一书，对于正文注文一一探求它的最精当的地方，以及值得怀疑处不是处，不敢苟且赞同，以纷乱古人的真义而欺骗自心。若是专门校勘异与同以及某字在某个版本中作某，这叫做考异，叫做校对，不能与精核大义稽查疑误来相提并论。当时写眉批，本来不是为了著述，后人一概编在笔记中，恐怕不是姜坞及惜抱的本意。

评点

读书得间，是古人读书的一条重要经验。所谓间，便是空隙，也就是著书者考虑不周之处、错谬之处、遗漏之处。读者能够发现，便意味着在这一点上读者有高过作者之处，若把它挑出来，并能予以修正弥补的话，则无疑对学术大有裨益。这种文字简短的读书笔记，自然要胜过洋洋万言的空泛论文。

□ 古文写作的指引

原文

古文者，韩退之氏厌弃魏晋六朝骈俪之文，而反之于六经、两汉，从而名焉者也。名号虽殊，而其积字而为句，积句而为段，积段而为篇，则天下之凡名为文者一也。国藩以为欲着字之古，宜研究《尔雅》《说文》小学、训诂之书，故尝好观近人王氏、段氏之说；欲造句之古，宜仿效《汉书》《文选》，而后可砭俗而裁伪；欲分段之古，宜熟读班、马、韩、欧之作，审其行气之短长，自然之节奏；欲谋篇之古，则群经诸子以至近世名家，莫不各有匠心，以成章法。如人之有肢体，室之有结构，衣之有要领。大抵以力去陈言、戛戛独造为始事，以声调铿锵、包蕴不尽为终事。

译文

所谓古文，系韩愈因厌弃魏晋六朝骈俪之文，而追回到《六经》两汉时期的文体而立的名字。名号虽然有别，但积字而为句，积句而为段，积段而为篇，这个套路凡天下的文章都一样。我认为，用字若要古，则宜研究《尔雅》《说文》小学训诂之书，故而曾经爱好读近人王念孙、段玉裁的书；造句若要古，则宜仿效《汉书》《文选》，而后可以医治庸俗而去掉虚伪；分段若要古，则宜熟读班固、司马相如、韩愈、欧阳修的作品，研究在行气上的短与长、节奏上的自然；谋篇想要古，则群经、诸子以至于近世的名家，莫不各有自己的匠心以成章法，好比人有肢体，房屋有结构、衣服有衣领一样。大致说来，竭力去掉陈言旧句戛戛独造，这是为文时先所要想到的事，声调铿锵动听内容含量大且有余韵，这是文章写成后所要想到的事。

评点

天下文章莫不积字为句，积句为段，积段为篇。这是将一篇文章解剖后的分析，曾氏治事治学擅长这种解剖法。曾氏曾经说过，面临着一桩事，不妨将一析为二，二析为四，四析为八，这样细细地一剖开，便可以化繁为简，由粗及精，其本质便逐渐暴露出来，解决的办法也便随即产生。将文章之篇析为段，将段析为句，将句析为字，于是对应的提高之途也便出来了：练字宜研究《尔雅》《说文》，练句宜仿效《汉书》《文选》，练段宜熟读班、马、韩、欧，练篇则效仿群经、诸子。津渡指明，桥梁搭成，为文之路便成坦途。

第三编／齐家

□ 善待兄弟即是孝

原文

予生平于伦常中，惟兄弟一伦抱愧尤深。盖父亲以其所知者尽以教我，而我不能以吾所知者尽教诸弟，是不孝之大者也。

余欲尽孝道，更无他事，我能教诸弟进德业一分，则我之孝有一分；能教诸弟进十分，则我孝有十分；若全不能教弟成名，则我大不孝矣。

闻四妹起最晏，往往其姑反服侍他。此反常之事，最足折福。天下未有不孝之妇而可得好处者。

为人子者，若使父母见得我好些，谓诸兄弟俱不及我，这便是不孝；若使族党称道我好些，谓诸兄弟俱不如我，这便是不弟。何也?

盖使父母心中有贤愚之分，使族党口中有贤愚之分，则必其平日有讨好底意思，暗用机计，使自己得好名声，而使其兄弟得坏名声，必其后日之嫌隙由此而生也。

但愿兄弟五人，各各明白这道理，彼此互相原谅。兄以弟得坏名为忧，弟以兄得好名为快。兄不能使弟尽道得令名，是兄之罪；弟不能使兄尽道得令名，是弟之罪。若各如此存心，则亿万年无纤芥之嫌矣。

译文

我这一生在伦常方面，只有于兄弟这一伦很惭愧。这是因为父亲以他所知道的尽以教给我，而我却不能以我所知道的完全教给诸弟。这是不孝中最大的。

我想要尽孝道，没有其他的事，我若能教导诸弟在德业上有一分长进，则我的孝道便有了一分，若能教导诸弟长进十分，则我的孝道有了十分。若是完全不能教诸弟成名，那么我就大为不孝了。

听说四妹起床最晚，往往是她的婆母反来服侍她。这种反常的事最足以折掉人的福气。天下没有不孝的妇人而能得到好处的。

为人之子的，倘若使父母觉得我好一些，说诸兄弟都不及我，这便是不孝。若使同族人称赞我好一些，说诸兄弟都不如我，这便是不弟。为什么呢？这便是使得父母心中有好与差之分，使得同族人的口中有好与差之分，那么他平日必定怀有讨好的意思，暗地里用心机，使自己得了好名声，而使他的兄弟得了坏名声，日后的嫌隙也便由此而生发了。

但愿兄弟五人每人都明白这个道理，彼此互相原谅，兄以弟得坏名为忧虑，弟以兄得好名为快乐。兄不能使弟完全得到好名声，则是兄的罪过；弟不能使兄完全得到好名，则是弟的罪过。倘若每人都如此存心，则亿万年无丝毫的嫌隙了。

评点

这几段文字出自于道光二十二年九月至道光二十三年正月之间给诸弟的信中。曾氏治家思想中有一个重要的内容即孝致祥，意谓孝顺招致家庭的祥和，这是完全遵照儒家学说的观念。孝是对父母等长辈而言的，对父母本人好，固然是孝顺，若是因别的事情而让父母高兴，也是孝的一种方式。《礼记》中说孝子“舟而不游，道而不径”，爱惜自身，同样也是孝，因为自身就是父母的骨肉，这份骨肉好，父母心里自然很高兴。兄弟姐妹同样是父母的骨肉，爱护他们，也便是孝的体现。曾氏就是从这个层面上来谈对诸弟的友好，以及兄弟们互相都友好的意义之所在。

□ 家庭日用中有学问

原文

今人都将学字看错了。若细读“贤贤易色”一章，则绝大学问，即在家庭日用之间。于孝弟两字上尽一分便是一分学，尽十分便是十分学。今人读书皆为科名起见，于孝弟伦纪之大，反似与书不相关。殊不知书上所载的，作文时所代圣贤说的，无非要明白这个道理。若果事事做得，即下笔说不出何妨！若事事不能做，并有亏于伦纪之大，即文章说得好，亦只算个名教中之罪人。贤弟性情真挚，而短于诗文，何不日日在孝弟两字上用功？《曲礼》《内则》所说的，句句依他做出，务使祖父母、父母、叔父母无一时不安乐，无一时不顺适；下而兄弟妻子皆蔼然有恩，秩然有序，此真大学问也。若诗文不好，此小事，不足计；即好极，亦不值一钱。不知贤弟肯听此语否？

科名之所以可贵者，谓其足以承堂上之欢也，谓禄仕可以养亲也。

今吾已得之矣，即使诸弟不得，亦可以承欢，可以养亲，何必兄弟尽得哉？贤弟若细思此理，但于孝弟上用功，不于诗文上用功，则诗文不期进而自进矣。

译文

今人都把学字看错了，倘若细读“贤贤易色”这一章，那么可以知道绝大学问就在家庭日用之间。在孝弟两个字上尽一分努力便是一分学问，尽十分努力便是十分学问。今人读书都是为了科名，至于孝弟伦理纲纪这些大事，反倒认为与读书不相关。殊不知书上所记载的，做文章时代替圣贤所立言的，无非是要让人明白这个道理。倘若果然事事都做得好，即便笔下用文字表达不出又有何妨！倘若事事都不能够做得好，而且还在伦理纪纲等大事上有亏缺的话，即使文章中说得好，也只是算一个名教中的罪人。贤弟性情真挚，只是做诗文的能力短缺，那何不日日在孝弟两个字上用功？《曲礼》《内则》中所说的那些，每一句都照着去做，务必使祖父母、父母、叔父母无一刻不安乐，无一刻不顺适；下而兄弟妻子都蔼然有恩，秩然有序，这是真正的大学问。若是诗文不好，这只是小事，不足以计较，即便好到极点，也不值一钱。不知贤弟愿意听这番话否？

科名之所以可贵，是说它足可以使长辈获得欢乐，是说俸禄可以用来奉养双亲。现在我已得到了，即便诸弟没有得到，也可以让长辈承欢，可以有钱奉养双亲，何必兄弟们都得到呢？贤弟若细细想通这个道理，但在孝弟上用功，不在诗文上用功，则诗文可以在不刻意期待中而自然长进。

评点

这段话是道光二十三年六月曾氏给诸弟信中，专门针对四弟的来信而写的。当年二十三岁的四弟国潢为诗文功名所困，向大哥写信道心中的苦恼。对于文才短缺而又不很热中科名的老四，曾氏说了这一番话。这番话既有目的性很明确的指向，也同时具有普遍的意义，尤其是“绝大学问即在家庭日用之间”这句话，是很有道理的。在曾氏那个时代，学问的最大体现便是在于能很好地处理方方面面的人事关系。家庭虽小，日用虽细，但也存在并不简单的人事，要将这些处置得妥当熨帖，也不容易，这里面大有学问。当然，我们现在所说的学问还增加了科学技术这一门类，相对于人事而言，可称之为物事。有的人人事不行，物事好，你不能说他没学问；但既然身为一个人，便不能超越于人事之外，物事学问再好，也得要有起码的人事学问，否则物事学问的发挥也会受到影响，故而家庭日常中的学问是每个人都不能忽视的。

□ 联姻但求勤俭孝友之家

原文

儿女联姻，但求勤俭孝友之家，不愿与宦家结契联婚，不使子弟长奢惰之习。

兄妹之子女，犹然骨肉也。古者婚姻之道，所以厚别也，故同姓不婚。中表为婚，此俗礼之大失。譬如嫁女而号泣，奠礼而三献，丧事而用乐，此皆俗礼之失，我辈不可不力辨之。

译文

儿女联姻，只求勤俭孝友的家庭，不想与官宦家结儿女亲家，不使子弟增加奢惰的习气。

兄妹的子女，与亲骨肉一个样。古代婚姻的原则，特别注重在区别上，故而同姓不婚。表亲之间联姻，这是世俗礼数的一大失误。又比如嫁女则大哭，祭奠用三献礼，丧事而用音乐，这些都是世俗礼数中的失误，我们不可不努力加以分辨。

评点

不愿与官宦家联姻，而愿与勤俭孝友之家结儿女亲，这是曾氏出于理论上的思考，事实上，曾氏二子五女所带来的八个亲家，清一色的都是官宦。长子先娶贺长龄之女（贺官至总督），后娶刘蓉之女（刘官至巡抚）。次子娶郭霈霖之女（郭官至两淮盐运使）。长女嫁袁芳瑛之子（袁官至知府），次女嫁陈源兖之子（陈官至知府），三女嫁罗泽南之子（罗官至道员），四女嫁郭嵩焘之子（郭官至侍郎），五女嫁聂亦峰之子（聂官至知府）。五个女婿除聂氏子外，都不理想，或荒唐，或羸弱，或平庸，可见曾氏选择亲家的理论思考是不错的，惜实行起来却又从俗。

曾氏的大舅子欧阳牧云曾经有过与妹家订儿女亲家的考虑，曾氏婉拒，其理由便是他所说“中表为婚，此俗礼之大失”。表兄表妹结婚，在过去常见，其实这种血缘关系很近的联姻，是很不好的。曾氏在当时能有这种科学认识，实为明智。

□ 若骄奢淫佚则兴旺立见消败

原文

家中蒙祖父厚德余荫，我得忝列卿贰，若使兄弟妯娌不和睦，后辈子女无法则，则骄奢淫佚，立见消败。虽贵为宰相，何足取哉？我家祖父、父亲、叔父三位大人，规矩极严，榜样极好，我辈踵而行之，极易为力。

译文

家中蒙受祖父的厚德余荫，我得以不称职地列入朝廷大员中，倘若兄弟妯娌之间不和睦，后辈儿女的行为没有约束的法则，则家中出现骄奢淫佚，兴旺的气象便会立即消散，即便贵为宰相，又有什么可取的呢？我家祖父、父亲、叔父三位长辈，都有极严格的规矩，极好的榜样，我们只要跟着他们的脚步就行了，极容易做到。

评点

这是道光二十七年七月写给诸弟信中的一段话。一个多月前，曾氏以九年翰林的资历，三十七岁的年纪，连升四级，由四品跃为二品，成为朝廷中的大员。他的这种际遇，在湖南系空前绝后，在全国连他在内也仅止三人。面对如此巨大的荣耀，曾氏决不得意忘形，而是对自己对家中要求更为严厉。他给祖父的信上说："迁擢不次，惶悚实深。"给叔父的信上说："侄何德何能堪此殊荣！常恐祖宗积累之福，自我一人享尽，大可惧也。"给诸弟的信上说："顾影扪心，实深惭悚。"对家中子弟后辈，则敲响切戒骄奢淫佚的警钟。

□ 不以做官发财不以宦囊遗子孙

原文

温弟天分本高，若能改去荡佚一路，归入勤俭一边，则兄弟之幸也，合家之福也。

我待温弟似乎近于严刻，然我自问此心，尚觉无愧于兄弟者，盖有说焉。大凡做官的人，往往厚于妻子而薄于兄弟，私肥于一家而刻薄于亲戚族党。予自三十岁以来，即以做官发财为可耻，以宦囊积金遗子孙为可羞可恨，故私心立誓，总不靠做官发财以遗后人。神明鉴临，予不食言。此时侍奉高堂，每年仅寄些须，以为甘旨之佐。族戚中之穷者，亦即每年各分少许，以尽吾区区之意。盖即多寄家中，而堂上所食所衣亦不能因而加丰，与其独肥一家，使戚族因怨我而并恨堂上，何如分润戚族，使戚族戴我堂上之德而更加一番钦敬乎？将来若作外官，禄入较丰，自誓除廉俸之外，不取一钱。廉俸若日多，则周济亲戚族党者日广，断不蓄积银钱为儿子衣食之需。盖儿子若贤，则不靠宦囊，亦能自觅衣食；儿子若不肖，则多积一钱，渠将多造一孽，后来淫佚作恶，必且大玷家声。故立定此志，决不肯以做官发财，决不肯留银钱与后人。若禄入较丰，除堂上甘旨之外，尽以周济亲戚族党之穷者。此我之素志也。

至于兄弟之际，吾亦惟爱之以德，不欲爱之以姑息。教之以勤俭，劝之以习劳守朴，爱兄弟以德也；丰衣美食，俯仰如意，爱兄弟以姑息也。姑息之爱，使兄弟惰肢体，长骄气，将来丧德亏行，是即我率兄弟以不孝也，吾不敢也。我仕宦十余年，现在京寓所有惟书籍衣服二者。衣服则当差者必不可少，书籍则我生平嗜好在此，是以二物略多。将来我罢官归家，我夫妇所有之衣服，则与五兄弟拈阄均分。我所办之书籍，则存贮利见斋中，兄弟及后辈皆不得私取一本。除此二者，予断不别存一物以为宦囊，一丝一粟不以自私。此又我待兄弟之素志也。

译文

温弟的天资本来就高，若能从放荡回归到勤俭，则是兄弟们的幸事，全家的福气。

我对待温弟，好像有点严刻，但我自问心里无愧于兄弟，我把我的想法说给大家听听吧。大多数做官的人，往往厚待妻与子，而薄待兄与弟，对自己家里私肥，而对亲戚族党刻薄。我自三十岁以来，便以做官发财为可耻，以宦囊积金遗子孙为可羞可恨，故而自己在心中立誓，总不靠以做官发的财来遗留后人。请神明来做监督，我决不食言。现在要侍奉长辈，每年仅仅寄一些银子，作为他们日常开支的辅佐。族戚中的贫穷者，也每年各分得一点，以尽我小小的心意。这是因为多寄钱给家中，而长辈们所吃所穿的，也不能因此而更加丰裕，与其独肥一家，使得戚族因此怨恨我而一并怨恨长辈，何不分润戚族，使戚族感戴长辈们的恩德，而更增加一份钦敬呢？将来若做地方官，俸禄较多，自己发誓除养廉费和俸禄外不收取一文钱。养廉费和俸禄若日渐增多，则周济亲戚族党的人也日渐扩大，断不积蓄银钱给儿子在穿衣吃饭方面的花费。这是因为，儿子若是贤良，则不依靠我的官俸，也能自己找到饭吃；儿子若不贤良，则多积蓄一分钱，他们将多造一分孽，将来骄奢淫佚做坏事，必定大大玷污家族名声。故而立定这个志向，决不以做官来求取发财，决不留下银钱给后人。倘若俸禄收入较为丰裕，除满足长辈的日常开支外，全部拿出来周济亲戚族党中的贫穷者。这是我一向的志向。

至于兄弟之间，我也是唯有以德来相爱，不想以姑息来相爱。以勤俭来教导，以习劳守朴来规劝，这是以德爱兄弟；好衣好食，一切满足，这是以姑息来爱兄弟。这种姑息之爱，使得兄弟肢体懒惰，骄气滋生，将来使得德行亏丧。这便是我带领兄弟于不孝，我不敢做这种事。我做官十多年，现在京师家中所唯有书籍与衣服两种。衣服，这是因为当差必不可少；书籍，这是我平生所嗜好的物品。故而这两种略多些。将来我罢官回家，我夫妇所有的衣服，则与五兄弟拈阄平均分配。我所买的书籍，则存放在“利见斋”里，兄弟以及各辈子弟都不得私自拿一本。除这两种外，我断不保存一样物品作为自己的财产，一丝一粟不用来自私。这也是我对待兄弟一向的志愿。

评点

道光二十九年三月，曾氏给诸弟写了一封长信，这段话即此信的核心部分。

道光二十五年九月，曾氏的四弟澄侯、六弟温甫结伴来到京城，在大哥家读书。第二年十月，为使祖母在八十寿辰前看到诰封，澄侯提前离京回家，温甫则依旧留在京城。

曾氏花钱为温甫捐了个监生，以便在京参加直隶乡试，结果未中。二十八年正月，温甫去另一京官家做塾师，十月离京回家。温甫在京城住了三年，功名上无任何长进，心中满是牢骚，扬言进家门之前先买一个猪肚子蒙面。又说他的功名不利是因为家中无悍厉之妇的缘故，暗示大嫂悍厉。可知他在京师三年，与大哥家相处亦不太和谐。这段话的一开头就说“我待温弟近于严刻”，大约便是针对温甫的不满而言。

这段文字中最值得注意的是曾氏所说的“以做官发财为可耻，以宦囊积金遗子孙为可羞可恨”两句话。曾氏晚年曾说过，他一生的积蓄只有两万两银子。对于一个带兵多年的军事统帅、一个做了十多年总督的封疆大吏来说，曾氏可谓一个积蓄甚少的人。他用他的事实履行了自己的诺言。

□ 孝友之家可绵延十代八代

原文

吾细思凡天下官宦之家，多只一代享用便尽。其子孙始而骄佚，继而流荡，终而沟壑，而庆延一二代者鲜矣。商贾之家，勤俭者能延三四代；耕读之家，谨朴者能延五六代；孝友之家，则可以绵延十代八代。我今赖祖宗之积累，少年早达，深恐其以一身享用殆尽，故教诸弟及儿辈，但愿其为耕读孝友之家，不愿其为仕宦之家。

译文

我仔细想过，大凡天下官宦之家，多只一代便将福分享用完了。他们的子孙开始骄佚，接下来便四处流荡，最后死无葬身之地，福分延至一二代的很少。商贾之家，勤俭的则可将福分延至三四代；耕读之家，谨朴者能将福分延至五六代，孝友之家则可将福分绵延到十代八代。我现在靠着祖宗的积累，年纪轻轻便得到功名，深恐自己一个人将祖宗的积累享用尽，故而教导诸弟及儿辈，但愿为耕读之家、孝友之家，不愿为仕宦之家。

评点

曾氏列出四种家庭，即官宦之家、商贾之家、耕读之家及孝友之家。其实，官宦、商贾、耕读，指的是家庭赖以生存的收入来源，孝友指的是家庭内部的伦理和谐。它不宜与前三种并列为一种家庭形式。理论上说，孝友可在官宦、商贾家中体现，也可在耕读家中体现，但事实上，权、钱易于使人堕落，故而孝友在官家商家中少见，家贫则反而易出孝子。如果家庭内部真正做到了孝友，无论是官是商，还是耕读，家中的福分都是可以多绵延几代的。

□ 吃苦与不留钱财给子孙

原文

与季高、次青鬯谈。夜又与季高久谈。季高言，凡人贵从吃苦中来。又言，收积银钱货物，固无益于子孙，即收积书籍字画，亦未必不为子孙之累云云。多见道之语。

译文

与左季高、李次青畅谈。夜里又与季高久谈。季高说凡人可贵的是经历过苦，又说积蓄银钱货物，固然无益于子孙，即便是收藏书籍字画，也未必不为子孙的牵累等等，多是有道理的话。

评点

咸丰九年底，左宗棠因樊燮一案离湘北上，次年闰三月下旬来到曾氏所在的宿松军营，在营中住了二十多天。曾氏与左几乎天天见面谈话，这二十多天是曾左两人一生中关系最为密切的一段时期。在人要有吃过苦的阶段以及不留银钱财富给子孙这两点上，曾左两人的看法完全吻合。这两点“见道之语”很值得今人体味。

□ 以勤俭教导新媳妇

原文

纪泽儿授室太早，经书尚未读完。上溯江太夫人来嫔之年，吾父亲亦系十八岁，然常就外傅读书，未久耽搁。纪泽上绳祖武，亦宜速就外傅，慎无虚度光阴。闻贺夫人博通经史，深明礼法。纪泽至岳家，须缄默寡言，循循规矩。其应行仪节，宜详问谙习，无临时忙乱，为岳母所鄙笑。

新妇始至吾家，教以勤俭，纺织以事缝纫，下厨以议酒食。此二者，妇职之最要者也。孝敬以奉长上，温和以待同辈。此二者，妇道之最要者也。但须教之以渐。渠系富贵子女，未习劳苦，由渐而习，则日变月化，而迁善不知；若改之太骤，则难期有恒。

新妇初来，宜教之入厨作羹，勤于纺织，不宜因其为富贵子女，不事操作。大、二、三诸女已能做大鞋否？三姑一嫂，每年做鞋一双寄余，各表孝敬之忱，各争针黹之工。所织之布，做成衣袜寄来，余亦得察闺门以内之勤惰也。

译文

纪泽儿结婚太早，经书尚未读完。上溯到江太夫人过门的时候，我的父亲也是十八岁，但经常出门跟从外面的师傅读书，没有过多耽搁。纪泽要以祖父为榜样，也宜赶早去随外面的师傅读书，慎无虚度光阴。听说贺夫人博通经史，深明礼法。纪泽到岳母家必须沉默寡言，循规蹈矩，应该照行的礼仪，要详细询问熟习，不可临时忙乱，为岳母所鄙薄讥笑。

新媳妇刚到我家，以勤俭治家来教育她。亲自纺织缝纫，亲自下厨房整治酒食。这两点，是妇职中的最重要部分。对长辈孝敬，对同辈温和。这两点，是妇道中的最重要部分。但必须逐渐来教导。她是富贵家庭中的女儿，未习劳苦，渐渐地熟悉，则每一天每一个月都有变化，从而不知不觉地予以迁善；若改变的速度太快，则难以期望她持之以恒。

新媳妇初来，宜教她下厨房做饭菜，勤于纺织，不宜因为她是富贵家的女儿，便不让她亲自动手。大女、二女、三女，已经能做大人的鞋子了吗？三姑一嫂，每年做鞋子一双寄给我，各人表达自己的孝敬心意，互相之间竞争针线工夫的高下。自己织的布，做成衣袜寄给我。我也可以借此检查闺门中的勤与惰。

评点

咸丰六年三月，虚岁十八岁的曾家长孙纪泽结婚，娶的是长沙城里的贺氏。贺氏是做过云贵总督的贺长龄的庶出女。贺长龄已去世六七年，贺家自然冷落了许多，但仍然是长沙城里的富贵大家。只是贺氏命薄，第二年便因难产去世。

读者先前只看到曾氏对子弟的要求，这里可见出曾氏对女儿及媳妇的要求。曾氏还要夫人以身作则，故而欧阳夫人贵为总督府里的内当家，也亲自纺纱织布，倡导勤俭家风。

□ 和气致祥乖气致戾

原文

去年在家，因小事而生嫌衅，实吾度量不闳，辞气不平，有以致之，实有愧于为长兄之道。千愧万悔，夫复何言！

去年我兄弟意见不和，今遭温弟之大变，和气致祥，乖气致戾，果有明征。嗣后我兄弟当以去年为戒，力求和睦。

祸福由天主之，善恶由人主之。由天主者无可如何，只得听之；由人主者，尽得一分算一分，撑得一日算一日。吾兄弟断不可不洗心涤虑，以求力挽家运。第一，贵兄弟和睦。去年兄弟不和，以致今冬三河之变。嗣后兄弟当以去年为戒。凡吾有过失，澄、沅、洪三弟各进箴规之言，余必力为惩改；三弟有过，亦当互相箴规而惩改之。第二，贵体孝道。推祖父母之爱以爱叔父，推父母之爱以爱温弟之妻妾儿女及兰、蕙二家。又，父母坟域必须改葬。请沅弟作主，澄弟不可过执。第三，要实行勤俭二字。内间妯娌不可多写铺账。后辈诸儿须走路，不可坐轿骑马。诸女莫太懒，宜学烧茶煮菜。书、蔬、鱼、猪，一家之生气；少睡多做，一人之生气。勤者生动之气，俭者收敛之气。有此二字，家运断无不兴之理。余去年在家，未将此二字切实做工夫，至今愧恨，是以谆谆言之。

译文

去年在家时，因小事而导致兄弟间生嫌隙，实在是我的度量不宽广，口气不平和，因而出现这种事，实在是有愧于做大哥的道理。千愧万悔，还有什么可说的呢？

去年我们兄弟之间意见不和，现在遭遇温甫弟的大变故。和气招致吉祥，乖气招致罪戾，果然有明确的见证。以后我们兄弟当以去年为戒，力求和睦。

祸与福是由天来做主的，善与恶是人来做主的。由天做主的，人则无可奈何，只得听之，由人做主的，则做到一分是一分，撑得一天算一天。我们兄弟断然不可不洗去焦虑，以求得力挽家运。第一，贵在兄弟和睦。去年里兄弟不和，以致招来今冬三河之变，以后兄弟当以去年为戒。凡是我有过失，澄侯、沅甫、季洪三弟每人都进规劝之言，我务必竭力改正。三位弟弟有过失，也应当互相规劝而改正。第二，贵在力行孝道。将对祖父母的爱推及到叔父身上，将对父母的爱推及到温甫弟的妻妾儿女身上，以及国兰、国蕙两家。再者，父母的坟茔必须改葬，请沅甫弟做主，澄侯弟不要太固执了。第三，要实行勤俭二字。妯娌的用途不可太铺张，后辈各儿郎都要以步当车，不可坐轿骑马。各女儿不要太懒，宜学会烧菜煮茶。书、蔬、鱼、猪，体现一个家庭的生气，少睡多做，体现一个人的生气。勤是生动之气，俭是收敛之气。做到这两个字，家运断没有不兴旺的道理。我去年在家没有将这二字切实做到，至今惭愧悔恨，故而谆谆告诫你们。

评点

咸丰七年二月，曾氏父亲病逝于家，曾氏立即率诸弟回家守丧。咸丰八年六月，他再次奉旨出山。这年十月，李续宾、曾国华统率的湘军中的一支劲旅，被太平军大败于安徽三河镇。六千湘军几乎全部死在三河，李续宾未能幸免，而打扫战场时，却并未看到曾国华的尸体，直到三个月后，才寻到曾国华没有头的尸体。曾氏连同他的三个弟弟都在军营，老六是第一个死在战场的曾家子弟，对湘乡曾氏老宅而言，这是一个重大的变故。作为湘军的最高统帅，作为曾氏家族的掌门人，曾氏心中自然十分悲痛。这三段话便出自咸丰八年底的家信。面临家门的大不幸，曾氏的应对方法是，一检查自己的不是，二借此整顿家政，强调和、孝、勤、俭对家庭的重要性。

□ 家庭不可说利害话

原文

居家要勤俭。吾家后辈子女，皆趋于逸欲奢华，享福太过，将来恐难到老。嗣后诸男在家勤洒扫，出门莫坐轿；诸女学洗衣，学煮菜烧茶。少劳而老逸犹可，少甘而老苦则难矣。至于家中用度，断不可不分。凡吃药、染布及在省在县托买货物，若不分明，则彼此以多为贵，以奢为尚，漫无节制。此败家之气象也！

运气不来，徒然怄气。帮人则委曲从人，尚未必果能相合；独立则劳心劳力，尚未必果能自立。如真能受委曲，能吃辛苦，则家庭亦未始不可处也。

沅弟信言家庭不可说利害话，此言精当之至，足抵万金。余生平在家在外，行事尚不十分悖谬，惟说些利害话，至今悔憾无极。

译文

居家过日子要勤俭。我家后辈子女都往逸欲奢华方向走，享福太过头了，将来恐难一直好到老。以后，每个男人在家要勤洒扫，出门不要坐轿，每个女人要学洗衣，学煮菜烧茶。少年劳苦而老来安逸还可以，少年甘甜而老来受苦则难了。至于家中开支，决不可不分开。凡是吃药染布，以及在省城县城托人买货物，若是不分开，则彼此之间以多为贵，以奢华为时尚，漫无节制，这是败家的气象。

运气没有来到时，只能是白白地怄气，帮助别人即使委曲顺从人家，尚且不一定就能很好合作，自己独自做事，则劳心劳力，尚且不一定真能自立。如果真能受得了委曲，能吃得了辛劳，则在家中未必就不能安然相处。

沅弟信上说家庭中不可以说伤感情的话，此言非常精当，足以抵万两黄金。我生平在家也好在外也好，做事尚且不很错谬，只是容易说些伤感情的话，至今悔恨无极。

评点

曾氏父亲在时，曾氏诸兄弟并未分家，仍在一个大家庭中过日子。查曾氏咸丰十年正月二十四日给澄弟沅弟信，其中有这样的话："沅弟信中有分关田单，一一读悉。我于家中毫无补益而得此厚产，亦唯学早三爹频称多多谢而已。"可知咸丰九年底，曾氏兄弟在友好的气氛中分了家。在此之前，三兄弟数十口人生活在一起，难免因攀比而引发一些矛盾，于是曾氏在咸丰八年十一月的一封家信中提出部分开支分开的办法。

兄弟姐妹之间吵架，是世间常事，但毕竟是手足之亲，血脉相连，俗话说打断骨头连着筋。所以，再怎么争吵也不要说"利害话"即伤感情话。这的确是很重要的一点。据曾氏小女儿纪芬在《崇德老人自订年谱》中的"咸丰七年"一节中说："初，黄金堂之宅相传不吉，贺夫人即卒于是，其母亦卒于是。忠襄夫人方有身，恶之，延巫师禳祓。时文正丁艰家居，心殊忧郁，偶昼寝，闻其扰，怒斥之。未几，忠襄遂迁居焉。"曾纪芬晚年述往事，在咸丰七年这一年中什么事都不记，惟独记下这件事，可见曾氏与老九夫人当时的争吵闹得很大，造成的后果是没有多久老九一家便迁出老宅另择居处。此事在曾氏心中也留下很重的阴影，以至于他一再检讨，这次又说"至今悔憾无极"。

□ 不求好地但求平安

原文

不求好地，但求平安。洪夏之地，余心不甚愿。一则嫌其经过之处山岭太多，一则既经争讼，恐非吉壤。地者，鬼神造化之所秘惜，不轻予人者也。人力所能谋，只能求免水、蚁、凶煞三事，断不能求富贵利达。明此理，绝此念，然后能寻平稳之地。不明此理，不绝此念，则并平稳者亦不可得。

吾乡僻陋，眼界甚浅，稍有修造，已骇听闻，若太闳丽，则传播尤远。苟为一方首屈一指，即乱世恐难幸免。

改葬先人之事，须将求富求贵之念消除净尽，但求免水蚁以安先灵，安凶煞以安后嗣而已；若存一丝求富求贵之念，则必为造物鬼神所忌。以吾所见所闻，凡已发之家，未有续寻得大地者。

译文

不求好地，但求能保平安。“洪夏”这块地，我心里很不愿意要。一则嫌它经过之处，山岭太多，一则这块地有过争吵诉讼，恐怕不是吉地。说到地，这是鬼神造化特别秘惜之物，是不轻易给人的。人力所能图谋的，只能求得免去水淹、蚁蛀以及易遭凶煞三件事，断不能求取富贵利达。明白这个道理，绝去这个念头，然后才能寻到平稳之地；不明白这个道理，不绝去这个念头，则连平稳之地也不可能得到。

我们的家乡地处偏僻，人的眼界特别浅，稍微有点大的建设便已骇听闻，若是太宏大壮丽，则传播更厉害。倘若为地方上的第一关注对象，在乱世中则就难得幸免灾难了。

改葬先人这件事，必须将求富求贵的念头消除干净，但求得能免去水淹、免遭蚁蛀，以使先人灵魂安妥，免去凶煞让后人能平平安安就行了。若存一丝一毫求富求贵的念头，则必将为造物及鬼神所忌恨。以我的所见所闻来看，凡是已经发达的家庭，并没有继续寻到极好地的。

评点

咸丰八年十月，曾国荃从江西前线回到老家。老九此次回家要办两件大事，一是改葬父母，二是为自己的小家建新房子。关于曾氏父母的葬地，咸丰七年也即在守父丧期间，曾氏几兄弟之间有过争论。老六强烈主张将母亲棺木取出，与父亲合葬于另一块地上，老四则坚决不同意。曾氏的态度如何，未见明确文字记载，以他一贯的个性推测，大约是赞同老四的观点，所以改葬一事未果。待到咸丰八年十月三河之变出来，曾氏的观点完全改变了，确信必须改葬，于是劝老四放弃陈见，老四当然也不能再坚持了。老九于是肩负这件家族重任。改葬首在择地。第一、第三段讲的便是曾氏对择地一事的看法。

老九将自己要砌的房子，画了个图样送给大哥看，曾氏认为规模太大了。咸丰九年元旦，曾氏在给诸弟的家信中也谈到对起屋的看法："我家若太修造壮丽，则沅弟必为众人所指摘，且乱世而居华屋广厦，尤非所宜。"

□ 治家八字诀

原文

家中一切，自沅弟去冬归去，规模大备，惟书、蔬、鱼、猪及扫屋、种竹等事，系祖父以来相传家法，无论世界之兴衰，此数事不可不尽心。

凡屋高而天井小者，风难入，日亦难入，必须设法祛散湿气，乃不生病。至嘱至嘱。

余与沅弟论治家之道，一切以星冈公为法，大约有八字诀。其四字，即上年所称书、蔬、鱼、猪也，又四字，则曰早、扫、考、宝。早者，起早也；扫者，扫屋也；考者，祖先祭祀，敬奉显考、王考、曾祖考，言考而妣可该也；宝者，亲族乡里，时时周旋，贺喜吊丧，问疾济急，星冈公尝曰人待人无价之宝也。星冈公生平于此数端最为认真。故余戏述为八字诀曰：书、蔬、鱼、猪、早、扫、考、宝也。

译文

家中的一切，自从沅弟去年冬天回去后规模大为完备，唯有读书、种蔬菜、养鱼、养猪以及扫屋、种竹子等事，是祖父以来相传的家法，无论世界是兴是衰，这几件事都不可不尽心。

凡房屋高而天井小的，风难吹进来，阳光也难照进来，必须设法驱散湿气，才不会生病。至嘱至嘱。

我与沅弟谈论治家之道，应一切以星冈公为榜样，大约有八字口诀，其中四个字，即上年所说的“书、蔬、鱼、猪”，还有四个字，那就是“早、扫、考、宝”。所谓早，即起床早。所谓扫，即打扫庭院。所谓考，即对祖先的祭祀，敬奉父亲、祖父、曾祖父，用一个“考”字，“妣”也包括在内。所谓宝，即亲族邻里，要时时周旋，贺喜吊丧，询问疾病，救济危难。星冈公曾说过：“人与人之间的好好相处，这是无价之宝。”星冈公一生对这几件事最为认真，故而我戏称为八字诀，叫做书、蔬、鱼、猪、早、扫、考、宝。

评点

曾氏一再称他的治家之道是从他的祖父星冈公那里学来的，相信他说的是事实。不过笔者认为，曾氏对乃祖的家法在继承的基础上一定有许多发展与提高，至少他加以条理化、系统化、理论化了。这八字诀就是其中一个典型例子。

□ 情意宜厚用度宜俭

原文

家中之事，望贤弟力为主持，切不可日趋于奢华。子弟不可学大家口吻，动辄笑人之鄙陋，笑人之寒村，日习于骄纵而不自知。至戒至嘱。

照料家事，总以俭字为主。情意宜厚，用度宜俭，此居家居乡之要诀也。

当此大乱之世，兴造过于壮丽，殊非所宜，恐劫数未满，或有他虑。弟与邑中诸位贤绅熟商。去年沅弟起屋太大，余至今以为隐虑。此事又系沅弟与弟作主，不可不慎之于始。弟向来于盈虚消长之机颇知留心，此事亦当三思。至嘱至嘱。

译文

家中的事情，希望贤弟竭力主持，切不可日趋于奢侈华丽，子弟不可以学大家族人说话的口气，动辄笑别人鄙陋，笑别人寒酸，每天习惯于骄纵而自己却不知道。至嘱至嘱。

照料家中的事，总要以俭字为主。情意上宜厚实，花销上宜省俭。这是在家里过日子在乡村里过日子的要诀。

处在现在这个大乱的世道中，修建房屋过于壮丽，很不适宜，恐怕我们遭遇的劫数还未满期，或许还会有别的忧虑。弟与地方上的各位贤良绅士仔细商量。去年沅弟砌屋太大，我至今认为这是一个隐虑。这件事又是沅弟与弟做的主，不可不在一开始时便慎重。弟一向对于“盈虚消长”这个机奥颇为留心，此事也应当三思。至嘱至嘱。

评点

曾氏苦口婆心，不惜一而再，再而三，三而四，甚至几乎在每封信中都说要省俭莫奢华，但家中的几个弟弟似乎并没有听进去多少，一个个我行我素。老九起了一个宏大壮丽的新居，名曰大夫第。大哥一再规劝要谨防外人议论，老九却一点也不在乎，说“外间訾议，沅自任之”。老九的这种态度，倒是让老四很欣赏，他接下来就学样，也起了一座闳丽的新居，名曰万谊堂。在以后的岁月中，老幺和已故去的老六家都大兴土木，老幺起新宅名曰有恒堂，老六家则翻修白玉堂。到了同治五年，在欧阳夫人的主持下，曾氏家也花费七千串钱起了一座气魄不凡的大宅院，名曰富贵堂。曾氏本人对此也无可奈何，只能在家信中表示一下自己的态度：“富圫修理旧屋，何以花钱至七千串之多？即新造一屋，亦不应费钱许多。余生平以大官之家买田起屋为可愧之事，不料我家竟尔行之。”（同治六年二月十三日致纪泽）

由此可知，即便有曾氏这样的家长在时时刻刻提醒，对于一个有权有势的家庭来说，要真正地去奢从俭，的确是一件很难的事。

□ 勤苦为体谦逊为用

原文

余在京十四年，从未得人二百金之赠，余亦未尝以此数赠人。虽由余交游太寡，而物力艰难，亦可概见。余家后辈子弟，全未见过艰苦模样，眼孔大，口气大，呼奴喝婢，习惯自然，骄傲之气，入于膏肓而不自觉，吾深以为虑。前函以傲字箴规两弟，两弟不深信，犹能自省自惕，若以傲字诰诫子侄，则全然不解。盖自出世以来，只做过大，并未作过小，故一切茫然，不似两弟做过小，吃过苦也。

教训后辈子弟，总以勤苦为体，谦逊为用，以药佚骄之积习，余无他嘱。

总怕子侄习于骄奢佚三字，家败离不得个奢字，人败离不得个佚字，讨人嫌离不得个骄字。

子侄须教一勤字一谦字。谦者骄之反也，勤者佚之反也。骄奢淫佚四字，惟首尾二字尤宜切戒。至诸弟中外家居之法，则以考、宝、早、扫、书、蔬、鱼、猪八字为本，千万勿忘。

译文

我在京城住了十四年，从来没有得过别人二百两银子的馈赠，我也没有送过二百两银子给别人，虽然是因为我的交游太少，而银钱上的艰难也由此可以见一个大概。我家后辈子弟，完全没有见过艰苦时的样子，眼界大，口气大，呼奴喝婢，已成习惯自然，骄傲之气，已进入膏肓而不自知，我深以为忧虑。前次信中以傲字规劝两弟，两弟虽然不深信，但还是能以此自我反省警惕。若是以傲字教育子侄，他们则完全不能理解。这是因为他们从出生以来，便只做过人上人，而没做过人下人，故而对世事一切都茫然不懂，不像两弟做过人下人，吃过苦。

教训后辈子弟，总是要告诉他们勤苦是人的根本，与人打交道则要谦逊，借以医治懒散骄傲的积习，其他则没有别的嘱咐了。

我总是当心子侄习惯于骄、奢、佚三个字。家败则离不开一个奢字，人败则离不开一个佚字，使人觉得不愉快离不开一个骄字。

对于子侄，必须将一个勤字一个谦字教给他们。谦是骄傲的反面，勤是懒散的反面。骄奢淫佚四个字，唯有首尾两个字尤其要切切戒除。至于诸弟对内对外治家之法，则以考、宝、早、扫、书、蔬、鱼、猪八个字为根本，千万不要忘记。

评点

咸丰十年四月，朝廷命曾氏署理两江总督。这年六月下旬，曾纪泽由湖南来到安徽祁门，探视驻节此地的父亲。九月初，曾氏命纪泽先到安庆，看望正率军围城的九叔国荃和幺叔国葆，然后再回湘。离祁门时，曾氏送纪泽二百两银子，离开安庆时，国葆又送给侄儿一大笔钱。十月初四，曾氏给两弟写信，说赠纪泽的银钱太多，于是引出“在京十四年从未得人二百金之赠”的一段话来。曾氏时刻当心家中因权势的增加而日趋骄奢，尤其是后辈子侄，从未有过艰苦的经历，反倒是一生下来就被众人捧着抬着，以至于“骄傲之气入于膏肓而不自觉”。我们读这几段家信，真感觉到曾氏在千叮咛万嘱咐。

□ 不信补药僧巫地仙

原文

吾祖星冈公在时，不信医药，不信僧巫，不信地仙。此三者，弟必能一一记忆。今我辈兄弟亦宜略法此意，以绍家风。

合家大小老幼，几于无人不药，无药不贵。迨至补药吃出毛病，则又服凉药以攻伐之，阳药吃出毛病，则又服阴药以清润之，展转差误，不至大病大弱不止。

地仙、僧巫二者，弟向来不甚深信，近日亦不免为习俗所移。以后尚祈卓识坚定，略存祖父家风为要。天下信地信僧之人，曾见有一家不败者乎？

译文

我的祖父星冈公在世时，不信医药，不信僧巫，不信地仙，这三点，弟想必能一一有记忆。现在我辈兄弟，也应该略微效法祖父，以接续家风。

全家大小老幼，几乎无人不吃药，无药不贵，待到吃补药吃出毛病，则又服凉药来调和，补阳的药吃出毛病了，又吃补阴的药来加以清润。就这样反复失误，不到身体大病大弱不停止。

地仙、僧巫两类人，弟一向不很相信，近来也不免为习俗所改变，以后还希望坚定自己的正确认识，略微保存祖父所开创的家风为重要。天下相信地仙僧巫的人，能看到其中有一家不失败吗?

评点

湖南人称以看风水寻好地为职业的人为地仙。此处将僧巫合称，指的是这样一类人：作法事超度亡灵的和尚，做道场消灾祈福的道士，以及装神弄鬼推测占卜的巫婆。至于此处所讲的医药，看来主要指补药。曾氏的祖父不相信地仙、僧巫、补药，曾氏本人也不相信，他希望家里人都不要相信。

□ 不非笑人少坐轿

原文

凡畏人，不敢妄议论者，谦谨者也；凡好讥评人短者，骄傲者也。……谚云：“富家子弟多骄，贵家子弟多傲。”非必锦衣玉食、动手打人而后谓之骄傲也，但使志得意满毫无忌畏开口讥人短长，即是极骄极傲耳。余正月初四信中言戒骄字，以不轻非笑人为第一义；戒惰字，以不晏起为第一义。望弟常常猛省，并戒子侄也。

家中兄弟子侄，惟当记祖父之八个字，曰考、宝、早、扫、书、蔬、鱼、猪，又谨记三不信，曰不信地仙、不信医药、不信僧巫。余日记册中又有八本之说，曰读书以训诂为本，作诗文以声调为本，事亲以得欢心为本，养生以戒恼怒为本，立身以不妄语为本即不扯谎也，居家以不晏起为本，作官以不要钱为本，行军以不扰民为本。

家中无论老少男妇，总以习勤劳为第一义，谦谨为第二义。劳则不佚，谦则不傲，万善皆从此生矣。

大抵富贵人家气习，礼物厚而情意薄，使人多而亲到少。吾兄弟若能彼此常常互相规诫，必有裨益。

傲为凶德，惰为衰气，二者皆败家之道。戒惰莫如早起，戒傲莫如多走路、少坐轿，望弟留心儆戒。

译文

凡是对别人心存畏惧不敢随便议论的人，是谦谨者；凡喜欢讥评别人短处的人，是骄傲者。谚语说："富家子弟多骄奢，贵家子弟多傲慢。"不一定锦衣玉食，动手打人之后才能说是骄傲，只要是志得意满，毫无畏惧之心，开口便讥笑别人的短长，这便是极其骄傲的表现。我在正月初四的信中说到戒除骄字，以不轻易讥笑别人为第一等重要，戒除惰字，以不晚起床为第一等重要。希望弟能常常猛然省悟，并以此为子侄之戒。

家中的兄弟子侄，唯一要记住的是祖父的八个字，叫做考、宝、早、扫、书、蔬、鱼、猪，还要谨记三个不信，叫做不信地仙，不信医药，不信僧巫。我的日记中，还有八本之说，叫做读书以训诂为本，作诗文以声调为本，侍奉双亲以得欢心为本，养生以戒恼怒为本，立身以不妄语为本，居家以不晚起床为本，做官以不贪污为本，行军以不扰民为本。

家中无论老少男女，总要以习惯于勤劳为第一层意义，以谦谨为第二层意义。勤劳则不会放荡，谦谨则不会骄傲，万种善性都从这里生发。

大致说来，富贵人家的习气是礼物上表现得隆厚，但情意上却显得淡薄，打发别人送礼慰问的多，而自己亲自到场的少。我们兄弟若是能彼此常常互相规劝告诫，必定有所裨益。

骄傲为带来凶险的品性，懒惰则使气象衰落，这两点都将导致家败。戒除懒惰则不如早起床，戒除骄傲则不如多走路，少坐轿。希望弟留心对自己加以戒备。

评点

前面说到曾氏常给人指引从此岸到彼岸的津渡。这里所抄录的几段话中又有两处新的津渡，一是不轻非笑人是戒骄的津渡，一是多走路少坐轿是戒傲的津渡。

□ 不待天概人概先自概

原文

日中则昃，月盈则亏，吾家亦盈时矣。管子云：斗斛满则人概之，人满则天概之。余谓天之概无形，仍假手于人以概之。霍氏盈满，魏相概之，宣帝概之；诸葛恪盈满，孙峻概之，吴主概之。待他人之来概而后悔之，则已晚矣。吾家方丰盈之际，不待天之来概、人之来概，吾与诸弟当设法先自概之。

自概之道云何，亦不外清、慎、勤三字而已。吾近将清字改为廉字，慎字改为谦字，勤字改为劳字，尤为明浅，确有可下手之处。沅弟昔年于银取与之际不甚斟酌，朋辈之讥议非薄，其根实在于此。去冬之买犁头嘴、栗子山，余亦大不谓然。以后宜不妄取分毫，不寄银回家，不多赠亲族，此廉字工夫也。谦之存诸中者不可知，其著于外者，约有四端：曰面色，曰言语，曰书函，曰仆从属员。沅弟一次添招六千人，季弟并未禀明，径招三千人，此在他统领所断做不到者，在弟尚能集事，亦算顺手。而弟等每次来信，索取帐棚子药等件，常多讥讽之词，不平之语，在兄处书函如此，则与别处书函更可知已。沅弟之仆从随员颇有气焰，面色言语，与人酬接时，吾未及见，而申夫曾述及往年对渠之词气，至今钦憾。以后宜于此四端痛加克治，此谦字工夫也。每日临睡之时，默数本日劳心者几件，劳力者几件，则知宣勤王事之处无多，更竭诚以图之，此劳字工夫也。

余以名位太隆，常恐祖宗留诒之福自我一人享尽，故将劳、谦、廉三字时时自惕，亦愿两贤弟之用以自惕，且即以自概耳。

良田美宅，来人指摘，弟当三思，不可自是。吾位固高，弟位亦实不卑，吾名固大，弟名亦实不小，而犹沾沾培坟墓以永富贵，谋田庐以贻子孙，岂非过计哉？

译文

太阳到了正午便向西偏斜，月亮到了圆满时便会亏缺，我们家现在也可以算得上盈满了。管子说："斗斛装满过头了，人就会用概来将它抹平；人如果盈满过头了，天就会用概来将它抹平。"我说天的概是无形的，它要假人之手来用。霍光盈满，魏相就来用概抹平，汉宣帝就来用概抹平；诸葛恪盈满，孙峻就来用概抹平，吴国君主就来用概抹平。等到别人来用概才后悔，后悔就晚了。我们家正处丰盈的时候，不要等到天来用概，别人来用概，我与诸弟想办法先来自己抹平。

自己抹平的办法在哪里呢？也不外乎清、慎、勤三个字而已。我近来将清字改为廉字，将慎字改为谦字，将勤字改为劳字，尤其显得明白浅易，的确有可以做到的地方。沅弟往年在银钱收支上考虑不周到，朋辈中的议论指责，它的根源就在这里。去年冬天买犁头嘴、栗子山，我也不大以为然，以后应该不随便收取分毫。不寄银钱回家，不多送银钱给亲族，这是廉字上的工夫。

谦虚在自己心中存在的程度别人不可知，表现在外的大约有四个方面，即面色、言语、信函、仆从属员。沅弟一次增加招勇六千人，季弟没有向我禀报，就直接招勇三千人，这是其他统领所绝对做不到的事。弟能够办成这事，可以算是顺手。但每次来信，索取帐棚子药等军需品时，常常多讥讽之词与不平之语，给哥哥的信尚且这样写，给别人的信函更可想而知。沅弟的仆从随员都存有气焰，与人相见时的面色言语我没有看到，但李申夫曾经说到往年对他的语气，他至今尚有不满。以后应该在四个方面上痛加整治。这是谦字上的工夫。每天临睡的时候，默默地在心中数着今天劳心事做了几件，劳力事做了几件，则知道勤王公事做得不多，更加要竭诚谋事。这就是劳字上的工夫。

我因为名位太崇隆，常常当心祖宗留下的福分，到我一个人的身上便享尽了，故而将劳、谦、廉三个字时时自我警惕，也愿两位老弟用来自我警惕，并且用它们作为概来自我抹平。

良田美宅，远来的人指摘，弟应当三思，不可自以为是。我的地位固然高，弟的地位也确实不低。我的名声固然大，弟的名声确实也不小，还这样自喜于以培植坟墓来求永远富贵，谋求田地房屋留给子孙，岂不太过分了吗？

评点

与大哥性格截然相反，老九曾国荃沅甫是个对银钱大手出进并我行我素不在乎舆情的人，当时被称为三如将军，即杀人如麻，挥金如土，爱才如命，又被称为老饕，即特别贪婪者。大概是曾氏听到许多人都这么说他的这个沅弟的，故而这两段话说得比往常都要更具体又更严厉。

□ 与地方官相处之法

原文

弟晨起极早，饭后始天明，甚为喜慰。吾辈仰法家训，惟早起、务农、疏医、远巫四者尤为切要。

莫买田产，莫管公事。吾所嘱者，二语而已。盛时常作衰时想，上场当念下场时，富贵人家，不可不牢记此二语也。

为兄弟者，总宜奖其所长，而兼规其短。若明知其错，而一概不说，则非特一人之错，而一家之错也。

吾家于本县父母官，不必力赞其贤，不可力诋其非，与之相处，宜在若远若近、不亲不疏之间。渠有庆吊，吾家必到；渠有公事，须绅士助力者，吾家不出头，亦不躲避。渠于前后任之交代，上司衙门之请托，则吾家丝毫不可与闻。弟既如此，并告子侄辈常常如此。子侄若与官相见，总以谦谨二字为主。

译文

弟早晨起床很早，吃完饭后才天明，我非常高兴欣慰。我们以家训为准则，唯有早起床、务农活、疏离医、远隔巫四点，尤为切实重要。

不要买田产，不要管公事，我所叮嘱的，只有这两句话而已。兴旺时心中常存有衰败时怎么办的想法，上到台面时心中常存有下台时怎么办的想法。富贵人家，不可不牢记这两句话。

作为兄弟，总是应该表扬长处而兼规劝短处，若是明明知道他有错误，而一句话都不说，如此不仅仅是一个人的错，而是一家的错。

我们家对待本县的父母官，不必要竭力赞扬他的贤能，不可竭力指摘他的不是，与他相处，宜在不远不近、不亲不疏之间。他家有喜庆有丧事，我们家一定参加。他有公事，需要绅士们帮助的，我们家不出头，也不躲避。他关于前任与后任的交待事，关于请求去上级衙门帮他说话办事等，我们家则丝毫不可参与。弟要这样做，并且告诉子侄辈也要这样做。子侄们若与官府打交道，总以谦谨两个字为主。

评点

不参与地方公事，这是曾氏对家里的一贯要求，当年曾家老太爷在世时，曾氏便叮嘱其父杜门谢客。在家的老四，是个喜欢揽事的人，曾氏时常叫他“莫管公事”。与本县官府打交道，取一种“若远若近、不亲不疏”的方式，以曾氏家族在当地的处境，这是一种最好的方式。其实，仔细想一想，未尝不是社会名流与官家相处的一种好状态！

□ 收啬与节制

原文

弟之志事，颇近春夏发舒之气；余之志事，颇近秋冬收啬之气。弟意以发舒而生机乃旺，余意以收啬而生机乃厚。平日最好以昔人花未全开月未圆七字，以为惜福之道、保泰之法莫精于此。曾屡次以此七字教诫春霆，不知与弟道及否？星冈公昔年待人，无论贵贱老少，纯是一团和气，独对子孙诸侄则严肃异常，遇佳时令节，尤为凛不可犯。盖亦具一种收啬之气，不使家中欢乐过节，流于放肆也。余于弟营保举银钱军械等事，每每稍示节制，亦犹本“花未全开月未圆”之义。至危迫之际，则救焚拯溺，不复稍有所吝矣。

生日在即，万不可宴客称庆。此间谋送礼者，余已力辞之矣；弟在营亦宜婉辞而严却之。……家门太盛，常存日慎一日而恐其不终之念，或可自保。否则颠蹶之速，有非意计所能及者。

译文

弟的习性，颇为接近春夏之间的发舒之气，我的习性，颇为接近秋冬之间收啬之气。弟的意思是以发舒才能让生机旺盛，我的意思是以收啬才可以使生机得到培植。平日里，我最喜爱前人所说的“花未全开月未圆”七个字，认为惜福、保泰的道理，以此话说得最精彩，曾经多次用这七个字教诫鲍春霆，不知与弟提到否？星冈公从前待人，无论对待贵贱老少，都是一团和气，独独对子孙及诸侄，则异常严肃，遇到喜庆日子和节日，尤其凛然不可侵犯，这也是因为具有一种收啬之气，不使得家中在欢乐时过于放肆。我对于弟的军营中有关保举、银钱、军械等事，每每稍稍表示节制，也是本着“花未全开月未圆”之义，至于危难紧迫时候，那是好比救拯火烧水淹，则不再稍有吝啬了。

生日快到了，万万不可摆宴席请客庆贺。这里有人想借此送礼，我已竭力辞谢，弟在军营也应婉言严辞。家门太兴盛，常常存着谨慎地度过每一天而担心不能善终的念头，或许可以自保，否则垮台之快，甚至都不能意料到。

评点

关于“花未全开月未圆”这句诗，笔者已在评点曾氏家书中说到，此处不再重复。所录的这两段话，说的是曾氏处顺境时的恐惧之心，以及用收啬、节制来求取平衡的应对方式。

□ 有福不可享尽有势不可使尽

原文

余往年撰联赠弟，有“俭以养廉，直而能忍”二语。弟之直人人知之，其能忍，则为阿兄所独知；弟之廉人人料之，其不俭则阿兄所不及料也。以后望弟于俭字加一番工夫，用一番苦心，不特家常用度宜俭，即修造公费，周济人情，亦须有一俭字意思。总之，爱惜物力，不失寒士之家风而已。……吾弟以为然否？

弟家之渐趋于奢华，即因人客太多之故。此后总须步步收紧，切不可步步放松。……总之，家门太盛，有福不可享尽，有势不可使尽。人人须记此二语也。

余身体平安，合署内外俱好，惟俭字日减一日。余兄弟无论在官在家，彼此常以俭字相勖，则可久矣。

吾不欲多寄银物至家，总恐老辈失之奢，后辈失之骄，未有钱多而子弟不骄者也。吾兄弟欲为先人留遗泽，为后人惜余福，除却俭勤二字，别无做法。弟与沅弟皆能勤而不能俭，余微俭而不甚俭，子侄看大眼吃大口，后来恐难挽回，弟须时时留心。

后辈兄弟极为和睦，科一、三、四行坐不离，共被而寝，亦是家庭兴旺之象。

新正人客甚多，不似往年军营光景。余虽力求节俭，总不免失之奢靡，日日以俭字告诫妻子，现略知遵守，亦望吾弟常告内外周知也。

闻家中内外大小及姊妹亲戚无一不和睦整齐，皆弟连年筹画之功。愿弟出以广大之胸，再进以俭约之诫，则尽善矣。

后辈体气远不如吾兄弟之强壮。吾所以屡教家人崇俭习劳，盖艰苦则筋力渐强，娇养则筋力愈弱也。

俭之一字，弟言时时用功，极慰极慰，然此事殊不易易。由既奢之后而返之于俭，若登天然。即如雇夫赴县，昔年仅轿夫二名，挑夫一名，今已增至十余名。欲挽回仅用七八名且不可得，况挽回三四名乎？随处留心，牢记有减无增四字，便极好耳。

译文

我往年撰写联语送弟，其中有“俭以养廉，直而能忍”两句话。弟的直爽，人人都知道；弟的忍耐，则为做兄长的所独知。弟的廉洁，人人都能料得到，弟的不节俭则为做兄长的所不及料。以后希望弟在俭字上还要增加一番工夫，用一番苦心。不只是日常里家庭用度要俭朴，即便是修理建造方面、为公益事出钱、周济贫困、人情往来，也必须有一个俭字的意识。总之，爱惜物力，不失去寒士的家风而已。贤弟是否同意呢？

弟家之所以渐渐走向奢华，是因为人客太多的缘故，以后总须步步收紧，切不可以步步放松。总之，家门太盛了，有福不可以享尽，有势不可以使尽。人人都要记住这两句话。

我身体平安，整个官署内外都好，只有在俭字上是日减一日。我们兄弟无论做官还是做老百姓，彼此经常以俭字互相勉励，则可以将安宁日子维持久远。

我不愿意多给家里寄银钱货物，总是担心上辈人失之于奢，后辈人失之于骄，没有家里钱多而子弟不骄傲的。我们兄弟希望为先人留下遗泽，为后人增添福分，除勤俭两个字外，没有别的做法。弟与沅弟都能勤但不能俭，我则稍微能俭但不很俭。至于子侄们，则是眼界大，胃口大，这种状态以后恐怕难以挽回，弟必须时时留心。

后辈兄弟极为和睦，行坐都不分离，共一床被子睡觉，这也是家庭兴旺的现象。

新年正月里人客很多，不像往年军营的光景，我虽然力求节俭，总不免有点奢靡。每天以俭字告诫妻与子，现在大家都稍微知道遵守，也望我的弟弟常常告诉家庭里里外外都知道。

听说家中里外大大小小，以及姊妹亲戚，无一不和睦整齐，都是弟连年筹划的功劳。愿弟以广阔的胸怀对外应接，又以俭约训诫家中，那么则尽善了。

后辈子侄的身体，远不如我们兄弟的强壮，我之所以屡屡教家人崇俭习劳，是因为艰苦则筋力日渐强壮，娇养则筋力日渐虚弱。

俭这个字，弟说时时在用功，极为欣慰！但此事很不容易，已经奢侈而再返回俭朴，好比登天。比如说雇脚力到县城，过去只有轿夫二名，挑夫一名，现在已增加到十多名，想要挽回到七八名，且不可能，何况挽回到三四名呢？随处留心，牢牢记住只减不增四个字，便是极好了。

评点

此处所抄录的九段话，都出自于曾氏同治二三年写给家里的信，说的内容归纳起来可以一字概括，即俭。因官位的崇隆及军事的胜利，曾氏家族不乏地位与金钱，奢侈不但在老四、老六家中已成常态，即便曾氏自己的小家庭，也是日常开支渐趋庞大，这是晚年曾氏所极不愿看到的现象，故而在家信中不厌其烦地反复申述。

□ 门庭太盛非勤俭难久支

原文

余中厅悬八本堂扁，跋云：养生以少恼怒为本，事亲以得欢心为本。弟久劳之躯，当极力求少恼怒。

余于家庭有一欣慰之端：闻妯娌及子侄辈和睦异常，科一、三、四有姜被同眠之风，甲三、五等亦爱敬兼至。此足卜家道之兴。然亦全赖老弟分家时布置妥善，乃克臻此。

余蒙先人余荫忝居高位，与诸弟及子侄谆谆慎守者但有二语，曰“有福不可享尽，有势不可使尽”而已。福不多享，故总以俭字为主，少用仆婢，少花银钱，自然惜福矣；势不多使，则少管闲事，少断是非，无感者亦无怕者，自然悠久矣。

殊恩异数，萃于一门。祖宗积累阴德，吾辈食此厚报，感激之余，弥增歉悚。

余欲上不愧先人，下不愧沅弟，惟以力教家中勤俭为主。余于俭字做到六七分，勤字则尚无五分工夫。弟与沅弟于勤字做到六七分，俭字则尚欠工夫。以后各勉其所长，名戒其所短。弟每用一钱，均须三思。

近日家中内外大小，勤俭二字做得几分？门第太盛，非此二字，断难久支。

吾家子侄，人人须以勤俭二字自勉，庶几长保盛美。观《汉书·霍光传》，而知大家所以速败之故，取金日磾、张世安二传……解示后辈可也。

吾不望代代得富贵，但愿代代有秀才。秀才者，读书之种子也，世家之招牌也，礼仪之旗帜也。

为人与为学并进，切戒骄奢二字，则家中风气日厚，而诸子侄争相濯磨矣。

译文

我家中厅悬有八本堂匾，跋语说：“养生以少恼怒为本，侍奉双亲以得欢心为本。”弟的身体久经劳累，当极力求得少恼怒。

对于家庭，我有一个感到欣慰之处，即听说家中妯娌及子侄辈和睦异常，科一与科三、科四有同盖一被的亲热，甲三与甲五等人也互相敬爱。凭这一点，可看出家道的兴旺。之所以能如此，也是全赖着老弟在分家时的妥善布置。

我蒙受先人的余荫，不称职地居于高位，与诸弟及子侄们所能谨慎把守的，也只有两句话，即“有福不可以享尽，有势不可以用尽”而已。福分不多享受，故而总应当以俭字为主，少用仆婢，少花银钱，自然就惜福了。势不多使用，则做到少管闲事，少去断人家的是非，没有感谢者也没有害怕者，自然日子便悠闲长久。

特殊的恩眷异常的命数，都集于我曾氏一门，祖宗所积累的阴德，让我们这一代承受如此的厚报，感激之余，更增加歉疚恐惧。

我想上不愧于先人，下不愧于沅弟，唯一可做到的是努力教导家中以勤俭为主。我于俭字，已做到六七分，于勤字则尚无五分工夫。弟与沅弟于勤字则做到六七分，于俭字则尚欠工夫。以后各人勉励长处，告诫短处。弟每花费一钱，都要三思。

近来家中里外与大人小孩，在勤俭这两个字上，做到了几分？门第太兴盛，若不按这两个字做，兴盛局面断难长久保持。

我家的子侄，人人都必须用勤俭两个字来自我勉励，或许可以长保兴盛美满。读《汉书》中的霍光传，而后知大家族之所以迅速破败的缘故，可以取出金日磾、张世安两人的传给后辈解读。

我不指望代代都富贵，但愿代代都有秀才。所谓秀才，就是读书的种子，世家的招牌，礼仪中的旗帜。

做人与求学并进，切戒骄奢二字，则家中风气日益厚重，子侄们都会争相磨砺。

评点

此处所抄录的这几段话，均出自于同治三年五、六、七月间曾氏给家中的信。六月十六日，曾老九率领吉字营攻破南京城。那么五、

六、七这三个月，正是大功即将告成及大功已获的时期。就在这样的时候，曾氏仍是一贯地将勤、俭、谦、谨这些话告诫子弟。

□ 六分天生四分家教

原文

余与沅弟同时封爵开府，门庭可谓极盛，然非可常恃之道。记得己亥正月，星冈公训竹亭公曰："宽一虽点翰林，我家乃靠作田为业，不可靠他吃饭。"此语最有道理，今亦当守此二语为命脉。望吾弟专在作田上用些工夫，辅之以书、蔬、鱼、猪、早、扫、考、宝八字，任凭家中如何贵盛，切莫全改道光初年之规模。凡家道所以可久者，不恃一时之官爵，而恃长远之家规；不恃一二人之骤发，而恃大众之维持。我若有福罢官回家，与弟当竭力维持。老亲旧眷、贫贱族党不可怠慢。待贫者亦与富者一般，当盛时预作衰时之想，自有深固之基矣。

吾兄弟处此时世，居此重名，总以钱少产薄为妙。一则平日免于觊觎，仓卒免于抢掠；二则子弟略见窘状，不至一味奢侈。……吾自嘉庆末年至道光十九年，见王考星冈公日日有常，不改此度。不信医药、地仙、和尚、师巫、祷祝等事，亦弟所一一亲见者。吾辈守得一分，则家道多保得几年。……木器……但求坚实，不尚雕镂，漆水却须略好，乃可经久。屋宇不尚华美，却须多种竹柏，多留菜园，即占去田亩，亦自无妨。

家中妇女渐多，外则讲究种蔬，内则讲究晒小菜、腌菜之类，乃是兴家气象。请弟倡之。

星冈公之家法，后世当守者极多，而其不信巫医地仙，吾兄弟尤当竭力守之。

处兹乱世，钱愈多则患愈大，兄家与弟家总不宜多存现银。现钱每年足敷一年之用，便是天下之大富，人间之大福。家中要得兴旺，全靠出贤子弟。若子弟不贤不才，虽多积银积钱积谷积产积衣积书，总是枉然。子弟之贤否，六分本于天生，四分由于家教。吾家代代皆有世德明训，惟星冈公之教尤应谨守牢记。吾近将星冈公之家规编成八字句，云："书、蔬、鱼、猪、考、早、扫、宝，常说常行，八者都好；地、命、医理、僧巫、祈祷、留客久住，六者俱恼。"盖星冈公于地、命、医、僧、巫五项人，进门便恼，即亲友远客久住亦恼。此八好六恼者，我家世世守之，永为家训，子孙虽愚，亦必略有范围也。

吾家现虽鼎盛，不可忘寒士家风味，子弟力戒傲惰。戒傲以不大声骂仆从为首，戒惰以不晏起为首。吾则不忘蒋市街卖菜篮情景，弟则不忘竹山坳拖碑车风景。昔日苦况，安知异日不再尝之？自知谨慎矣。

吾自五十以后百无所求，惟望星冈公之后丁口繁盛，此念刻刻不忘。吾德不及祖父远甚，惟此心则与祖父无殊。弟与沅弟望后辈添丁之念，又与阿兄无殊。或者天从人愿，鉴我三兄弟之诚心，从此丁口日盛，亦未可知。且即此一念，足见吾兄弟之同心，无论哪房添丁，皆有至乐。和气致祥，自有可卜昌盛之理。

译文

我与沅弟同时封爵开府，门庭可谓极其旺盛，但这不可以长久依恃。记得己亥年正月，星冈公教训竹亭公说："宽一虽然点了翰林，但我们家靠作田为职业，不可以依靠他吃饭。"这话最有道理。现在依旧守住这句话作为命脉，希望我的弟弟专门在作田上用些工夫，以书、蔬、鱼、猪、早、扫、考、宝八个字为辅助，不管家中如何富贵兴盛，切莫完全改变道光初年时的规模。大凡家道之所以能够长久保持的，不依恃一时的官爵，而是依恃长远的家规，不依恃一二人的骤然发迹，而是依恃众人的维持。我若是有福气罢官回家，当与弟竭力维持家风。老旧亲眷，贫贱族党，不可以怠慢。对待贫困人也与对待富贵人一个样，处于兴盛时要预先想到衰落时。如此，自然家业基础便深固了。

我们兄弟处在这样的时代，获得这样的大名，总以银钱少田产薄为好。一则平日里免去别人的窥视，混乱时免遭人抢掠；二则子弟稍微见到家里经济上的窘迫，不至于一味奢侈。……我自嘉庆末年到道光十九年，见祖父星冈公每天生活有规律，不改变他的处世原则，不相信医药、地仙、和尚、师公巫婆、做道场法事等，这些也是弟一一亲眼见到的。我们这一代守住一分，家道则可多保得几年。……木器……只求坚实，不必追求雕镂，用漆却必须比较好，才可经久耐用。屋宇不必追求华丽，却必须多种竹子柏树，多种蔬菜，即便占去一些稻田也无妨。

家中妇女渐渐增多，外务则需讲究种蔬菜，内务则需讲究晒菜腌菜这些事，才是家庭兴旺的气象，请弟提倡这种风气。

星冈公的家法，后世应当遵守的极多，他不相信巫医地仙这一点，我们兄弟尤其应当竭力守住。

处在这样的乱世，钱愈多则祸患愈大，我家与弟家，总不应多存现金。每年的现金能够一年的开支，便是天下的大富、人间的大福。家里要想兴旺，完全靠出贤良子弟，若子弟不贤良没有才干，即便多积蓄银钱、积蓄粮食田产、积蓄衣物书籍，总是枉然。子弟贤与不贤，六分源于天生，四分由于家教。我们家代代都有好的德行严明的家训，特别是星冈公的教导，尤其应当谨守牢记。我近来将星冈公的家教编成八句，叫做：“书、蔬、鱼、猪、考、宝、早、扫，经常说经常做，八个方面都是好的。地仙、算命、医药、僧人巫婆做道场法事、留客人久住，这六者都烦恼。”这是因为星冈公对地、命、医、僧、巫五类人，一进门便恼火他们，即便是亲友远客，住久了也恼火。这八好与六恼，我家要世代守住，永远作为家训，子孙即便愚蠢，也会大致有个谱。

我家现在虽然鼎盛，不可以忘记寒士家的风味，子弟要力戒骄傲懒惰。戒傲以不大声骂仆从为第一点，戒惰以不晚起床为第一点。我则不忘当年蒋市街卖菜篮子的情景，弟则不忘当年竹山坳拖碑车的情景。从前的苦境，又怎么能知道今后就不会再出现？自己要知道谨慎啊！

我自五十以后百无所求，唯希望星冈公的后代人丁兴旺，这个念头时刻不忘。我的德行不及祖父很远，只有这颗心与祖父没有区别。弟与沅弟希望后辈生儿子的念头与你老哥也没有区别。或者天从人愿，鉴于我三兄弟的诚意，从此以后人丁日盛也未可知。况且即便就是这个念头，也足以看到我们兄弟的同心。无论哪一房生儿子，都有很大的快乐。和气致祥，自有可预卜家道昌盛的道理。

评点

此处所抄录的九段话中，有五段提到星冈公。星冈公是曾氏的祖父。曾氏说他治家的那一套，完全来源于祖父，并常常自愧远不如祖父，在读者的心目中，这位星冈公一定是个了不起的人。殊不知这位曾氏的偶像，在年轻时竟是个浮荡子弟。这话就出自于曾氏本人的笔下，应当是千真万确的。笔者抄一段曾氏的《大界墓表》，以便让读者对星冈公有个全面的了解：“府君言之曰：吾少耽游惰，往还湘潭市肆，与裘马少年相逐，或日高酣寝。长老有讥以浮薄，将覆其家者。余闻而立起自责，货马徒行。自是终身未明而起。余年三十五，始讲求农事。”从这段话可知，三十五岁前的星冈公不务正业，浮薄放荡，三十五岁后才走正路。可贵的是，他一旦醒悟，便能终身向善。这位身居僻乡的农民，居然能有不靠做官而靠作田吃饭的见识，在那个时代，也的确算得上一个很有头脑的人了。

□ 由俭入奢易由奢返俭难

原文

凡人多望子孙为大官，余不愿为大官，但愿为读书明理之君子。勤俭自持，习劳习苦，可以处乐，可以处约。此君子也。余服官二十年，不敢稍染官宦气习，饮食起居，尚守寒素家风，极俭也可，略丰也可，太丰则我不敢也。凡仕宦之家，由俭入奢易，由奢返俭难。尔年尚幼，一切不可贪爱奢华，不可惯习懒惰。无论大家小家、士农工商，勤苦俭约，未有不兴，骄奢倦怠，未有不败。

译文

大多数人都希望子孙为大官，我不愿子孙为大官，但愿为读书懂道理的君子。勤俭自立，习于劳苦，可以过快乐的生活，也可过俭朴的生活，这就是君子。我做官二十年，不敢稍稍沾染官场习气，饮食起居，依旧守住寒素家风，极为俭朴也可以，略为丰盈也可以，太丰盈我则不敢为。凡官宦之家，由俭入奢容易，由奢返回到俭则困难。你年龄还小，一切都不可以贪求奢华，不可以习惯于懒惰。无论是大家族还是小家庭，无论是读书人还是农、工、商人，勤苦俭约，没有不兴盛的，骄奢倦怠，没有不失败的。

评点

这是咸丰六年九月曾氏写给次子纪鸿信中的一段话。收信人尚不到九岁，自然对信中的话不能理解透彻，但对于读者来说，这确是一段金玉良言，尤其是“不愿为大官，但愿为读书明理之君子”这句话，很值得望子成龙的天下父母们深思。

□ 继承家风强调劳俭

原文

尔当体我此意，于叔祖各叔父母前尽些爱敬之心。常存休戚一体之念，无怀彼此歧视之见，则老辈内外必器爱尔，后辈兄弟姊妹必以尔为榜样，日处日亲，愈久愈敬。若使宗族乡党皆曰纪泽之量大于其父之量，则余欣然矣。

我家高曾祖考相传早起，吾得见竟希公、星冈公皆未明即起，冬寒起坐约一个时辰，始见天亮。吾父竹亭公亦甫黎明即起，有事则不待黎明，每夜必起看一二次不等……余近亦黎明即起，思有以绍先人之家风。尔既冠受室，当以早起为第一先务，自力行之，亦率新妇力行之。

昔吾祖星冈公最讲治家之法，第一起早，第二打扫干净，第三诚修祭祀，第四善待亲族邻里。凡亲族邻里来家，无不恭敬款待，有急必周济之，有讼必排解之，有善必庆贺之，有疾必问，有丧必吊。此四事之外，于读书、种菜等事尤为刻刻留心，故余近写家信，常常提及书、蔬、鱼、猪四端者，盖祖父相传之家法也。

银钱、田产最易长骄气惰气。我家中断不可积钱，断不可买田，尔兄弟努力读书，决不怕没饭吃。至嘱。

吾教子弟不离八本、三致祥。八者曰：读古书以训诂为本，作诗文以声调为本，养亲以得欢心为本，养生以少恼怒为本，立身以不妄语为本，治家以不晏起为本，居官以不要钱为本，行军以不扰民为本。

三者曰：孝致祥，勤致祥，恕致祥。吾父竹亭公之教人，则专重孝字。其少壮敬亲，暮年爱亲，出于至诚，故吾纂墓志，仅叙一事。吾祖星冈公之教人，则有八字、三不信。八者曰：考、宝、早、扫、书、蔬、鱼、猪。三者曰：僧巫、地仙、医药皆不信也。处兹乱世，银钱愈少，则愈可免祸；用度愈省，则愈可养福。尔兄弟奉母，除劳字俭字之外，别无安身之法。吾当军事极危，辄将此二字叮嘱一遍，此外亦别无遗训之语。

译文

你应当体谅我的这个心意，在叔祖及各叔父母面前，尽一些敬爱之心，常常存着休戚一体的念头，不要怀着彼此歧视的俗见，那么老辈及家里家外都必然器重你爱护你，后辈兄弟姐妹必定会以你作为榜样，相处则日见亲密，愈久则愈敬爱。若使宗族乡里都说纪泽的度量大过他父亲的度量，我则高兴了。

我家高祖、曾祖、祖父，相传都起床早。吾亲眼看见过竟希公、星冈公都是未明即起。冬天寒冷时起来坐在屋里，约两个钟头后才见天亮。我的父亲竹亭公也是天刚亮便起床，有事则不等到黎明，每夜必起床看一两次不等。我近来也是黎明即起，想以此来继承先人的家风。刚到十八岁就结婚，应当以早起为第一要务，自己力行，也要率领新媳妇力行。

我的祖父星冈公，最讲求治家的方法。第一早起床，第二打扫干净，第三祭祀虔诚，第四善待亲族邻里。凡是亲族邻里来到家里，无不恭敬款待，若有急难则必予以救济，有纠纷必予以排解，有喜事必予以庆贺，有疾病必予以慰问，有丧事必予以吊唁。这四件事外，对于读书、种菜等事，尤其时刻留心。故而我给你们写信，常常提到书、蔬、鱼、猪四个方面，是因为这是祖父相传的家法。

银钱田产，最容易滋长人的骄气惰气。我家里断不可积蓄银钱，断不可买田地，你们兄弟努力读书，决不怕没饭吃。至嘱！

我教育子弟，不要背离八本、三致祥。八本：读古书以训诂为本，作诗文以声调为本，侍奉双亲以得欢心为本，养生以减少恼怒为本，立身以不妄语为本，治家以不晚起床为本，做官以不贪钱为本，行军以不扰民为本。三致祥：孝顺致祥，勤奋致祥，宽恕致祥。我的父亲竹亭公教育人，则专门看重孝字。他少壮时敬父母亲，暮年爱护子孙，都出于至诚。故而我撰写墓志时只叙述一件事。我的祖父星冈公教育人，则有八个字、三不信。八个字即考、宝、早、扫、书、蔬、鱼、猪。三不信即僧巫、地仙、医药都不相信。处在这个乱世时代，银钱越少，则越可免除灾祸；开支越省俭，则越可以培养福分。你们兄弟侍奉母亲，除劳字俭字外，别无其他安身之法。我在军事极危难时，将这两个字叮嘱，此外则没有别的遗训了。

评点

这几段话，均出自于咸丰八年至十一年，曾氏给二子的家信。从中可以看出，曾氏希望二子继承家风。他所说的家风，即八字、八本、三致祥等。此外，他更强调勤劳与俭朴的重要。对富贵家子弟来说，最易犯的毛病便是懒散与奢侈。劳、俭二字对曾家的二位少爷来说，可谓对症下药。

□ 不沾富贵气习

原文

凡世家子弟衣食起居，无一不与寒士相同，庶可以成大器；若沾染富贵气习，则难望有成。吾忝为将相，而所有衣服不值三百金。愿尔等常守此俭朴之风，亦惜福之道也。其照例应用之钱，不可过啬……

余每见嫁女贪恋母家富贵而忘其翁姑者，其后必无好处。余家诸女当教之孝顺翁姑，敬事丈夫，慎无重母家而轻夫家，效浇俗小家之陋习也。

译文

凡世家子弟的衣食起居，无一不与贫寒之士相同，或者可以成大器。若是沾染富贵习气，则难以期望有所成就。我不称职地身为将相，而所有的衣服值不了三百两银子。愿你们常常守住这种俭朴之风，这也是惜福的方式。当然，那些照例应用的钱，也不可太吝啬。

我常见出嫁的女儿，贪恋母家的富贵，而忘记她的公婆的，以后必无好处。我家的各位女儿，应当教她们孝顺公婆，敬事丈夫，特别注意不要重母家而轻夫家，效世俗间小家子的陋习。

评点

富贵家的子弟，男儿要与寒士同，女儿不要重母家而轻夫家。这是曾氏对自家儿女的告诫，意在打消他们的特权意识，保持平民心态。

□ 人肯立志凡事都可做到

原文

吾家累世以来，孝弟俭勤。辅臣公以上吾不及见，竟希公、星冈公皆未明即起，竟日无片刻暇逸。竟希公少时在陈氏宗祠读书，正月上学，辅臣公给钱一百，为零用之需。五月归时，仅用去二文，尚余九十八文还其父。其俭如此。星冈公当孙入翰林之后，犹亲自种菜收粪。吾父竹亭公之勤俭，则尔等所及见也。今家中境地虽渐宽裕，侄与诸昆弟切不可忘却先世之艰难，有福不可享尽，有势不可使尽。勤字工夫，第一贵早起，第二贵有恒；俭字工夫，第一莫着华丽衣服，第二莫多用仆婢雇工。凡将相无种，圣贤豪杰亦无种，只要人肯立志，都可做得到的。

译文

我家累世以来最是孝弟勤俭的。辅臣公以上我来不及见到，竟希公、星冈公都是天不亮即起床，一天到晚无片刻闲暇。竟希公少时，在陈氏宗祠里读书。正月里开学时，辅臣公给一百文钱，作为零用。五月放假回来，只用去两文，还剩下九十八文还给他父亲。他的俭朴就是这样的！星冈公在他的孙子入翰林院之后，还亲自种菜拾粪。我父亲竹亭公的勤俭，则是你们所亲眼看见的。现在家中的境遇虽然渐渐宽裕，侄儿你与各位兄弟切不可忘记先人的艰难，有福不可享尽，有势不可使尽。勤字上的工夫，第一可贵的是早起床，第二可贵的是持之以恒。俭字上的工夫，第一是不要穿华丽的衣服，第二不要多用仆人多雇工人。将相无种，圣贤豪杰也无种，一个人只要肯立志，就都可以做得到的。

评点

现在的曾氏家书集中，只收有唯一的一封给侄儿的信。这封信是同治二年十二月间写给曾纪瑞的。纪瑞是老九的长子，这年他十五岁。教侄之语与教子同，仍强调勤俭二字。给侄儿叙述历代先人的勤俭品德，细说勤俭的种种可做到的小事，真可谓娓娓说来，慈爱亲切！

□ 考前不可递条子

原文

世家子弟，门第过盛，万目所瞩。临行时，教以三戒之首，末二条及力去傲惰二弊，当已牢记之矣。场前不可与州县来往，不可送条子，进身之始，务知自重。

译文

世家子弟因门第过于兴盛，为万目所瞩。临行时，我教导你三戒的首末二戒，以及力去骄傲与懒惰两种弊病，应当已经牢记了。进考场前不可以与州县官来往，不可送请托的条子，提高身份的初始，即务必要知道自重。

评点

同治三年秋，十七岁的曾纪鸿在长沙参加乡试。此时正当金陵克复，曾氏家族如日中天之际，曾氏深恐儿子不懂事，在乡试期间依仗家庭势力营私，遂来信告诫儿子不可与州县往来，不可递条子，半个月后又再次来信，重申“断不可送条子，致腾物议”。

□ 夜饭不荤

原文

尔等奉母在寓，总以勤俭二字自惕，而接物出以谦慎。凡世家之不勤不俭者，验之于内眷而毕露。余在家深以妇女之奢逸为虑，尔二人立志撑持门户，亦宜自端内教始也。

吾近夜饭不用荤菜，以肉汤炖蔬菜一二种，令极烂如粥，味美无比，必可以资培养。菜不必贵，适口则足养人，试炖尔母食之。星冈公好于日入时手摘鲜菜，以供夜餐。吾当时侍食，实觉津津有味，今则加以肉汤，而味尚不逮于昔时。后辈则夜饭不荤，专食蔬而不用肉汤，亦养生之宜，且崇俭之道也。颜黄门之推《颜氏家训》作于乱离之世，张文端英《聪训斋语》作于承平之世，所以教家者极精。

仕宦之家，往往贪恋外省，轻弃其乡，目前之快意甚少，将来之受累甚大。吾家宜力矫此弊。

译文

你们侍奉母亲在家，总要以勤俭两个字来自我警惕，对外则以谦慎态度接待别人。世家凡不勤不俭的，从内眷身上就完全可以看得出来。我在家时就深以妇女们的奢华安逸为忧虑。你们二人立定志向，支撑门户，也应从端正家庭内部的教育开始。

我近来夜晚吃饭不用荤菜，以肉汤炖一二种蔬菜，炖得像粥一样烂，味美无比，一定可以滋补身体。菜不必贵，适合口味就足以滋养人。你们可以试着炖给母亲吃。星冈公喜欢在日落时亲手摘蔬菜，用来做夜餐。我当时陪在旁边吃，确实觉得津津有味，现在加上肉汤，味道还比不上过去。后辈夜饭不吃荤菜，专吃蔬菜而不用肉汤，也是对养生有益，而且是崇尚俭朴的一种方法。颜之推的《颜氏家训》作于乱离之世，张英的《聪训斋语》作于承平之世，关于家庭教育方面都有很精当的言论。

仕宦之家，往往贪恋外省而轻易放弃老家。眼下的快乐感觉很少，而将来的受累则很大。我家应竭力矫正这个弊端。

评点

晚餐宜少宜清淡，这是现代保养身体的常识。百多年前曾氏所说的“夜饭不荤”，与此意相同。

□ 对近邻酒饭宜松礼貌宜恭

原文

李申夫之母尝有二语云“有钱有酒款远亲，火烧盗抢喊四邻”，戒富贵之家不可敬远亲而慢近邻也。我家初移富圫，不可轻慢近邻，酒饭宜松，礼貌宜恭。……或另请一人款待宾客亦可。除不管闲事，不帮官司外，有可行方便之处，亦无吝也。

译文

李申夫的母亲曾经说过两句话：“有钱有酒款远亲，火烧盗抢喊四邻。”这话是告诫富贵人家不可只敬待远亲而慢待近邻。我家刚搬到富圫，不可轻慢近邻。酒饭接待亦放宽松，礼貌上亦取恭敬态度，或者专门请一个人来招待宾客也行。除开不管闲事不帮官司外，有可行方便的地方，也不要吝啬。

评点

曾氏治家八字中有一字为“宝”，即将邻里当作宝贝，也就是善待邻里的意思。四邻八舍若都处在大致差不多的水平线上，彼此关系会亲近些，若社会地位、财产相差太大，则联系不多。这时往往需要社会地位高者、经济富有者主动与别人联络，否则便反而会被孤立。曾氏这段话便是要家人放下架子，主动与近邻建立亲善关系，具体的做法是“酒饭宜松，礼貌宜恭”。

□ 常怀愧对之意

原文

心绪憧憧，如有所失。念人生苦不知足，方望溪谓汉文帝之终身，常若自觉不胜天子之任者，为最善形容古人心曲。大抵人常怀愧对之意，便是载福之器、入德之门。如觉天之待我甚厚，我愧对天；君之待我过优，我愧对君；父母之待我过慈，我愧对父母；兄弟之待我过爱，我愧对兄弟；朋友之待我过重，我愧对朋友，便觉处处皆有善气相逢。如自觉我已无愧无怍，但觉他人待我太薄，天待我太啬，则处处皆有戾气相逢。德以满而损，福以骄而减矣。此念愿刻刻懔之。

译文

心情不安，像有所丢失一样，感念人生苦于许多人常常不知满足。方望溪说汉文帝一辈子常常觉得自己不能胜任天子之职，这句话最能形容古人的心曲。大致说来，人常怀有愧对的心情，便是承载福分的工具，便是进入道德的门槛。譬如觉得天待我很厚，我愧对天；君王待我过于优待，我愧对君王；父母待我过于慈爱，我愧对父母；兄弟待我过于亲爱，我愧对兄弟；朋友待我过于情重，我愧对朋友。若这样，则处处有善气相逢。如果我自己觉得已对什么都不惭愧，只觉得别人待我太薄，天待我太吝啬，则处处皆有戾气相逢。道德因盈满而亏损，福分因骄傲而减杀。这个念头但愿能时刻懔然存着。

评点

基督教义中有一个重要内容，即感恩。人要时时怀着感恩的心情，感谢上帝的赐予，因为上帝赐给了你的吃穿住行，上帝赐给了你的健康，上帝赐给了你一个好的环境。总之，你的一切都是上帝的恩赐，所以要对上帝感恩。其实没有上帝，《圣经》反复说这些，其目的是要培植信徒们的感恩心态。这种感恩心态，是一种非常好的心态，它让人在充塞满足感中度过生命的每一天。曾氏所说的愧对，与《圣经》所说的感恩，本质上是一致的，只是表述的方式不同而已。东西方文化，其本质是相通的，愧对与感恩相通，便是一例。

□ 居官四败与居家四败

原文

昔年曾以居官四败、居家四败书于日记，以自儆惕。兹恐久而遗忘，再书于此，与前次微有不同。居官四败：曰昏惰任下者败，傲狠妄为者败，贪鄙无忌者败，反复多诈者败。居家四败：曰妇女奢淫者败，子弟骄怠者败，兄弟不和者败，侮师慢客者败。仕宦之家不犯此八败，庶有悠久气象。

译文

先前曾经以居官四败、居家四败写在日记中，借以自我警惕。现在担心时间久了忘记，再次写在这里，与前次写的稍微有点不同。居官四败说的是：昏愦懒惰放任下属者败，骄傲狠悍胡作非为者败，贪婪鄙陋无所顾忌者败，反复无常多奸诈者败。居家四败说的是：妇女奢侈淫荡者败，子弟骄傲怠慢者败，兄弟之间不和睦者败，欺侮老师慢待客人者败。官宦家庭不犯这八败毛病的，或许有家业悠久的气象。

评点

这八败乃曾氏长期对官宦家庭的观察分析所得出的结论，至今对富贵之家仍有启示，其宗旨依旧不离曾氏所常强调的勤、俭、谦、谨、诚、和几个字。

□ 子弟骄多因父兄骄

原文

阅张清恪之子张懿敬公师载所辑《课子随笔》，皆节抄古人家训名言。大约兴家之道，不外内外勤俭、兄弟和睦、子弟谦谨等事，败家则反是。夜接周中堂之子文翕谢余致赙仪之信，则别字甚多，字迹恶劣不堪，大抵门客为之，主人全未寓目。闻周少君平日眼孔甚高，口好雌黄，而丧事潦草如此，殊为可叹！盖达官之子弟，听惯高议论，见惯大排场，往往轻慢师长，讥弹人短，所谓骄也。由骄而奢而淫而佚，以致于无恶不作，皆从骄字生出之弊。而子弟之骄，又多由于父兄为达官者，得运乘时，幸致显宦，遂自忘其本领之低，学识之陋，自骄自满，以致子弟效其骄而不觉。吾家子侄辈亦多轻慢师长，讥弹人短之恶习。欲求稍有成立，必先力除此习，力戒其骄。欲禁子弟之骄，先戒吾心之自骄自满，愿终身自勉之。因周少君之荒谬不堪，既以面谕纪泽，又详记于此。

译文

读张清恪的儿子张懿敬公（师载）所辑录的《课子随笔》，都是节抄古人的家训名言。大约家庭兴旺之道，不外乎内外勤俭、兄弟和睦、子弟谦谨等方面，家庭衰败则是反其道。夜晚接到周中堂之子文翕谢我送赙仪的信，信里错别字很多，字迹又写得很恶劣，大概是门下的清客办的，主人完全没有过目。听说周家的少爷平日眼界很高，好信口雌黄，但丧事却办得如此潦草，真正可为叹息！达官家子弟，听惯高议论，见惯大排场，往往轻慢师长，讥弹别人的短处，这就是骄傲。由骄傲而奢侈而淫荡而懒散，以至于无恶不作，都是由骄字而生出的弊病。而子弟的骄傲，又多因为做大官的父兄，得运乘时，侥幸而做到显贵的职位，于是忘记了自己本领的低下，学识的浅陋，自骄自满，以至于子弟学他的骄傲而不自觉。我家子侄辈也多有轻慢师长、讥弹人短的恶习，想要稍稍能有所树立，必须先要竭力除掉这种恶习，竭力戒掉骄傲。要想禁子弟的骄傲，先要戒除我自己心中的骄傲，但愿终身自我勉励。因为周家少爷的荒谬不堪，既以当面告诫纪泽，又详细记录于此。

评点

同治七年正月十七日夜，因接到周祖培的儿子周文龠文字错劣的信，曾氏大有感慨，写了一段长长的日记。官家子弟大多骄傲，其原因，人们多注意在家境的优越上，很少去追究一家之主即官员本人所负的责。曾氏这段话最精彩之处便在于他看到了，而且击中了要害："得运乘时，幸致显宦，遂自忘其本领之低、学识之陋。"信哉斯言，一个正处时运高峰的达官显宦，能有如此清醒的认识，真是难得！

第四编 / 处世

□ 以宽厚之心待人

原文

近来闻好友甚多，予不欲先去拜别人，恐徒标榜虚声。盖求友以匡己之不逮，此大益也；标榜以盗虚名，是大损也。天下有益之事，即有足损者寓乎其中，不可不辨。

凡有借我钱者，皆光景甚窘之人。此时我虽窘迫，亦不必向人索取。

凡与人交际，当求其诚信之素孚；求其协助，当亮其力量所能为。弟每求人，好开大口，尚不能脱官场陋习。余本不敢开大口，而人亦不能一一应付，但略亮我之诚实耳。娼嫉倾轧，从古以来共事者，皆所不免，吾辈当躬自厚而薄责于人耳。

悠悠之口，本难尽信，然君子爱惜声名，常存冰渊惴惴之心，盖古今因名望之劣而获罪者极多，不能不慎修以远罪。吾兄弟于有才而无德者，亦当不没其长，而稍远其人。

大抵清议所不容者，断非一口一疏所能挽回，只好徐徐以待其自定。近世保人，亦有多少为难之处。有保之而旁人不以为然，反累斯人者；有保之而本人不以为德，反成仇隙者。余阅世已深，即荐贤亦多顾忌，非昔厚而今薄也。

末世好以不肖之心待人，欲媒孽老弟之短者，必先说与阿兄不睦。吾常常欲弟检点者，即所以杜小人之谗口也。

译文

近来听说好的朋友很多，我不想先去拜访别人，担心只是靠标榜来获得虚名声。这是因为交朋友是要借以匡正自己的不是之处，这才是有大益，而靠标榜来盗得虚名声，这是有大损。天下有益的事中便寓有足以损伤的事，不可不辨。

凡向我借银钱的人，都是光景窘迫的人。现在我虽窘迫，也不必向别人去索取。

凡与人打交道，应当看重他的一向讲诚信，请人帮助，应当视其力量的能否作为。弟每次求人，喜好开大口，还不能脱离官场的陋习。我本来就是不敢开大口的人，而别人也不能对我一一应付，但能略微体谅我的诚实。嫉妒倾轧，自古以来共事者都难免。我们应当责己厚而责人薄。

悠悠之口，本难完全相信，但君子爱惜名声，常常存着临深履薄的心态。这是因为古今因名望的恶劣而获罪者很多，不能不谨慎修身借以远离罪恶。我们兄弟对于有才而无德的人，也应当不埋没他的长处而稍稍疏远这个人。

大致说来清议所不能宽容的，绝对不是一个人的话一道奏疏所能挽回的，只好慢慢地等待它自己来平息。近世保举人，也有很多为难的地方。有保举一个人却别人不以为然，反而连累此人的。有保举一个人而本人不认为是恩德，反而成仇怨的。我阅世已很深，即使是保荐贤才也多顾忌，并不是过去厚道而现在刻薄。

处在混乱世道的人好以不肖之心待人，想要寻找老弟的短处的，则必定先说他与老兄不和睦。我常常希望弟能检点，也就是借以杜绝小人的谗言挑拨。

评点

此处所抄录的这几段话，均出自家书。有写给弟弟的，也有写给儿子的，说的都是与人相处的态度，无论是不向借钱者索账、不求无力者帮忙，还是厚责己薄责人、慎修以远罪、自我检点等等，都体现的是一种以宽厚之心待人的态度。笔者以为，这是人与人相处最宜提倡的姿态。

□ 用人听言皆难

原文

用人极难，听言亦殊不易，全赖见多识广，熟思审处，方寸中有一定之权衡。

译文

用人非常难，听取别人的建言也极不容易，完全依赖见多识广，反复思考而慎重对待，自己心中有一个固定的权衡标准。

评点

曾氏以知人著称于世，此处谈的便是他知人学问中的一个方面。

□ 盛时预为衰时想

原文

凡官运极盛之时，子弟经手公事格外顺手，一倡百和，然闲言即由此起，怨谤即由此兴。吾兄弟当于极盛之时预作衰时设想，当盛时百事平顺之际预为衰时拂逆地步。弟此后若到长沙、衡州、湘乡等处，总以不干预公事为第一义。

译文

凡是官运极盛的时候，子弟办起公事来都格外顺手，一倡百和，但是闲言杂语也便由此而起，怨恨诽谤也便由此而兴。我们兄弟在极盛的时候，要预先作衰落时的设想，在兴盛时百事顺利的情况下，预先想到衰落时处处不顺利的地步。弟此后若到长沙、衡州、湘乡县城等地，总以不干预为第一义。

评点

在家的曾四爷将赴衡州城经营捐米之事，曾氏得知后给他写了这段话，劝他不要参与地方官府的这类公事。曾四爷在家乡办各种事情都很顺利，这是因为他有两个有权有势的兄弟。在顺利的表象下，必定伏有闲言怨谤。当权势旺时它不出来，权势衰时便都出来了。许多人看不到这一层，盛时任意乱来，给自己埋下隐患，后来吞食苦果时已悔之晚矣。曾氏这段话，可为一切得意走红者的清凉剂。

□ 成事的动力：贪利激逼

原文

天下事无所为而成者极少，有所贪有所利而成者居其半，有所激有所逼而成者居其半。

译文

天下的事情，从事者无所求而成功者极少，因为从事者本人的贪心和想得到利益，而使事情成功的居其中之一半，因为受刺激受逼迫而使事情成功的居其中之一半。

评点

湘乡修县志，推举家居的曾纪泽为头。曾纪泽感到有点为难，怕文章写不好失面子。曾氏便写了这段话鼓励儿子，说“尔惮于作文，正好借此逼出几篇”。曾氏这话虽是对儿子所说，却很有普遍意义。他分析人成事的动力，有四个方面：贪、利、激、逼。虽不全面，且“一半”之说稍嫌武断，却基本上接近事物的本相。他自己曾对幕僚赵烈文坦言，他当年大办湘军就是被湖南文武官场的刺激逼出来的，别人都说他不行，他就偏要做出个样子来让大家看看！

□ 君子不谓命

原文

竹如言交情有天有人，凡事皆然。然人定亦可胜天，不可以适然者，委之于数，如知人之哲，友朋之投契，君臣之遇合，本有定分，然亦可以积诚而致之。故曰命也，有性焉，君子不谓命也。

译文

吴竹如说过，在交朋友这方面，有天意安排也有人事为之，凡事都这样。但人定也可以胜天，不可以完全交给天数。如知人上的睿智，与朋友之间的投合，君臣之间的遇合，原本有定数，然而也可以积累诚意而得到，故而说："属于命运，但也有天性在起作用，所以君子不把它归于命运一类。"

评点

世间凡大一点的事，其成与败，都有"天与人"两个因素在共同起着作用。有些事，"天"的影响大一些；有些事，"人"的作为大一些。笔者认为，对于前者，则宜采取尽人事而听天命的态度；对于后者，则宜取人定胜天的态度。

□ 不要求取回报

原文

天下事，一一责报，则必有大失所望之时。佛氏因果之说，不可尽信。……亦有有因而无果者。忆苏子瞻诗云："治生不求富，读书不求官，譬如饮不醉，陶然有余欢。"吾更为添数句云："治生不求富，读书不求官。修德不求报，为文不求传。譬如饮不醉，陶然有余欢。中含不尽意，欲辨已忘言。"

译文

天下的事要想一一都有回报，则必定会有大失所望的时候。佛教的因果之说不可尽信，也有有因而无果的。想起苏东坡的诗："治生不求富，读书不求官。譬如饮不醉，陶然有余欢。”我在此基础上再添几句：“治生不求富，读书不求官，修德不求报，为文不求传。譬如饮不醉，陶然有余欢。中含不尽意，欲辨已忘言。”

评点

人之所以失望，是因为有望，若此望大，则失望也大，故而去失望的釜底抽薪之法，是不要有过多过大的希望。不求取回报，此之谓也。

□ 思得一二好友

原文

安得一二好友，胸襟旷达、萧然自得者，与人相处，砭我之短；其次，则博学能文、精通训诂者，亦可助益于我。

译文

多么想得到一两个好朋友，他们胸襟旷达、萧然自得，能够指出我在与人相处时的短处。或者稍次一点，他们博学能文、精通训诂，也可于我有帮助。

评点

从这段日记中可看出，曾氏很渴望能有在胸襟上给他以开启的朋友。曾氏很看重胸襟，他曾多次说过“人生做事仗的是胸襟”的话。

□ 以厚实矫世之浇薄浮伪等

原文

读书之道，以胡氏之科条论之，则经义当分小学、理学、词章、典礼四门；治事当分吏治、军务、食货、地理四门。

凡做好人、做好官、做名将，俱要好师、好友、好榜样。

当今之世，富贵无所图，功名亦断难就，惟有自正其心，以维风俗，或可补救于万一。所谓正心者，曰厚，曰实。厚者，仁恕也。己欲立而立人，己欲达而达人，己所不欲勿施于人，存心之厚，如此可以少正天下浇薄之风。实者，不说大话，不务虚名，不行架空之事，不谈过高之理。如此可以少正天下浮伪之习。

送人银钱，随人用情之厚薄，一言之轻重。父不能代子谋，兄不能代弟谋，譬如饮水，冷暖自知而已。

与人为善、取人为善之道，如大河水盛，足以浸灌小河，小河水盛，亦足以浸灌大河。无论为上为下、为师为弟、为长为幼，彼此以善相浸灌，即日见其益而不自知矣。

译文

读书的方法，按照胡氏的分类来说，经义方面应当分为小学、理学、词章、典礼四个门类，治事方面应当分为吏治、军务、食货、地理四个门类。

凡是做一个好人，做一个好官，做一个名将，都要有好老师，好朋友，好榜样。

当今这个世道，富贵是无法图谋的，功名亦绝对难以成就，唯有自我正心，借以维护风俗，或者可以补救于万一。所谓正心，在厚与实两点上。厚即恕，自己想成立而让别人成立，自己想通达而让别人通达，自己所不想的，不要加于别人的身上。存心的厚道，可以稍稍矫正天下浇薄的风气。实即不说大话，不务虚名，不做架空的事，不说过高的理论，如此可以稍稍矫正天下浮躁虚伪的习气。

送别人银钱的多少，要看别人用情的厚与薄、说话之间的轻与重来加以区别。这件事上，父不能代替子谋划，兄不能代替弟谋划，好比饮水，冷暖只有自己才知道。

与人为善取人为善中的道理，好比大河水满，足以浸灌支流小河，支流小河的水满，也同样可以浸灌大河，无论为上为下，为师为弟，为长为幼，彼此之间用善来互相浸灌，便可以一天天看到收益而不自知了。

评点

这几段话说的都是曾氏在平日读书察世方面的感想体会，尤其是其中所说的以厚与实去矫世风之浇薄浮伪，以善来互相影响而彼此获益，都是人世间的金玉良言。

□ 检讨与小珊争吵的不是

原文

小珊前与予有隙，细思皆我之不是。苟我素以忠信待人，何至人不见信？苟我素能礼人以敬，何至人有慢言？且即令人有不是，何至肆口谩骂，忿戾不顾，几于忘身及亲若此！此事余有三大过：平日不信不敬，相恃太深，一也；比时一语不合，忿狠无礼，二也；龃龉之后，人反平易，我反悍然不近人情，三也。

凡睽起于相疑，相疑由于自矜。明察我之于小珊，其如“上九”之于“六三”乎？吴氏谓合睽之道，在乎推诚守正，委曲含宏，而无私意猜疑之弊。戒之勉之！此我之要药也。

译文

小珊先前与我有嫌隙，仔细想来都是我的不是。假若我一向以忠信对待别人，何至于别人不相信？假若我一向能以敬重之态礼貌待人，何至于别人有轻慢之言？况且即便是别人有不是，何至于就要肆口谩骂，愤恨暴戾以至于忘记自己的身份和亲人到这等地步？在这件事上，我有三点过失。平日里缺乏信任缺乏敬重，自恃太厉害，是第一点。当时一句话不合便愤怒无礼，是第二点。争吵之后，别人反而平易，我反而悍然不消，不近人情，是第三点。

凡违离起源于互相怀疑，互相怀疑是由于自以为明察。我与小珊之间，就像《睽卦》中的上九爻与六三爻吗？吴竹如说合好之道，在于推诚心守正位，心境宛转宏大而又无自私猜疑的毛病。警戒吧勉励吧！这是我的要紧良药。

评点

郑小珊是曾氏在翰林院做官时的朋友，此人擅长医术，常给曾氏一家人把脉诊疾，两人情谊很好。但有一次却发生了争吵，从“肆口谩骂”一词来看，这个架吵得还不小。事后，曾氏在日记中认真检讨了自己的不是，过几天又亲自登小珊的门赔礼道歉，从而消除了意见，和好如初。

□ 誉人言不由衷

原文

客来，示以时艺，赞叹语不由衷。余此病甚深。孔子之所谓巧令，孟子之所谓餂，其我之谓乎？以为人情好誉，非是不足以悦其心。试思此求悦于人之念，君子乎？女子小人乎？且我诚能言必忠信，不欺人，不妄语，积久人自知之。不赞，人亦不怪。……苟有试而誉人，人且引以为重。……若日日誉人，人不必重我言矣！欺人自欺，灭忠信，丧廉耻，皆在于此。切戒切戒！

译文

客人来家，拿他写的时艺给我看，我的赞叹是言不由衷。我这个毛病很深。孔子所说的“巧言令色”，孟子所说的“言餂”，是说的我吗？以为人都喜好称誉，不这样不足以取悦他的心。试想有这种求悦于人的念头，是君子呢？还是女子与小人呢？况且我真正言必忠信，不欺骗人，不乱说话，时间久后别人自然知道，即便不称赞，别人也不会见怪。倘若偶尔试着称誉别人，别人将会引以为重；倘若天天称誉别人，别人一定不会看重我的话。欺骗人最后将欺骗自己，灭掉忠信，丧失廉耻，都在这点上。切戒切戒！

评点

誉人而言不由衷这种毛病广为存在，许多人不将它视为毛病。曾氏却毫不留情地解剖，并痛加指责，严戒再犯。曾氏的人生境界之所以比常人高，其原因便在这里。

□ 君子之看待施与报

原文

君子之自处，常严重而不可干。其待人也，以敬其身者敬之；道胜己者，抑志事之。仆虽蠢顽，亦颇识轻重之分。

缓急之求，无贵贱贤否皆有之者也；求人而甘言谢之，夫人而能也；德于人而责报，亦夫人而能也。至知道者有进焉：其受人赐，中心藏之，不以口舌云报也；其忠于谋人，过辄忘之。彼德我，吾安焉，彼不德我，吾安焉。徐以观其他，他行合义，友之如故；他行不义，而后绝之，终不相督责也。所谓“道济万物而不自居，施及后世而不伐”，皆自于此。

君子有高世独立之志，而不予人以易窥，有藐万乘却三军之气，而未尝轻于一发。……道之未光，忠信之未孚，而欲人之坦坦以相谅，盖其难矣。

译文

君子对待自己的处世，常谨严持重而不可冒犯。他对待别人，以尊重自己之心来尊重，对于道德超过自己的，则降低身份来师事。我虽愚蠢顽劣，也稍稍懂得轻重之分。

遇到急事求人，这是无论贵与贱贤与不贤都有的事。求过别人后好言感谢，这是一个人可能做的，有恩德于别人而希望获得报答，这也是一个人可能想的，至于那些明道的人，则又有更进一步的表现。他受到别人的恩德，心里记住，而不以言语来表示回报。他忠心给人办事，过后则将它忘掉。别人感谢他，他安然接受，别人不感谢他，他心里也安然，慢慢地观察那个人，他的行为合乎道义，则以朋友相待如故，他若行不义，则与断绝友情，始终不去责备他。所谓“道拯救万物但自己不居功，施惠泽于后世而自己不矜伐”，都源于此。

君子有高出世俗、特立独行的志向，然而却使别人不容易看到；有藐视万乘斥退三军的气概，然而却未尝轻易发露。德行未显现出来，忠信未取得接受，然而却希望别人坦诚地予以体谅，这是难事。

评点

这三段话都出自于道光二十四年，曾氏写给王拯的信。王拯字定甫，号少鹤，广西人，当时与曾氏同在翰林院供职。通读曾氏全信，可知事情原来是这样的：翰林院编修陈源充的妻子产子后不久去世。曾氏与陈同乡同年，关系密切（后又结为儿女亲家），听说王拯为人仗义，便请他代陈买棺木。王买了棺木，又亲去凭吊。但陈之前并不认识王，曾氏又未将此事告诉陈，于是陈家的仆人没有及时通报，陈也未对王言谢。王遂极不舒服，写了一封言辞激烈的信责备曾氏。曾氏回信道歉。在道歉的同时，曾氏说了所抄的这几段话。曾氏所说的这几段话，对今天的读者也有启迪，即应当怎样看待人与人之间的施与报。

□ 生平重视友谊

原文

仆寡昧之资，不自振厉，恒资辅车以自强，故生平于友谊兢兢焉。尝自虑执德不宏，量既隘而不足以来天下之善，故不敢执一律求之。虽偏长薄善，苟其有裨于吾，未尝不博取焉以自资益。其有以谠言诤论陈于前者，即不必有当于吾，未尝不深感其意，以为彼之所以爱我者，异于众人泛然相遇之情也。

译文

我是德寡智昧的资质，不能自我振励，常常想有所借助而达到自强，故而生平对于友谊怀战战兢兢之心。曾自虑所拥有的道德不宏大，器量狭隘而不足以招致天下的良善，故而不敢坚持以一律求之。即便是偏激缺乏善意的言语，假如对我有益，未尝不广为获取以使自己得益。他若有正直亢爽的言论出现在眼前，即便对我并非适合，未尝不深为感谢他的好意，认为他对我的关爱，不同于那些泛泛相交者的感情。

评点

这是道光二十七年写给欧阳勋的信。勋为曾氏好友欧阳兆熊的儿子，此时年仅二十一岁，比曾氏小了十六岁。勋为湖南一布衣书生，曾氏已是朝中二品大员。无论从辈分年龄，还是从功名地位来说，二人之间相距甚大，但曾氏却以平等之态度待勋。此固出于曾氏的修养，亦缘于曾氏甚为欣赏勋，他视勋为桐城文派在湖南的传人。惜勋不到三十便去世，文章未大成。

□ 希图挽回天心

原文

今日百废莫举，千疮并溃，无可收拾，独赖此精忠耿耿之寸衷，与斯民相对于骨岳血渊之中，冀其塞绝横流之人欲，以挽回厌乱之天心，庶几万有一补。不然，但就局势而论之，则滔滔者，吾不知其所底也。

译文

眼下百废不能复兴，千疮一齐溃烂，无可收拾，独独依靠这颗耿耿忠心，与老百姓一道处在骨山血海之中，希望能够堵塞横流的人欲，借以挽回厌乱的天心，或许能补救万分之一。不然的话，但就局势而论，则目前好比遇上滔滔洪水，我不知它的止境在哪儿。

评点

这段话前面也出现过，是曾氏咸丰三年二月对江忠源、左宗棠说的。此信系劝新宁勇头领江忠源接受向荣所奏请的翼长一职，希望他借翼长职务来施展夙抱，即便不为重用，也可据此“尽究军情得失”。

□ 直道而行

原文

君子直道而行，岂肯以机械崄巇与人相竞御哉？

译文

君子以直爽之道而行世，岂愿意以复杂机心来与人相竞争？

评点

曾氏后来说过以至诚应至伪、以至拙应至巧的话，其用意与此话同。

□ 厌恶宽容之说

原文

国藩入世已深，厌阅一种宽厚论说，模棱气象，养成不白不黑不痛不痒之世界，误人家国，已非一日。

译文

国藩入世已久，厌恶看到一种宽容厚道的论说、模棱两可的现象，培养成不白不黑不痛不痒的世界，贻害家庭国家，已非一日。

评点

这段话中的意思，在组建湘军之初期，曾氏对许多人说过。梁启超对它也很看重，本书正篇收录了两段。凭着这种血性，曾氏迅速开创了局面；也因为这种血性，让曾氏得罪了当时的腐败官场。

□ 窗棂愈多则愈蔽明

原文

两心炯炯，各有深信之处，为非毁所不能入，金石所不能穿者，别自有在。今欲多言，则反以晦真至之情，古人所谓窗棂愈多，则愈蔽明者也。

译文

两颗心光亮，各自有深信之处，为非议毁谤所不能进入，金石所不能穿破，另有一种坚硬所在。现在想要用语言来表白，则反而将使至真之情变得晦暗，正是古人所谓的“窗棂越多则越遮蔽光明”。

评点

所谓两心相印，是人与人相处最难达到也最为可贵的境界；若要靠语言来表白，则已落入低一个层面了。

□ 荆轲之心苌宏之血

原文

虹贯荆卿之心，而见者以为淫氛而薄之；碧化苌宏之血，而览者以为顽石而弃之。古今同慨，我岂伊殊？屈累之所以一沉，而万世不复返顾者，良有以也。仆之不能推诚与人，盖有岁年，今欲矫揉而姁姁向人，是再伪耳。

译文

荆柯的心化为长虹贯于天空，但看见者却将它视为怪异之气而鄙薄；苌宏的血化为碧玉，但鉴赏者却将它视为顽石而丢弃。无论是古代还是现在，这种事情都常有，我又怎能够与人不同？屈原之所以毅然决然地投水自沉，虽千年万世也不回顾，的确是有他的原因的。我的不能推诚待人有不少年了，现在想要改变个性委屈自己顺从别人，不过是再次作伪罢了！

评点

这几句沉痛至极的话，前面已作过评点，此处便不再赘述了。

□ 饱谙世态

原文

耿介人类不耐事，从古已然；更与饱谙世态，当无是虑。

译文

性格耿介的人大多不耐烦做具体事，自古以来便是这样。待到饱经世态之后，应当没有这个顾虑了。

评点

社会是人生的最好课堂，它能教给人以实实在在的生存理念与生存方式。所以，人在饱谙世态后，多能弥补不足，逐渐成熟。

□ 礼义法度当应时而变

原文

庄生有言：礼义法度者，应时而变者也。行周于鲁，犹推舟于陆也。古今之异，犹猨狙之异乎周公也。

译文

庄子曾经说过，礼义法度这些东西，是顺应时代而变法的。将周可行的礼法移到鲁，好比推船在陆地上行走。古与今之间的差别，好比猿猴与周公之间差别一样。

评点

礼义法度，是人制定出来的。鉴于当下人类社会所出现的问题，负有治理责任的人制定一些规范出来，企图使用这些规范来使人类社会和谐、稳定、有序地存在。这些规范便是礼义法度，它来源于当时的人类社会，服务于当时的人类社会。明白了这个道理，便可知道，古人的礼义法度是那个时代的产物，时代变了，礼义法度也需要变化，否则便是推舟于陆——行不通。

□ 穷途白眼

原文

近来饱尝艰险，穷途白眼，所在多有。渠自赋诗有云：“沉舟转侧波涛里，败絮周旋荆棘中。”盖实录也。

译文

近来饱尝艰难危险，无路可走与遭人白眼等处境随时遇到。他自己写诗，诗中说：“将沉的船翻倒在波涛里，飘落的花絮周旋在荆棘中”，这是真实的纪录。

评点

湘军在十余年与太平军的角逐中，败多胜少，因而遭遇白眼是常事，曾氏就说过他“几为通国不容”，可见道路穷迫之至。

□ 此处好比夷齐之垅

原文

惠书称申夫有揽辔澄清之志，只愧尺波不足以纵巨鳞，陋邦不足以发盛业。昔有巨盗发冢，椎掘方毕，棺中人忽欠身起坐，曰：“我乃伯夷，何为见访?”盗逡巡去。易一丘，方开凿墓门，见前欠伸者随至，曰：“此舍弟叔齐冢也。”今将施巨钩、犗饵于蹄涔之水，是犹索珠襦、玉押于伯夷之垅，多恐有辜荐贤之盛心。至于推诚扬善，力所能勉，不敢或忽。

译文

来信说李申夫有指挥军队澄清天下的志向，只是惭愧我这里仅一尺的波澜，不足以让大鱼纵身腾跃，卑陋的地方不足以创造盛业。从前有大盗窃墓，挖掘刚完成，棺木中的人忽然弯腰坐起说：“我是伯夷，为何来拜访我?”盗贼四处看看后离开了。换一个山包，正在开凿墓门时，见刚才弯腰坐起者随后跟来说：“这是我的弟弟叔齐的墓。”现在垂下巨钩钓于马蹄大的水坑，正好比索取珠服玉匣于伯夷的墓中，恐怕多半会辜负你的荐贤美意。至于以诚相待表扬良善，这是努力而可勉强做到的事，不敢有所疏忽。

评点

这段话中的比喻极富幽默感。伯夷、叔齐兄弟因不食周粟而饿死在首阳山，其墓中自然无分文可取，盗墓者盗夷、齐之墓，可谓完全找错了目标。曾氏出名后，从各地来投靠者络绎不绝，投奔的目的也各有不同，不少人是怀着获取大利的心愿而来，故而与早期不同，曾氏此时对前来投靠者往往先泼点冷水，压一压他的胃口，以免到时失望。以夷、齐墓来比喻他这块地盘，其用意便在此。李榕四川人，字申夫，以礼部主事身份来到曾氏幕中后，与曾氏很是投契。曾氏很欣赏他的才具，但他只做到湖南布政使，便被弹劾丢了官，并未做出“揽辔澄清”的事业来，晚年更因贫困而就食于老朋友处。

□ 懵懂祓不祥

原文

手示敬悉。安乐弃予，世态之常。侍去年过此，与今年情形迥异。所示莫危于渐，诚为笃论；然此时只当用老僧“不见不闻法天下，惟忘机可以消众机，惟懵懂可以祓不祥”也。……万事无成四字，是鄙人一生考语，公安得攘而有之？

译文

来信敬悉。安乐厌弃我，这是世间的常态。我去年经过这里，与今年情形完全不同。信中所说“危险莫过于在渐变中产生”，的确是笃实之论，但此时只能采用老僧的不见不闻之法。天下的法则，唯有忘掉自己的机心才能消除众人的机心，唯有懵懂可以袚去不祥。万事无成这四个字，是我一生的评语，您怎能抢夺呢？

评点

湖南有句俚语，叫做“阴阳怕懵懂”。面对着太多的钩心斗角、攻击中伤，曾氏已见怪不怪，唯有采取浑然不知的态度去应付，这就是他所说的懵懂。他还说过“唯大愚可治大奸”的话，也是这个意思。曾氏与胡林翼的关系极为亲密，故而这段对胡说的话也说得很贴心。

□ 祸生于舌端笔端

原文

阁下昔年舌端或有弹射，笔端亦颇刻酷，若祸生有胎，则亦不可不自省而敛抑也。

译文

阁下先前说话或许有伤害性，笔下的文字也较为刻薄严酷，倘若祸起有其原由的话，则也不可不自我反省且加以收敛抑制。

评点

以言沽祸，以文沽祸，古往今来不知多少！正因为此，便有“沉默是金”之说。即便如此，许多人仍然不爱沉默之金，好说话，好舞文弄墨。这是为何？或许出于人之好表现的本性吧！

□ 君子愈让小人愈妄

原文

大抵乱世之所以弥乱者，第一在黑白混淆，第二在君子愈让，小人愈妄。侍不如往年风力之劲，正坐好让；公之稍逊昔年，亦坐此耳。

译文

大凡之所以使乱世更乱的原因，第一在黑白混淆，第二在君子愈加谦让，小人愈加狂妄。我的风力不如往年的强劲，正是因为好谦让。您的稍逊从前，也是因为这个缘故。

评点

曾氏出山办团练之初，秉一腔护卫正义的血性，在与太平军作战的同时，也与同一营垒的不正之风作斗争。面对这两股力量，他都采取不妥让的态度。这里所说的"君子愈让，小人愈妄"，就是在此背景下说的话。然而，太平军可消弭，不正之风却不可消弭。晚期的曾氏，在强大的世风面前，也只得步步退让了。

□ 不得罪东家好来好去

原文

见可而留，知难而退，但不得罪东家，好去好来，即无不可耳。

译文

见情形可留则留下，发现难相处时则退出，但求不得罪主人，好去好来，如此则无论留与退都无不可。

评点

曾氏的六弟国华是个心高气傲却才又不足以副之的人，屡试不中后于道光二十五年九月进京入国子监，次年参加直隶乡试，又不中。二十七年底在京自行谋馆。曾氏知老六的性格不宜为塾师，故只希望他能“好去好来”，“不得罪东家”就可以了。“好来好去”，应是一种人群相处的原则，看似容易，做起来也并不容易。

□ 不贪财不失信不自是

原文

不贪财，不失信，不自是，有此三者，自然鬼伏神钦，到处人皆敬重。此刻初出茆庐，尤宜慎之又慎。若三者有一，则不为人所与也。

译文

不贪钱财，不失诚信，不自以为是，有此三者，自然鬼神钦伏，随便到哪里人人都敬重。此时初出来办事，尤其宜慎之又慎。若三者中有一者未做到，则得不到别人的赞许了。

评点

这是道光二十八年六月给诸弟家信中的话。老四国潢近来在县城和邻乡帮人打官司，能取信于人，曾氏在信中称赞他。曾氏本不情愿家人涉及官司一类事，但随着他本人官位的显赫，曾家在湘乡县境也相应显赫起来。于是，上门求助者也便增多，老太爷可以杜门谢客，少爷们却不能不问，而应酬社会，本亦是极重要的历练。曾氏因此教诸弟守住“不贪财，不失信，不自是”三点，作为与社会打交道的三条原则。

□ 对世态的略识与不识

原文

用绅士不比用官，彼本无任事之责，又有避嫌之念，谁肯挺身出力以急公者？贵在奖之以好言，优之以廪给，见一善者则痛誉之，见一不善者则浑藏而不露一字。久久善者劝，而不善者亦潜移而默转矣。

官场交接，吾兄弟患在略识世态而又怀一肚皮不合时宜，既不能硬，又不能软，所以到处寡合。迪庵妙在全不识世态，其腹中虽也怀些不合时宜，却一味浑含，永不发露。我兄弟则时时发露，终非载福之道。

译文

用绅士与用官不同，他们本就没有做事情的责任，又存有避嫌疑的念头，谁愿意挺身而出为公众的事着急？重在以好言来奖励他们，给他们以优厚的待遇，见到一个好绅士，则竭力称誉，见到一个不好的绅士，则持浑含的态度而不以一字批评。久而久之，好的得到鼓励，而不好的也渐渐潜移默化了。

与官场交往，我们兄弟所患在于略为懂得点世态，而又怀着一肚子不合时宜，既不能做到硬，又不能做到软，所以到处落落寡合。李迪庵妙就妙在完全不识世态，其腹中虽然也怀有些不合时宜，却一味浑含，永不发露出来，我们兄弟则时时都在发露，终究不是载福的做法。

评点

这两段话，都是咸丰七年间写给老九的，前段说的是与绅士打交道的办法，后段说的是与官场打交道的法则。绅士，即非官员却又有声望有才干的人士。鉴于当时官场的腐败，曾氏力主使用这批人。但因为他们无职责，亦不拿俸禄，故宜优待。对于官场，曾氏教老九以浑含姿态与人相处。这是曾氏出山办团练五年来，与地方官场打交道办实事后得出的切身体验。要说中国官场的特色，用浑含二字，可以影绘出其中的许多内容。此二字大可研究。

□ 随缘布施

原文

先星冈公云济人须济急时无。又云随缘布施，专以目之所触为主，即孟子所称“是乃仁术也”。若目无所触而泛求被害之家而济之，与造册发赈一例，则带兵者专行沽名之事，必为地方官所议，且有挂一漏万之虑。

译文

故去的星冈公说救济别人，必须救济他在急难时所缺乏的。又说随着缘分布施，专以眼睛看到的为主，即孟子所说的这就是仁的行为。若眼睛没有看到，而广泛地寻找被害之家来救济，这与造册发赈是一回事，带兵者专门做获取名声的事，必定为地方官所议论，而且有挂一漏万的担心。

评点

对于有心行善的人，如何行善也是一个值得思考的问题。任何事都有它的两面性，即便行善这样的大好事亦不例外。笔者很赞成这种随缘布施、目触为主的行善方式，因为这样可以最大限度地减少其负面影响。

第五编／从政

□ 不轻受人惠

原文

我自从己亥年在外把戏，至今以为恨事，将来万一作外官，或督抚，或学政，从前施情于我者，或数百，或数千，皆钓饵也。渠若到任上来，不应则失之刻薄，应之则施一报十，尚不足以满其欲。故自庚子到京以来，于今八年，不肯轻受人惠，情愿人占我的便益，断不肯我占人的便益。

译文

道光十九年我在外面应酬，至今引以为遗恨的事，将来万一作地方官员，或者总督巡抚，或者学政，从前送人情给我的，或几百，或几千，都是钓饵。他若是到我的上任之地来，不应付则失之刻薄，应付则施一而报十，尚且不足以满足他的要求。故自道光二十年到京师以来，到现在已经八年，不愿意轻易接受别人的恩惠，情愿别人占我的便宜，决不想我占别人的便宜。

评点

曾氏道光十八年中进士点翰林，随即回家读书。道光十九年这一年，曾氏以一个即将赴任的官员身份在家乡度过。湘乡乃至长沙府识与不识者，纷纷前来与曾氏攀上关系，送钱送物，其中固然不乏诚心诚意祝贺的，但更多的则另有目的。其目的即曾氏这段家书中所指出的。但此目的，无法让他们达到，故曾氏将那一年所接送的馈赠引为“恨事”。从那以后，他就再不接受人惠，不让这种恨事再出现。曾氏所遇到的这个麻烦事，想必一切有权者都会遇到，因此他的这段话很值得人们特别是有权者重视。

□ 凡事皆贵专

原文

凡事皆贵专。求师不专，则受益也不久；求友不专，则博爱不亲。心有所专宗，而博观他涂以扩其识，亦无不可。无所专宗，而见异思迁，此眩彼夺，则大不可。

译文

凡事都可贵在专。求师不专，则受益不长久；求友不专，则广泛友好而不能亲密。心有所专宗，又能博览其他途径，以求扩大见识，也无不可，若无所专宗而见异思迁，目光为这为那所眩夺，则大为不可。

评点

人生的精力和时间都有限，而所办的事情又大多不易，故而有识者都认为办事宜专一，不宜泛众，专一可望有所成，泛众则往往一事无成。

□ 乡民可与谋始难与乐成

原文

乡民可与谋始，难与乐成。恐历时稍久，不能人人踊跃输将，亦未必奏效无滞。我家倡义，风示一邑，但期鼓舞风声而不必总揽全局，庶可进可退，绰绰余裕耳。

译文

乡下老百姓可与他们商议初始阶段，却难于与他们共同快乐地享受成功，恐怕历时稍久，不能做到人人踊跃共赴，也未必能不断奏效。我们家倡议，影响一方，只是期望鼓动情绪，不必总揽全局，或许今后可进可退，游刃有余。

评点

有始无终，这是人之常性，作为普通人的群体——乡民，在这一点上，必定会因互相影响而显得更为突出。故而“可与谋始，难与乐成”，是一个对民众的清醒认识。从事公众事业的人，在办事之初都必须要有此认识，方不会在事情举办后便立即有受打击以至于沮丧、心灰意冷等情绪出现。

□ 书吏中饱

原文

向来书吏之中饱，上则吃官，下则吃民。名为包征包解，其实当征之时，则以百姓为鱼肉而吞噬之；当解之时，则以官为雉媒而播弄之。官索钱粮于书吏之手，犹索食于虎狼之口。再四求之，而终不肯吐。所以积成巨亏，并非实欠在民，亦非官之侵蚀入己也。

译文

向来书吏的中饱，是向上则吃官，向下则吃民。名义说是包征包解，其实，当征的时候，则把百姓当作鱼肉来吞噬，当解的时候，则把官员当作雉媒而玩弄。官府从书吏手中索取钱粮，好比从虎狼口中索取食物，再四恳求而终于不肯吐出，所以积压成巨大亏空，并非百姓拖欠，也不是官员的侵吞贪污。

评点

曾氏所说的书吏中饱，颇近似当代的经办人弄权。古今一理，痼疾难消。

□ 功名之地难居

原文

功名之地，自古难居。兄以在籍之官，募勇造船，成此一番事业。其名震一时，自不待言。人之好名，谁不如我？我有美名，则人必有受不美之名与虽美而远不能及之名者。相形之际，盖难为情。兄惟谨慎谦虚，时时省惕而已。

但愿官阶不再进，虚名不再张，常保此以无咎，即是持身守家之道。

名者，造物所珍重爱惜，不轻以予人者。余德薄能鲜，而享天下之大名，虽由高曾祖父累世积德所致，而自问总觉不称，故不敢稍涉骄奢。家中自父亲、叔父奉餐宜隆外，凡诸弟及吾妻吾子吾侄吾诸女侄女辈，概愿俭于自奉，不可倚势骄人。古人云无实而享大名者，必有奇祸。吾常常以此儆惧，故不能不详告贤弟，尤望贤弟时时教戒吾子吾侄也。

译文

功名场自古难以居留。兄以去职在籍的官员身份，募勇造船，成就了这一番事业，名震一时。人的好名，谁不如我？我有美名，则别人必有遭受不美名的，相互一比较，别人就难为情。兄唯有谨慎谦虚，时时反省警惕而已。

但愿官职不再提升，虚名不再张扬，常常保持这个状态不获咎责，这就是持身守家的原则。

名为造物者所珍重爱惜，是不轻易给予人的。我德行浅薄能力不强，却享受天下之大名，虽然是由高祖、曾祖、祖父与父亲累世积德所招致，但自问总觉得不相称，故而不敢稍稍涉及骄傲奢侈。家中除父亲叔父吃饭宜丰盛外，凡各位老弟以及我的妻与子各位侄辈我的女儿们各位侄女辈，一概希望他们自奉俭朴，不可倚势骄人。古人说没有实绩而享受大名的必有奇祸，我常常以此作为儆惧，故而不能不详告贤弟，尤望贤弟时时刻刻教育我的子侄们。

评点

湘军在衡州府粗粗练就，便于咸丰四年正月底誓师北上，经过几次败仗后，于该年八月二十七日一举收复武昌、汉阳。这既是湘军组建以来的最大胜利，也是太平军起事来朝廷方面的最大军事胜利。一时间湘军声名鹊起，作为湘军首领，曾氏也自然声名鹊起。朝廷大为嘉奖，并任命曾氏为代理湖北巡抚。曾氏此时尚在母丧未除期间，不便接受，乃上疏辞谢。在九月十三日的家信中，曾氏谈到辞谢的原因，并接下来写了这段话。初获大胜，曾氏便有如此清醒认识，实为明白人。然而事实上，不待曾氏辞谢，任命书下达七天后，咸丰帝便改变主意，取消前命而令其率勇沿江东下。据野史记载，咸丰帝之所以改变主意，是身边有人说曾氏的坏话。此人提醒咸丰帝，不能授曾氏以地方实权。

□ 等差与仪文

原文

民宜爱而刁民不必爱，绅宜敬而劣绅不宜敬。弟在外能如此调理分明，则凡兄之缺憾，弟可一一为我弥缝而匡救之矣。昨信言无本不立，无文不行，大抵与兵勇及百姓交际……则心虽有等差而外之仪文不可不稍隆，余之所以不获于官场者，此也。去年与弟握别之时，谆谆嘱弟，以效我之长，戒我之短，数月以来，视弟一切施行，果能体此二语，欣慰之至。惟作事贵于有恒，精力难于持久，必须日新又新，慎而加慎，庶几常保令名，益崇德业。

译文

民众宜爱惜，但刁民不必爱惜；绅士宜尊敬，但劣绅不宜敬重。弟在外面能够像这样处置分明，则凡是为兄的缺憾，弟都可以一一为我弥补，并加以匡正挽救。昨日的信中说没有根本则不可能成立，没有文采不可能远行，大致说来，与兵勇及百姓打交道，则心中即便存在等级区别，但外面的形式不可不稍稍隆重。我之所以在官场上没有什么获取，就是因为此。去年与弟握手告别之时，谆谆嘱咐弟，要学习我的长处，戒除我的短处，这几个月来，看弟的一切行动，果然能够体悟到这两句话，非常欣慰！只是要注意做事情贵在有恒，精力难以持久，则必须天天要有新的气象，谨慎而又谨慎，才有可能常常保持好的名望，更加提高德业。

评点

曾氏六弟国华咸丰六年三月募勇组营、九弟国荃同年八月募勇组营。咸丰八年十月，老六死于三河之役。在长达两年半的时间里，同时有两个弟弟带兵打仗，然此期间，曾氏给老六的信仅一封，给老九的信却多达七十余封，可见他于两弟之间的情谊厚薄相差之大。从所抄的这段话中，也足见曾氏对老九的情之厚、望之重。与老九的这段谈心，其关键词在“心虽有等差，而外之仪文不可不稍隆”这句话里。

□耐　烦

原文

昔耿恭简公谓居官以耐烦为第一要义，带勇亦然。兄之短处在此，屡次谆谆教弟亦在此。二十七日来书，有云“仰鼻息于傀儡羶腥之辈，又岂吾心之所乐”，此已露出不耐烦之端倪，将来恐不免于龃龉。去岁握别时，曾以惩余之短相箴，乞无忘也。

译文

以前耿恭简公说做官以耐烦为第一等重要事，带勇也是这样。兄的短处在这里，屡次谆谆教弟的也在这里。二十七日的来信有这样的话："处在傀儡与羶腥这一类人中间，仰他们的鼻息，又哪里是我心中的快乐?"这话已流露出不耐烦的迹象，将来恐怕免不了彼此有冲突。去年握手告别时，曾以避免我的短处相规谏，请莫忘记。

评点

傀儡，指尸位素餐者，当时官场多这种只拿俸禄而不做事的官员。羶腥，指好吃羊肉的满蒙人。满蒙官员依仗血统高贵，不学无术却颐指气使。老九夹在这两种人中间，心里很憋气，但既要出山办事，便不能不与他们打交道，所以得耐烦。

□ 去冗员浮杂

原文

善觇国者，睹贤哲在位，则卜其将兴；见冗员浮杂，则知其将替。善觇军者亦然。似宜略为分别，其极无用者，或厚给途费遣之归里，或酌赁民房令住营外，不使军中有惰慢喧杂之象，庶为得宜。

译文

善于预测国运的，看到贤哲在位，则可以预卜国运将兴；见人浮于事，则知国运将衰落。善于预测军事的也是这样，但似乎还要略为加以区别。那些特别无用的，或是多给途费，打发他回家；或是斟酌租民房，令他住在营房外，不使得军中有懒惰喧杂的现象，或许较为得宜。

评点

咸丰七年二月底至三年六月初，曾氏为守父丧在家居住约一年半。

此期间，他为自己出山五年来所做的一切予以检讨反思，且常常将反思所得告诉诸弟，其中与老九所谈最多。这段话便是咸丰八年三月写给老九的。作为团队首领，特别注意要用人才而不用庸才，即便牛骥同槽，也将令英雄气短。

□ 声闻可恃又不可恃

原文

声闻之美，可恃而不可恃。兄昔在京中颇著清望，近在军营亦获殊誉。善始者不必善终，行百里者半九十里。誉望一损，远近滋疑。弟目下名望正隆，务宜力持不懈，有始有卒。

译文

声望之好，可以凭恃也不可以凭恃。兄先前在京师时，较为有清望，近年在军营，也获得特别好的赞誉。善于开始的不一定善于结束，百里路的行程九十里才是它的一半。名誉声望一旦损折，远远近近都会产生怀疑。弟眼下名望正兴隆，务必坚持不懈，有始有终。

评点

声望属无形资产一类。无形资产与有形资产相较，有它的特殊性。善于使用，可能大有收获；不善使用，也许一文不值。善与不善，关乎智慧，非言语文字所能表达也。

□ 不要钱不怕死

原文

余在外未付银至家，实因初出之时，默立此誓；又于发州县信中，以“不要钱不怕死”六字自明。不欲自欺其志，而令老父在家受尽窘迫、百计经营，至今以为深痛。

译文

我在外面做事，没有寄银钱给家里，实在因为初出山的时候，默默地立下这个誓言，又在发给各州县官的信中，以“不要钱，不怕死”六字自为明志，不愿意自己欺骗自己，而令老父亲在家受尽窘迫，以至于要多方经营过日子，至今以为深重的痛苦。

评点

曾氏就任团练大臣之初，曾发出一份《与湖南各州县公正绅耆书》，此信实为他的就职文告。信中的最后一段为：“国藩奉命以来，日夜悚惕，自度才能浅薄，不足谋事，惟有‘不要钱，不怕死’六字，时时自矢，以质鬼神，以对君父，即借以号召吾乡之豪杰。湖南之大，岂乏忠义贯金石、肝胆照日星之人？相与倡明大义，辅正除邪，不特保桑梓于万全，亦可荡平贼氛，我国家重有赖焉者也。”“不要钱，不怕死”，说得轻易，行之则难。曾氏不寄银钱至家，借以验证不要钱；后来两次兵败投江，借以表明不怕死。凡此种种，意在言行一致也。

□ 抓住时机做成一个局面

原文

现在上下交誉，军民咸服，颇称适意，不可错过时会，当尽心竭力，做成一个局面。圣门教人不外敬恕二字，天德王道，彻始彻终，性功事功，俱可包括。余生平于敬字无工夫，是以五十而无所成。至于恕字，在京时亦曾讲求及之。近岁在外，恶人以白眼藐视京官，又因本性倔强，渐近于愎，不知不觉做出许多不恕之事，说出许多不恕之话，至今愧耻无已。弟于恕字颇有工夫，天质胜于阿兄一筹。至于敬字，则亦未尝用力，宜从此日致其功，于《论语》之九思、《玉藻》之九容，勉强行之。临之以庄，则下自加敬。习惯自然，久久遂成德器，庶不至徒做一场话说，四十五十而无闻也。

译文

现在上下交相称赞，军队百姓都拥服，较为称心适意，不可以错过时会，应当尽心竭力做成一个局面。儒家学派教育人，不外乎敬与恕两个字。仁义道德须贯彻始终，人格修炼与事功建立都应将敬、恕包括在内。我平生在敬字上没有工夫，所以到了五十岁还无所成就。至于恕字，在京师时也曾经注意讲求，近年来在外面做事，厌恶别人用白眼藐视京官，又因为本性倔强，逐渐近于刚愎，不知不觉间做出许多不恕的事，说出许多不恕的话，至今惭愧不已。弟在恕字上较为有工夫，天生性格上胜过为兄的一筹，至于敬字，则同样也没有用力，宜于从此每天用功，按照《论语》中所说的“九思”、《玉藻》中所说的“九容”，勉力实行。以庄敬的态度待人，则下属们自然恭敬，习惯成为自然，久而久之于是成为好的本性，或许不至于只是说说而已，到四十五十岁还不为人知。

评点

有一句话说得好：“播下习惯的种子，将有命运的收获。”这话说的是习惯对人生影响的巨大。曾氏说“习惯自然，久久遂成德器”，即此话的另一种表述。

□ 勉力去做而不计成效祸福

原文

以精力极疲之际，肩艰大难胜之任，深恐竭蹶，贻笑大方。然时事如此，惟有勉力作去，成效祸福，不敢计也。

以私事言之，则余为地方官，若仅带一胞弟在身边，则好事未必见九弟之功，坏事必专指九弟之过。嫌疑之际，不可不慎也。

译文

在精力极为疲倦的时候，肩负着艰巨难以胜任的重任，深怕遭受挫折失败，贻笑大方。但是时事如此，唯有勉力去做，至于成效如何是祸是福则不去计较。

以私事而言，则我为地方官，若是仅仅只带一个胞弟在身边，则有好事未必能看出九弟的功劳，有了坏事别人一定专门指责九弟的过失。容易招致嫌疑的地方，不能不慎重。

评点

咸丰十年四月二十八日，曾氏奉到署理两江总督的任命，朝廷命令他带兵立即前赴江苏，以救苏南的危急。第二天以及五月初四日，曾氏给在家主事的老四写了两封信，这里所抄录的两段话，即分别出于这两封信中。读前段话很令人想起林则徐的诗:“苟利国家生死以,不因祸福避趋之。”林则徐以湖广总督的身份前往广州禁烟,曾氏以两江总督的身份带兵去收复失地,事虽不一,责任之重大是一样的。一个真诚的以国事为重的大员,此时不将一己私利置于国家利益之上,这种态度,即便像笔者这样的一介书生,也是可以理解的。老九这个时候正屯兵安庆城外,准备拿下这座安徽省垣。曾氏不调动老九的吉字营,无论于公于私都是明智的决策。

□ 做湖南出色之人

原文

弟此次出山,行事则不激不随,处位则可高可卑,上下大小,无人不翕然悦服。因而凡事皆不拂意,而官阶亦由之而晋。或者前数年抑塞之气,至是将畅然大舒乎?《易》曰:“天之所助者顺也,人之所助者信也。”我弟若常常履信思顺,如此名位岂可限量?

吾湖南近日风气蒸蒸日上,凡在行间,人人讲求将略,讲求品行,并请求学术。弟与沅弟既在行间,望以讲求将略为第一义,点名看操等粗浅之事必躬亲之,练胆料敌等精微之事必苦思之。品学二者,亦宜以力余自励。目前能做到湖南出色之人,后世即推为天下罕见之人矣。大哥岂不欣然哉?

译文

弟这次出山办军务,做事则采取不激烈也不随声附和的态度,处位则采取能上能下的态度。如此,则上上下下没有人不欣然悦服的。所以凡事都不会不顺心,而官阶也便因此晋升,或许前几年的抑郁受阻之气,到现在将会大为舒畅吧!《易经》说:“天所帮助的是顺其自然的人，人所帮助的是诚信者。”我的弟弟若常常守信用并顺其自然，如此，名与位岂可限量！

我们湖南近日风气蒸蒸日上，凡是在军营中的人，个个讲求为将方略，讲求品行，并且讲求学术。弟与沅弟既然在军营中，希望以讲求将略为第一要务，点名看操等粗浅事，务必亲自办理，训练胆量预料敌情等精微事，务必苦苦思索。品行与学术两者，也宜以余力自我勉励。目前能做一个湖南的出色之人，后世则将推举为天下罕见之人。做大哥的岂不欣然啊？

评点

这是曾氏在咸丰十年六月给他最小的弟弟国葆写的。曾氏很少单独给国葆写信，这是因为他很少独立行动。咸丰二年底，曾氏出山办团练时曾带他在身边，后又任命他为营官，但国葆仗打得不好，故而在咸丰四年整顿时被裁撤回家，直到咸丰九年才再次出山，投靠在湖北巡抚胡林翼的帐下。胡林翼给他一支人马，由他统领。不久，他的这支人马与沅甫的吉字营合为一体，围攻安庆。此时，他正与沅甫同在安庆城外军营。早两天，国葆升了官：以训导加国子监学正衔。曾氏写信祝贺，这两段话即此信的基本内容。国葆比曾氏小十八岁，故而此信的语气极为和缓温婉，犹如对子侄言，每句话都说得实实在在，不讲大道理，其中关于湘军将领人人讲求将略、品行、学术的几句话，更为我们留下当年湖湘从军士人崭新风貌的实录。“目前能做到湖南出色之人，后世即推为天下罕见之人”两句，固然是曾氏对小弟的鼓励期望，但也可从中看出湘军在当时海内的特殊地位。

□ 力除官气

原文

吾批二李详文云“须冗员少而能事者多，入款多而坐支者少”，又批云“力除官气，严裁浮费”。弟须嘱辅卿二语：无官气，有条理。守此行之，虽至封疆不可改也。

译文

我批复二李所上的报告说：“必须冗员少而能干事的多，进的银子多而支出的银子少。”又说：“竭力除掉官气，严格裁减不必要的开支。”弟必须叮嘱文辅卿两句话：“没有官气，办事要有条理。”守着这几句话行事，即便做到封疆大吏也不可改变。

评点

什么是官气？从曾氏的批文中可知当时官气主要的表现有：不干事，开支大，无条理。衡之于今日的衙门机关，实有惊人相似之处。看来官气的根除，有赖于行政管理体制上的根本改变。

□ 痛恨不爱民之官

原文

凡养兵以为民，设官亦为民也。官不爱民，余所痛恨。

译文

凡养兵是为了民众，设置官府也是为了民众。官员不爱民众，这是我所深为痛恨的事。

评点

兵为民所供养，官亦为民所供养，兵要爱民，官亦要爱民，这本是天经地义又简单至极的道理。但事实上，许多兵不爱民，许多官亦不爱民，此中原因何在？在于手中有刀，手中有权，便有所依恃，便可以做出不讲道理的事来。归根结底，是强和权使之异化了。

□ 不轻进人不妄亲人

原文

然不轻进人，即异日不轻退人之本；不妄亲人，即异日不妄疏人之本。

译文

然则不轻易进人，即是将来不轻易退人的基础；不随便亲近人，即是将来不随便疏远人的基础。

评点

不轻不妄，说的都是慎重、稳重、郑重方面的意思。古人说为政在稳，曾氏向来推崇一个重字，其原由即在此。

□ 择术不慎

原文

吾家兄弟带兵，以杀人为业，择术已自不慎，惟于禁止扰民、解散胁从、保全乡官三端痛下工夫，庶几于杀人之中寓止暴之意。

译文

我家兄弟带兵打仗，以杀人作为职业，选择的工作已是不慎重了，只有在禁止扰民、解散胁从、保全地方官三点上痛下工夫，或许可以在杀人之中寄寓止暴的意思。

评点

曾氏所说的杀人，自然是指的杀太平军将士。对于太平军将士，曾氏一贯主张痛加诛戮，甚至对待俘虏，也曾说过“一律剜目凌迟”这样血淋淋的话。但读这段话，又可见他并不以此为好事。过去的研究者，一定认为曾氏“择术”“不慎”的话是虚伪。其实，对曾氏来说，并不存在虚伪不虚伪的问题。站在维护纲纪的立场，他对叛乱分子要坚决镇压；站在人性的立场，他毕竟对人的生命心有怜惜。

□ 说话要中事理担斤两

原文

凡说话不中事理，不担斤两者，其下必不服。故《说文》君字，后字从口，言在上位者，出口号令，足以服众也。

译文

凡说话不中事理、没有分量的，他的下属必不服气。故而《说文》的“君”字“后”字都从口，意思是说在上位者从口里发出命令，足以服众。

评点

曾氏看人口诀中有两句话：“若要看条理，全在言语中。”这的确是经验之谈。言语是思维的外在表现，没有言语上东拉西扯、前后矛盾而思维上清晰明了、有条有理的。

□ 不忍独处富饶

原文

近世所称羡督抚之荣，不外宫室衣服安富尊荣等事，而侄则受任于败军之际，奉命于危难之间，所居仅营中茅屋三间，瓦屋一间，所服较往岁在京尤为减省。自去冬至三月，常有贼党十余万，环绕于祁门之左右前后，几无日不战，无一路不梗，昼无甘食，宵有警梦，军士欠饷至五月六月之久，侄亦不忍独处富饶，故年来不敢多寄银钱回家，并不敢分润宗族乡党者，非矫情也。一则目击军士穷窘异常，不忍彼苦而我独甘，一则上念高曾以来，历代寒素，国藩虽忝食旧德，不欲飨受太过，为一己存惜福之心，为阖族留不尽之泽。此侄之微意，十叔如访得营中家中，有与此论不相符合之处，即请赐书诘责，侄当猛省惩改。

译文

近世所称赞羡慕总督巡抚的荣耀，不外乎宫室壮丽衣服豪华安富尊荣等等，但侄儿则是在军事失败、时事危难的时候受任奉命，所居住的仅军营中的三间茅屋、一间瓦屋，所穿的比先前在京师更为节省。自去年冬天到今年三月，常有贼众十多万，环绕在祁门的前后左右，几乎没有哪天不打仗，没有一条路不遭到梗阻，白天食则无味，夜里不能安睡，军士欠饷达五六个月之久，侄儿也不能一个人独自富饶。故而近年来不敢多寄银钱回家，也不敢分赠各位亲戚同乡，这并不是矫情。一则眼见军士们异常艰苦，不忍心他们苦而我独好，一则想到高祖、曾祖以来历代皆清寒，国藩虽然蒙受祖宗世德，但也不想享受太过，为一己保存惜福之心，为曾氏全族留下享用不尽的福泽。这是侄儿的微意，十叔您若访得军营中的情况及家里的情况，有与所说的不相符合之处，即请寄信来指责，侄儿当猛省而痛加改正。

评点

这是曾氏写给他的堂叔曾丹阁的信。曾丹阁与曾氏年纪相仿佛，二人同学达十年之久，但他的功名只止于秀才。道光二十四年四月，曾氏在给诸弟的家信中提到他的情况：“丹阁叔与宝田表叔昔与同砚席十年，岂意今日云泥隔绝至此！知其窘迫难堪之时，必有饮恨于实命之不犹者矣。丹阁戊戌年曾以钱八千贺我。贤弟谅其景况，岂易办八千者乎？以为喜极，固可感也，以为钓饵，则亦可怜也。”曾丹阁不仅功名不顺，且经济状况也不好。曾氏中进士时他送钱，其目的有钓鱼之嫌。了解这个背景后，便知曾丹阁很可能是向曾氏开口要一笔钱，曾氏便以此信回复他。

□ 多选替手为第一义

原文

办大事者，以多选替手为第一义。满意之选不可得，姑节取其次，以待徐徐教育可也。

译文

办大事的人以多选拔替手为第一要务。满意之选不可能得到，姑且节选其次等的，以待慢慢教育，这样也是可以的。

评点

所谓替手，就是能够代替自己的人，部分代替的人即部下，全部代替的人即接班人。办大事的人因为事大事繁，必须要有很多能干的人来代替自己，所以要“多选替手”。曾氏历来十分重视人的作用，故而他将此事列为“第一义”。曾氏的这个观点，道出了他成大事的秘诀，也向来为办大事者所称道所重视。

□ 怀临深履薄之惧

原文

古来成大功大名者，除千载一郭汾阳外，恒有多少风波，多少灾难，谈何容易！愿与吾弟兢兢业业，各怀临深履薄之惧，以冀免于大戾。

吾兄弟誓拼命报国，然须常存避名之念，总从冷淡处着笔，积劳而使人不知其劳，则善矣。

译文

古来成就大功大名的，除开千年一个郭子仪外，常有多少风波，多少灾难，谈何容易！愿与我弟兢兢业业，各自怀着临深履薄的恐惧之心，以求得免于大灾难。

我们兄弟发誓拼命报国，然而也必须常常存着避名的念头，总是要从冷淡之处致力，积劳而又让人不知道你在劳苦，这样才好。

评点

作为一个成就大功大名的人，曾氏能常存临深履薄之心，这是他的过人之处。避名避利，即临履心态表现在外的两个重要方面。其实，不必有大功大名才如此，即便是小有功名也得有这种心态才好。

□ 处大位大权能善末路者少

原文

处大位大权而兼享大名，自古曾有几人能善其末路者？总须设法将权位二字推让少许，减去几成，则晚节渐渐可以收场耳。

译文

处在高位拥有大权又兼享大名的人，自古以来曾有几个下场好的？总得设法将权与位两个字推让一些，减去几成，则晚节可以渐渐保住。

评点

有的人处高位还想更高，拥重权还想更重，享大名还想再大，但曾氏却认为这样做难善末路，因而他要推让要减去，对待权、位、名如此不同的态度，显现出人的不同境界和追求。

□ 上奏折是人臣要事

原文

吾兄弟报称之道，仍不外拼命报国、侧身修行八字。至军务之要，亦有二语，曰坚守已得之地，多筹游击之师而已。

初膺开府重任，心中如有欲说之话，思自献于君父之前者，尽可随时陈奏。奏议是人臣最要之事，弟须加一番工夫。弟文笔不患不详明，但患不简洁，以后从简当二字上着力。

译文

我们兄弟报答的方法，仍然不外乎“拼命报国侧身修行”八个字。至于军务上的要点，也有两句话，叫做坚守已获得的地方，多筹划游击之师而已。

刚刚肩负起巡抚的重任，心里如果有想说的话要呈献给皇上，尽可随时上奏。拟奏折是做人臣的最重要的事情，弟必须为此再多用一番工夫。弟的文笔不怕不详尽明白，怕的是不简洁，以后要从简当二字上用功。

评点

同治二年三月二十八日，曾氏接到任命老九为浙江巡抚的谕旨，当天写信告诉身在雨花台军营的九弟，信中勉励以尽心于军事和个人修养来报答君恩。四月初一日，由谢恩折而谈到奏折事，希望九弟今后在这方面多下点工夫。为帮助老九提高办折的水平，曾氏后来专门从历代好的奏折之中挑选十九篇经典之作，分段予以讲解，又作总体评析，为之取名曰《鸣原堂论文》。

□ 以明强为本

原文

来信“乱世功名之际尤为难处”十字实获我心。本日余有一片，亦请将钦篆、督篆二者分出一席，另简大员。……吾兄弟常存此兢兢业业之心，将来遇有机缘，即便抽身引退，庶几善始善终，免蹈大戾乎？至于担当大事，全在明强二字。《中庸》学、问、思、辨、行五者，其要归于愚必明，柔必强。弟向来倔强之气，却不可因位高而顿改。凡事非气不举，非刚不济，即修身齐家，亦须以明强为本。

译文

来信中的“乱世功名之际尤为难处”十个字，确实很合我的心思。今天我有一道奏片，也请将钦差大臣与两江总督两个职务分出一个，另委派一个大员承担。我们兄弟常常存着这份兢兢业业的心，将来遇到机会，便脱身引退，或许能够善始善终，免于碰上大祸灾。至于担当大事，则全在明强两个字上。《中庸》里说的学、问、思、辨、行五个方面，其重点要落脚在“虽愚但必须明，虽柔但必须强”这个道理上。弟向来有一股倔强之气，不要因为官位高而立即改变。凡事没有气则不能办，没有刚则不能成功，即便是修身齐家，也必须以明强为本。

评点

倔强好胜，是曾氏与其九弟在性格上的相同之处。曾氏说他们兄弟的这种性格是“秉母德”。只是因为曾氏仕途早达且更事多，加之智慧上要高出一筹，故而能将此一性格的负面看得较为透彻，于是后来屡屡对自己强行检束，并时常以此劝谕老九。现在看到身为巡抚的弟弟能有“乱世功名之际尤为难处”的感慨，他很高兴，欣喜兄弟对世事的认识已渐成熟。但此时的老九毕竟担负攻坚重任，处在与对手拼倔拼强非胜不可的关键时刻，决不能有因“难处”而萌发的退缩心态，故而要以明强来予以止住。

□ 居上位而不骄极难

原文

弟于吾劝诫之信，每不肯虚心体验，动辄辩论，此最不可。吾辈居此高位，万目所瞻。凡督抚是己非人、自满自足者，千人一律。君子大过人处，只在虚心而已。不特吾之言当细心寻绎，凡外间有逆耳之言，皆当平心考究一番。……故古人以居上位而不骄为极难。

译文

弟对于我的规劝告诫的信，每每不肯虚心体会，动辄辩论，这是最不可以的事。我们居此高位，万目所瞻视。大凡总督巡抚自以为是指责别人、自我满足这种现象，一千个都是一样的。君子大过于别人的地方，只是在虚心而已。不仅我的话应当细心研究，凡是外间有逆耳之言，都应当平心静气地考察一番，故而古人认为居上位而不骄矜是极难做到的。

评点

做了巡抚的老九，未免官大气粗，常常要与大哥分辩分辩，年长十四岁的大哥心里不大乐意。但即使是这种时候的批评，曾氏也能从大处远处着眼，指出虚心是君子的过人之处，对于身处高位的人来说，这点更为重要。

□ 不可市恩

原文

凡大臣密保人员，终身不宜提及一字，否则近于挟长，近于市恩。此后予与湘中函牍，不敢多索协饷，以避挟长市恩之嫌。弟亦不宜求之过厚，以避尽欢竭忠之嫌。

译文

凡大臣密保人员，一辈子都不宜在此事上提一个字，否则近于挟功，近于要人家感谢恩德。此后我与湖南的书信，不敢多索取协助之饷，以避开挟功要人感谢的嫌疑。弟也不宜索求过多，以避开人家要竭力讨好你的嫌疑。

评点

这段话的前面有一句“恽中丞余曾保过”的话。恽中丞即恽光辰，曾经得到过曾氏的保荐，也就是说受过曾氏的恩惠，此时恽正做湖南巡抚。大臣向朝廷保荐人员，这是大臣为国举贤，乃本身职责，不应因此而向被保过的人索取报答，而且不宜对人说起这事，因为一旦说出，便有希望别人答谢的一层意思在内。曾氏说的是一种很高的境界，事实上一般人很难做到。当今世道，保人荐人，只要是出以公心不为私利，透露出来只是为了让人心里明白而不索取钱物或其他好处，这种人大概也就是君子了。

□ 大事有天运与国运主之

原文

不特余之并未身临前敌者，不敢涉一毫矜张之念，即弟备尝艰苦，亦须知谋事在人，成事在天，劳绩在臣，福祚在国之义。刻刻存一有天下而不与之意，存一盛名难副成功难居之意。蕴蓄于方寸者既深，则侥幸克成之日，自有一段谦光见于面而盎于背。

惟此等大事，实有天意与国运为之主，特非吾辈所能为力、所能自主者。虚心实力勤苦谨慎八字，尽其在我者而已。

余昨日具疏告病，一则以用事太久，恐中外疑我兵权太重，利权太大，不能不缩手以释群疑。一则金陵幸克，兄弟皆当引退，即以此为张本也。

事事落人后着，不必追悔，不必怨人，此等处总须守定畏天知命四字。

金陵之克，亦本朝之大勋，千古之大名，全凭天意主张，岂尽关乎人力？天于大名，吝之惜之，千磨百折，艰难拂乱而后予之。老氏所谓“不敢为天下先”者，即不敢居第一等大名之意。弟前岁初进金陵，余屡信多危悚儆戒之辞，亦深知大名之不可强求。今少荃二年以来屡立奇功，肃清全苏，吾兄弟名望虽减，尚不致身败名裂，便是家门之福。老师虽久而朝廷无贬辞，大局无他变，即为吾兄弟之幸。只可畏天知命，不可怨天尤人。所以养身却病在此，所以持盈保泰亦在此。千嘱千嘱，无煎迫而致疾也。

译文

不仅我这个并未身临前敌者，不敢有一丝毫骄矜夸耀的念头，即便是弟备尝艰苦，也必须知道谋事在人成事在天、劳苦在人臣福气在国家的道理，时刻存一个即便有天下也不参与的念头，存一个盛名难副、成功难居的念头。这些念头蕴蓄于心中深入了，则在大功告成的时候，自然有一种谦虚之光，显露出举止言行的各个方面。

大事确实是有天意与国运在主持，不是我们所能为力所能自行做主的，只有虚心实力勤苦谨慎这八个字，是我所要尽力的。

我昨天上折报告病情，一则因为任事太久，担心朝中及外省怀疑我的兵权太重、利权太大，不能不将手缩回以释群疑。一则金陵城幸而克复，我们兄弟都应当引退。这道折子即预为张本。

事事落在别人的后面不必追悔，不必怨人，这些地方总是要守定畏天知命四个字。金陵的攻克，也是本朝的大功勋，千古的大名，全凭天意来主张，哪里是完全关系到人力？天对于大名是吝惜的，千磨百折，艰难困苦坎坷曲折而后才给予。老子所谓不敢为天下先这句话，即不敢居第一等大名的意思。弟前年刚进驻金陵城下，我屡次信中多说的是危悚儆戒的话，也是出于对大名不可强求的深知。现在李少荃两年来屡立奇功，肃清整个苏州地区，我们兄弟的名望虽然减退，尚不至于身败名裂，这便是家门之福。军队虽驻城外很久但朝廷没有贬词，大局没有其他的变化，这就是我兄弟的幸运。只可畏天知命，不可怨天尤人，养身去病在这里，持盈保泰也在这里。千嘱千嘱，不要使心受煎迫而招致疾病。

评点

此处所抄录的这四段话，分别出自同治三年正月二十三日、三月十二日、三月二十六日、四月二十日，曾氏给老九的家信。老九在六月十六日那天用炸药炸开金陵城墙，算是拿下这座围了整整两年的太平天国都城。在此之前，以一个吉字营（刚开始兵力不足二万，最后增至近五万）围困周长九十里的天下第一城，朝野内外普遍都不看好，只是一则碍于曾氏的面子，二则鉴于老九有打下安庆的经验在前，故而不公开提出异议。进入同治三年，浙江、苏南的战事已十分利于清廷。二月，左宗棠收复杭州，四月，李鸿章继先前十月收复苏州后又收回常州，左、李的频频得手对老九既有利又不利。有利，是因此进一步瓦解太平军的军心，不利是将太平军都赶到金陵城内城外，对老九的压力更大。金陵战役随时都有可能出现意外，围城两年的辛劳随时都有可能功亏一篑，而随着江南各城一座座的收复，认为老九劳师耗饷的人开始从腹非到公开的议论。到了四月，便有李鸿章援助攻金陵的说法出来，令老九在强大的压力下又增添几分恼怒。这便是曾氏这段时期的家书背景。曾氏所说的“谋事在人，成事在天”、“大事实有天意与国运为之主持”等等，意在松弛老九的焦灼，而“不敢为天下先”等等，意在劝老九不必独占天下第一功，与人合攻金陵的意见也是可以接受的。

□ 天下多有不深知之人事

原文

弟此次赴鄂，虽不必效沈、蒋之枉道干誉，然亦不可如云仙之讥侮绅士，动成荆棘。大约礼貌宜恭，银钱宜松，背后不宜多着贬词，纵不见德，亦可以远怨矣。

督抚本不易做，近则多事之秋，必须筹兵筹饷。筹兵，则恐以败挫而致谤讟；筹饷，则恐以搜括而致怨。二者皆易坏声名。而其物议沸腾，被人参劾者，每在于用人之不当。沅弟爱博而面软，向来用人失之于率，失之于冗。以后宜慎选贤员，以救率字之弊；少用数员，以救冗字之弊。位高而资浅，貌贵温恭，心贵谦下。天下之事理人才，为吾辈所不深知、不及料者多矣，切勿存一自是之见。用人不率冗，存心不自满，二者本末俱到，必可免于咎戾，不坠令名。

谢绝陋习，慎重公事，严密以防门内，推诚以待制府，数者皆与余见相合，声誉亦必隆隆日起矣。

译文

弟此次去湖北，虽然不必要效法沈葆桢、蒋益澧那样以不正派的做法赚得称誉，但也不可像郭嵩焘那样讥笑侮辱绅士，与别人相处很不好，大约礼貌上宜恭敬，银钱上宜宽松，背后不宜多使用贬词，纵使没有恩德，也可以远离怨尤。

总督、巡抚这个官本不容易做，近世则是多事之秋，必须筹兵筹饷。筹兵则唯恐因为打败仗而招致谤讟，筹饷则唯恐因为搜括银钱而招致怨恨，这两点都容易败坏名声。至于议论纷纷，被人参劾，则每每在于用人的不当。沅弟的爱心广博而情面重，向来在用人上失之于轻率，失之于冗杂，以后宜慎选贤良人员，借以挽救轻率的弊病，少用几个人，以挽救冗杂的弊病。职位高而资历浅，外貌上贵在温和恭敬，心思上贵在谦逊平易。天下的事理人才，为我们所不深知不及料到的很多，切勿存一点自以为是的想法。用人上不轻率冗杂，心里不存自我满足，这两点上的方方面面若都做到了，必定可以免去咎戾，不损毁好名声。

拒绝接受陋习，谨慎郑重办理公事，严格要求家人及仆役，与制台、府、县等推诚相待，这几点都与我的看法相合，声誉也必定会一天天隆重兴起。

评点

同治五年三月中旬，老九来到武昌，接任湖北巡抚一职。朝廷之所以任命老九为鄂抚，主要目的还是想借重他的军事才干，配合正在剿捻战场上的曾氏。老九无一天地方行政官员的经历，一上任便做一省之长，身为大哥的曾氏免不了要在这方面为弟弟指点一番。这几段分别见于该年三月十六、三月二十六、四月二十一日家信中的话，说的便是这些指点。归纳起来，其要点在：一善待绅士，二用人慎重，三对人谦敬，四拒绝陋习，五严防门内，尤其是“天下之事理人才为吾辈所不深知不及料者多矣”这句话，真可为一切处高位者之座右铭。

□ 学郭子仪

原文

古称郭子仪功高望重，招之未尝不来，麾之未尝不去。余之所处，亦不能不如此。

译文

古时说郭子仪功高望重，尚且招之没有不来，挥之没有不离开。以我目前的处境，也不能不这样。

评点

郭子仪功大位高而能持盈保泰，仗的是他不居功不自傲，始终对上司（皇上）谦恭尽职。曾氏很钦佩郭子仪，时时以郭为表率。

□ 从波平浪静处安身

原文

嗣后奏事，宜请人细阅熟商，不可壹意孤行是己非人为嘱。

弟克复两省，勋业断难磨灭，根基极为深固。但患不能达，不患不能立；但患不稳适，不患不峥嵘。此后总从波平浪静处安身，莫从掀天揭地处着想。吾亦不甘为庸庸者，近来阅历万变，一味向平实处用功。非萎靡也，位太高，名太重，不如是，皆危道也。

译文

以后上奏言事，宜请人仔细阅读反复商量，不可一意孤行肯定自己指责别人，这是我的叮嘱。

弟收复两个省城，勋业绝对难以磨灭，根基极为深固，只怕不能通达，不怕不能成立，只怕不稳妥，不怕不峥嵘。从此以后总要从波平浪静处安身，不要从掀天揭地处着想。我也是不甘于做一个平庸的人，只是因为近来阅历了许多变故，于是一味向平实处用功，这并不是精神萎靡，而是因为职位太高，名望太重，不如此，则都是危险的道路。

评点

老九三月到武昌接任，八月便上疏参劾官文。官文在武昌做了十年的湖广总督，是个满人大学士，虽无能，却还能与胡林翼长期共事，没想到曾老九一来便与他闹翻了。且看老九是如何告状的。

老九为官文列了四条罪状：贪庸骄蹇、欺罔徇私、宠任家丁、贻误军政，并附官文劣迹事实。这些劣迹分为六个方面：滥支军饷、冒保私人、公行贿赂、添受陋规、弥缝要路、习尚骄矜。奏疏中还说官文“贿通肃顺”。肃顺是慈禧最恨的人，“贿通肃顺”便有肃党之嫌，这有点将官文往死里整的味道。这道弹章确实够厉害。老九之所以要弹劾官文，是因为官文贻误他的军情。曾氏虽然也讨厌官文，但他却不同意老九这样做。事前就表示异议，而老九不听劝告，一意孤行。

曾氏看到老九抄送的副本后，很生气。他在正月十七日给纪泽的信中说得很明白：“沅叔劾官相之事，此间平日相知者如少泉、雨生、眉生皆不以为然，其疏者亦复同辞。闻京师物论亦深责沅叔而共恕官相，八旗颇有恨者。尔当时何以全不谏阻？顷见邸抄，官相处分当不甚重，而沅叔构怨颇多，将来仕途易逢荆棘矣。”五天后，曾氏给老九写信，此处所抄的这段话，几乎为该信的全部内容。“壹意孤行是己非人”八个字，已明确表示他不赞同老九的这份让内外议论纷纷的《劾督臣疏》。

□ 疏语不可太坚

原文

少荃屡言疏语不可太坚，徒觉痕迹太重，而未必能即退休。即使退休一二年，而他处或有兵事，仍不免诏旨促行，尤为进退两难等语，皆属切中事理。余是以反复筹思，洎无善策。

译文

李少荃屡次说“奏疏中的话不可以说得太绝对，只能使人觉得做作工夫太重，而事实上也不能保证就能退休，即使退休，过一二年或许别的地方有战事，仍不免有圣旨催促前行，到那时尤为进退两难”等话，都属于切中事理的话。我于是反复筹思，迄今尚无良法。

评点

李鸿章这句话，道出一种“人在江湖，身不由己”的无奈。官员食朝廷俸禄，是没有个人意志的，对朝廷说“太坚”的话，一无必要，二无可能。

□ 富贵常蹈危机

原文

大约凡做大官，处安荣之境，即时时有可危可辱之道，古人所谓富贵常蹈危机也。纪泽腊月信言宜坚辞江督，余亦思之烂熟。平世辞荣避位，即为安身良策；乱世辞荣避位，尚非良策也。

译文

大约凡做大官，身处安适荣耀的境地，即时时有可能发生危险出现耻辱，这就是古人所说的“富贵常常导致危机”。纪泽腊月信里说宜坚决辞去两江总督职务，对此我也思之烂熟，承平时回避荣誉高位，即是安身的良策，混乱时回避荣誉高位，尚非良策。

评点

大富大贵为许多人所羡慕所追求，其实，若不懂得善处富贵，则反而易招致危机。这是因为富贵容易转手，它不像智慧、才能等虽也为人所羡慕追求，但不易于转手。转手之际，原主便不免受危受辱。所以拥有富贵，不如拥有才智。

□ 乱世为司命是人生之不幸

原文

吾所过之处，千里萧条，民不聊生。当乱世处大位而为军民之司命者，殆人生之不幸耳，弟信云英气为之一沮，若兄则不特气沮而已，直觉无处不疼心，无日不惧祸也。

译文

我所经过的地方，千里萧条，民不聊生。生逢乱世，身处主宰军队百姓性命的高位，真的是人生的不幸。弟信中说英迈之气因为此而沮丧，对于兄来说，则不仅仅是志气沮丧而已，简直觉得无处不使心里疼痛，无日不惧怕灾祸发生。

评点

男儿英气多体现在军旅上，所以从古到今，许多男人都渴望杀敌建军功。然而，长年战争带给世界的是什么呢？正是曾氏所说的“千里萧条，民不聊生”。曾氏身为军营统帅，却认为这是“人生之不幸”，与那些以军功而沾沾自喜的人相比，的确展现出的是两个不同的人生境界。

□ 处此乱世寸心惕惕

原文

余意此时名望大损，断无遽退之理，必须忍辱负重，咬牙做去。待军务稍转，人言稍息，再谋奉身而退。

处兹乱世，凡高位、大名、重权三者皆在忧危之中。余已于三月六日入金陵城，寸心惕惕，恒惧罹于大戾。弟来信劝我总宜遵旨办理，万不可自出主意。余必依弟策而行，尽可放心。祸咎之来，本难逆料，然惟不贪财、不取巧、不沽名、不骄盈四者，究可弥缝一二。

译文

我认为这个时候名望大受损伤，绝对没有立即退休的道理，必须忍辱负重，咬紧牙关去做，待军情稍有变化，别人的指责稍有停止，再思考如何保全自身而退休。

身处如此乱世，凡高位、大名、重权这三者都在忧虑危险当中。我已在三月六日进入金陵城，心里警惕，时常担心遭遇大祸。弟来信劝我总宜遵照圣旨办事，万不可自己出主意。我必会依照弟的计策而行事，尽可放心。灾祸的到来，本难预料，然而唯有不贪财、不取巧、不沽名钓誉、不骄傲自满这四者，究竟可以弥补一二。

评点

拥有高位、大名、重权却常存警惕惧祸之心，这便是曾氏的与众不同之处。以修身来减轻灾祸，这是曾氏面临不测之局所采取的应对。

□ 以菲材居高位

原文

自以菲材久窃高位，兢兢栗栗，惟是不贪安逸，不图丰豫，以是报国家之厚恩，即以是稍息祖宗之余泽。

译文

我自认为是以菲薄之材而长久占据高位，战战兢兢，因而不贪安逸，不图丰豫，以此来报答国家的厚恩，也即以此来稍稍延长祖宗的余泽。

评点

大凡做大官者都自以为才高，许多事便坏在这个自以为上。曾氏居高位却自以为才不高，故而有愧歉之感，心存谨慎，不贪享乐，于是能够持盈保泰。

□ 清介谦谨

原文

沿途州县有送迎者，除不受礼物酒席外，尔兄弟遇之，须有一种谦谨气象，勿恃其清介而生傲惰也。

译文

沿途州县官员有送迎的，除不接受礼物和赴酒席外，你们兄弟遇到这种场合，必须有一种谦虚谨慎的态度，不要依恃自己的清介而生发出傲慢的情绪来。

评点

清介固然好，而冷淡傲慢等态度又常常是它的伴生物，这种态度显然不好。故曾氏提醒儿子，在与官场打交道时，既要清介，又要谦谨。

□ 危难之际断不可吝于一死

原文

余自咸丰三年募勇以来，即自誓效命疆场，今老年病躯，危难之际，断不肯吝于一死，以自负其初心。

译文

我自从咸丰三年募勇以来，即自我发誓以性命效力于战场，现在已是老年又兼病躯，在国家危难的时候决不愿舍不得一死，而违背自己当初的心愿。

评点

同治九年夏，天津城爆发大教案，正在休病假的直督曾氏，不顾自身的重病，决计奉旨赴天津处理此事。临行时，给两个儿子留下一封类似遗书的信件。其中便有上面的这几句话。其“效命疆场”的话，可参见黎庶昌编的曾氏年谱“咸丰三年”一节：曾氏“又以书遍致各府州县、士绅……其书中有‘不要钱，不怕死’二语，公所自矢者，一时称诵之”。

□ 盛气与自是

原文

见罗、瞿、江三县令，因语言不合理，余怒斥之甚厉，颇失为人上者泰而不骄、威而不猛之义。

九弟信，言古称君有铮臣，今兄有诤弟。余近以居位太高，虚名太大，不得闻规谏之言为虑。若九弟果能随事规谏，又得一二严惮之友，时以正言相劝勖，内有直弟，外有畏友，庶几其免于大戾乎！居高位者，何人不败于自是？何人不败于恶闻正言哉？

译文

见罗姓、瞿姓、江姓三位县令，因为说话不合道理，我愤怒斥责他们，态度很严厉，颇为有失处于上位者，应该安泰而不骄肆、威严而不猛烈之本义。

九弟信中讲，古人说君有铮臣，现在兄有诤弟。我近来所居的官位太高，虚名太大，以听不到规谏之言而忧虑。若是九弟果然能遇事规谏，又能得到一两个令我敬畏的朋友，时时以正言激励，内有直言的弟弟，外有令我敬畏的朋友，或许可以免去大过失！居高位者，何人不因自以为是而失败？何人不因讨厌听正直的话而失败？

评点

咸丰十年四月，朝廷任命曾氏署理两江总督，很快又令他正式担任江督之职，并带兵火速救援苏南。这是曾氏带兵七八年来所日夜渴望的地方实职，但在不知不觉间，因为实职实权的到来又增加了曾氏的盛气凌人与自大自是之感。这两段写于咸丰十年九月及十一月的日记，便是他对自己这种所暗中滋生的情绪的反思，并因此总结出“自是”、“恶闻正言”是居高位者失败的主要原因。

□ 修建富厚堂用钱七千串

原文

闻家中修整富厚堂屋宇用钱共七千串之多，不知何以浩费如此，深为骇叹！余生平以起屋买田为仕宦之恶习，誓不为之。不料奢靡若此，何颜见人？平日所说之话全不践言，可羞孰甚！

译文

听说家中修整富厚堂房屋，用钱共七千串之多，不知何有这样大的花费，深为此事恐惧叹息。我平生将起屋买田视为官场的恶习，发誓不为，不料家里竟奢侈靡费如此，何颜面见人？平时所说的话，完全不实行，还有比这更羞愧的吗？

评点

同治五年，欧阳夫人率子女离开南京回湘乡。这年冬天，在家建成新居，名曰富厚堂。这座建筑规模宏大，至今大致保持完好。现在所说的曾氏故居，就是富厚堂，但实际上，曾氏本人从未在此住过。曾氏一向节俭，花这么多的钱起屋，是与他的作风相违背的。过几天曾氏给儿子写了封信，信上说：“富圫修理旧屋，何以花钱至七千串之多？即新造一屋，亦不应费钱许多。余生平以大官之家买田起屋为可愧之事，不料我家竟尔行之。澄叔诸事皆能体我之心，独用财太奢与我意大不相合。凡居官不可有清名，若名清而实不清，尤为造物所怒。我家欠澄叔一千余金，将来余必寄还，而目下实不能遽还。”可知富厚堂的修建，在家主事的老四起了很大的作用，并且还借给大哥家一千多两银子，当然，欧阳夫人和纪泽、纪鸿兄弟一定是热心操办者。由此可知，即便是曾氏这样的表率，要做到“刑于寡妻，以至于兄弟”，也是很难的。

□ 愧悔八两银子打造银壶

原文

李翥汉言照李希帅之样打银壶一把，为炖人参、燕窝之用，费银八两有奇，深为愧悔。今小民皆食草根，官员亦多穷困，而吾居高位，骄奢若此，且盗廉俭之虚名，惭愧何地！以后当于此等处痛下针砭。

译文

李翥汉说按照李希庵的样子打造银壶一把，作为炖人参燕窝之用，花费银子八两多，深为惭愧悔恨。眼下小老百姓都吃草根，官员也多穷困，而我身居高位骄奢如此，而且偷得廉洁节俭的虚名，惭愧何极！以后应当在这些地方痛加检讨。

评点

历史上处曾氏权位的人，家中食用器皿全是金银的也不少，但曾氏却由八两银子打造银壶一事，想到食草根的小民，并因此而深为愧悔，的确难能可贵。

□ 宰相妨功者多

原文

陈汤斩郅支单于之首，匡衡抑其功，仅得封关内侯。郝灵荃得突厥默啜之首，宋璟抑其功，仅得授郎将。其后，汤以非罪而流，灵荃以恸哭而死。宰相妨功疾能，人之得伸于其志者多矣。

译文

陈汤斩郅支单于的脑袋，匡衡压抑他的功劳，仅得到关内侯的封爵；郝灵荃获得突厥默啜的首级，宋璟压抑他的功劳，仅得郎将的授予。之后陈汤以无罪而流放，郝灵荃以恸哭而死。宰相妨碍别人的功劳，害怕能干人伸展他的志向，这种事例很多。

评点

宰相乃人臣之极，他的职责为调和阴阳，用现代语言表述即为协调、平衡、整合国家大计。这种职能意味不必自己亲身建立多大的功业，而在于综合别人的功劳，于是宰相之选首在贤德。胸怀宽广，不嫉贤妒能，便是贤德的重要内容。曾氏晚年官拜武英殿大学士，也就是宰相了。这段读史札记，显然意在以匡衡、宋璟为戒。

□ 功高震主

原文

唐宣宗之立，不能平于李德裕，至毛发为之洒淅。此与霍光骖乘而宣帝芒刺在背者何以异？功高震主，或不无自伐之容，公孙硕肤，赤舄几几，此周公所以为大圣也。

译文

唐宣宗继位时，因李德裕权势煊赫心中不平以至于毛发寒栗，这与因霍光陪同而使得汉宣帝有芒刺在背之感有什么不同？功高震主，免不了有自我矜耀的表现，如同《诗经》中所说的“公孙壮健威武，脚上赤鞋高高翘起”。这就是周公之所以为大圣人的原因。

评点

功高震主，后果不妙。这一中国历史上常见的现象，翰林出身的曾氏是牢牢记在心中的，尤其在金陵打下后，他处处防患此一现象在他身上重演。曾氏为此给中国史册提供了一份成功避免功高震主现象再次出现的范例。

□ 人才以陶冶而成

原文

人才以陶冶而成，不可眼孔甚高，动谓无人可用。

译文

人才靠培养而成，不可以眼界很高，动不动就说没有人可以用。

评点

这是曾氏人才思想的一个很重要的内容，即领导者要主动培养人才，他曾经说过“山不能为大匠别生奇木，天亦不能为贤主更生异人”，而在于主事者去发现去培养。

□ 一省风气依乎数人

原文

治世之道，专以致贤养民为本。其风气之正与否，则丝毫皆推本于一已之身与心，一举一动，一语一默，人皆化之，以成风气。故为人上者，专重修身，以下之效之者速而且广也。

一省风气依乎督抚司道及首府数人，此外官绅皆随风俗为转移者也。周弢甫将赴上海催饷，禀辞畅谈，余勉之以维持风教，勿自菲薄，引顾亭林《日知录》“匹夫之贱，与有责焉”一节以勖之。

译文

治理社会的办法，一心以致贤养民为本。它的风气正还是不正，则点点滴滴都在于一己的身与心，一举一动，一句话一次沉默，别人皆受影响，以形成风气，故而处于众人之上者一心一意注重修身，以使得属下学习成效快而且广。

一个省的风气，依赖于总督、巡抚、两司、道员及首府几个人，此外的官吏绅士，都随风俗而转移。周弢甫将到上海催饷，前来辞行，彼此畅谈。我勉励他维持风俗教化，不要妄自菲薄，引顾炎武《日知录》中的“匹夫虽贱也有责任”一节来鼓励他。

评点

古话说“贤者在位，能者在职”，在位者尤其是在高位者，不仅有决策和指导的作用，更有引导人心的作用。多数人心之所向，即为一时之风俗，所以处高位者贤德最为重要。

□ 督抚之道与师道无异

原文

为督抚之道，即与师道无异。其训饬属员殷殷之意，即与人为善之意，孔子所谓“诲人不倦”也；其广咨忠益，以身作则，即取人为善之意，孔子所谓“为之不厌”也。为将帅者之于偏裨亦如此，为父兄者之于子弟亦如此，为帝王者之于臣工亦如此，此皆以君道兼师道，故曰“作之君，作之师”，又曰“民生于三，事之如一”，皆此义尔。

译文

做督抚与做教师，这中间的道理没有不同。他训饬下属的殷切之情，即是与人为善之意，也就是孔子所说的诲人不倦；他广泛咨询有益的忠告，以身作则，即是取人为善之意，也就是孔子所说的为之不厌。做将帅的对偏裨也是这样，做父兄的对于子弟也是这样，做帝王的对臣子也是这样。这都是以为君之道而兼为师之道，故而说“作为君王，作为教师”，又说“民众对于君、亲、师，服侍的心态是一样的”，都是说的这个意思。

评点

督抚与教师，有相同处，有不相同处。相同处即曾氏这段话中所说的，不同处是督抚握有大权，他可以使属下得到荣耀和俸禄，做教师的没有这个权，但做教师的通常对弟子有情义，而这一点做督抚的没有。曾氏之所以要将督抚与教师连在一起，即希望督抚也能像教师一样对属下有情义。曾氏自己做到了。人们称赞他对部属“有师弟督课之风，有父兄期望之意”。

□ 办事的方法

原文

为政之道，得人、治事二者并重。得人不外四事，曰广收、慎用、勤教、严绳。治事不外四端，曰经分、纶合、详思、约守。操斯八术以往，其无所失矣。

近日公事不甚认真，人客颇多，志趣较前散漫。大约吏事、军事、饷事、文事，每日须以精心果力，独造幽奥，直凑单微，以求进境。一日无进境，则日日渐退矣。以后每日留心吏事，须从勤见僚属、多问外事下手；留心军事，须从教训将领、屡阅操练下手；留心饷事，须从慎择卡员、比较入数下手；留心文事，须从恬吟声调、广征古训下手。每日午前于吏事、军事加意，午后于饷事加意，灯后于文事加意。以一缕精心，运用于幽微之境，纵不日进，或可免于退乎？

每日应办之事，积搁甚多。当于清早，单开本日应了之件，日内了之，如农家早起分派本日之事，无本日不了者，庶积压较少。

译文

处理政事的法则，是得人与治事二者并重。得人不外乎四件事，即广泛收受、谨慎使用、勤加教诲、严格管理；治事不外乎四点，即分析、综合、详细思考、简约把守。掌握这八种方法去处理政事，则不会有失手的。

近日里对公事不很认真，人客较多，志趣比以前散漫。大约吏事、军事、饷事、文事，每天必须以精心强力去独自走进幽深，直奔细微之处，以求得进一步的境地。一日没有进步，则一天天地渐渐退后了。以后每天留心吏事，必须从勤于接见僚属、多询外间事情下手；留心军事，必须从教训将领、多次检阅操练下手；留心饷事，必须从谨慎选择厘卡办事人员、比较进款下手；留心文事，必须从长吟声调、广泛征考古训下手。每天午前在吏事、军事上多加注意，午后在饷事上多加注意，上灯后在文事上多加注意，以一股子精心用在深入细致之处，即便不每天进步，或许可以免于退后吧！

每天应办的事积压很多，应当在一清早开出清单来，写明今天应了结的事，则本日内了结，好像农家早上起来分派今天的事情一样，没有今天不了结的，这样或许积压较少。

评点

这三段日记说的是办事。曾氏每天面对的公务自然多得很，他怎么来处置呢？这里告诉我们：一要找出本职工作的最主要事情是什么，办这些事情的最重要的方法是什么。二是办好事情的实处应落在哪里。三要制定每天的工作指标。

□ 保举太滥

原文

国家以生杀予夺之权授之督抚将帅，犹东家以银钱货物授之店中众伙。若保举太滥，视大君之名器不甚爱惜，犹之贱售浪费，视东家之货财不甚爱惜也。介之推曰：窃人之财，犹谓之盗，况贪天之功以为己力乎！余则略改之曰：窃人之财，犹谓之盗，况假大君之名器以市一己之私恩乎！余忝居高位，惟此事不能力挽颓风，深为惭愧。

译文

国家将生杀予夺的权力交给督抚将帅，好比东家将银钱财物交给店中的众伙计。若是保举太滥，不爱惜名器，好比贱卖浪费，对东家的财物不很爱惜。介之推说：“偷别人的财物，都称之为盗窃，何况贪天之功据为己有哩！”我则略微改动，说：“偷别人的财物，都称之为盗窃，何况借国家的名器，来换取别人对你一人的感激哩！”我忝居高位，惟有此事不能力挽颓风，深引为惭愧。

评点

湘军军营的保举之风，曾泛滥到令人难以相信的地步。每打一仗，保举单内的人名多达数百，连从未进过军营的人也在保举之列，甚至刚生下来的小孩名字也造进去了。之所以如此，原因虽多种多样，但为了私利而败坏国家法规这一点是相同的，其结果是造成晚清吏治的腐败透顶。曾氏一人也无法扭转这股风气，作为湘军统帅，他只有惭愧而已。

□ 不轻于兴作

原文

古圣王制作之事，无论大小精粗，大抵皆本于平争、因势、善习、从俗、便民、救敝。非此六者，则不轻于制作也。吾曩者志事以老庄为体，禹墨为用，以不与、不遑、不称三者为法，若再深求六者之旨而不轻于有所兴作，则咎戾鲜矣。

译文

古代圣明君王关于制作方面的事无论大小精粗，大致都本着平争、因势、善习、从俗、便民、救敝六个原则，不属于这六点，则不轻于制作。我过去的想法是以老庄之道为体，以大禹墨子的行为为用，以不占有、不安逸、自认不称职为准则，若是再深为探求这六点的要旨而不轻于兴作，则获咎就少了。

评点

曾氏一生崇尚俭朴，拒绝奢华。家中兴建房屋耗钱七千串，他深为恐骇。身处两江总督衙门，他偶至西花园观玩，便“深愧居处太崇，享用太过”（同治十年十一月二十九日记）。这段日记所说的“不轻于兴作”，出于他一贯的作风。

□忍　耐

原文

“耐”乎。不为大府所器重，则耐冷为要；薪米或时迫窘，则耐苦为要；听鼓不胜其烦，酬应不胜其扰，则耐劳为要；与我辈者，或以声气得利；在我后者，或以干请得荣，则耐闲为要。安分竭力，泊然如一无所求者，不过二年，则必为上官僚友所钦属矣。此二年中，悉力讲求捕盗之法，催科之方，此两事为江南尤急之务，一旦莅任，则措之裕如。人见其耐也如此，又见其有为如彼，虽欲不彪炳，其可得乎？

译文

忍耐吧！不为上司所器重，则以忍耐冷寂为要务；银钱上可能有时窘迫，则以忍耐清苦为要务；公事不胜其烦，应酬不胜其扰，则以忍耐劳累为要务；同辈的或许有以名声得利益，后进的或许有以巴结而得荣耀，则以忍耐闲散为要务。安于分内所得竭尽全力去做事，淡泊得好像一无所求的人，不过两年，则必定会被上司和同事所钦佩。

这两年中，努力去讲求抓捕盗贼、催收钱粮的方法，这两件事在江南尤为急务。一旦到任视事，则会处置自如。别人见到这个人在忍耐上能那样，在办事上又能这样，即便不想有好名声，可能吗？

评点

忍耐是什么？忍耐即接受自己所不愿意接受者。为什么要忍耐？因为忍耐可以给人带来好处。有些职业特别需要忍耐，而忍耐之后又能给人带来特别大的好处，做官便是一例，故而许多做官者或本身就具备或磨炼后再具备这种本事。有许多人天生没有这种本事，故而无论如何不进官场，王冕是个典型；也有许多人再怎么磨炼也炼不出这种本事，于是半途辞官，陶渊明是个典型。王冕、陶渊明被抬得很高，说他们人品高洁，其实，或许不是人品的问题，而是他们性格的问题，即他们性格上缺乏忍耐这一点。

这段话与上面所抄的那段话，都出自道光二十六年给黄廷赞的信。

□ 璞玉之浑含

原文

外吏之难，盖十倍于京辇。大约佩韦多休，佩弦多咎，而阁下尤为要务。……语曰：“察见渊中鱼者不祥。”愿阁下为璞玉之浑含，不为水晶之光明，则有以自全而亦不失已。

译文

在地方上做官，其困难十倍于京官。大约是性子慢则事不成，性子急则多差错，而您尤其要注意这一点。古话说“把深水中的鱼看得很清楚则招致不祥”，愿您做浑含的璞玉，不做剔透的水晶，如此则可以自我保全而不会有过失。

评点

曾氏认为君子所应具有的美德有八种，其一为浑，即浑含，也就是说有时需要模糊一点，不必时时事事都精明剔透。聪明固然好，但有时聪明反被聪明累。水晶固然耀眼，但过于耀眼者则易于遭损害，反不如藏在石头中的美玉能自爱自保。

□ 持其大端

原文

国家政体，当持其大端，不宜区区频施周罔，遮人于过。即清厘籍贯一事，亦谓宜崇宽大，未可操之太切，使人欲归不得，欲留不许，进退获尤，非盛朝宏采庶士之谊。

译文

国家的体制应当注重掌握大计，不宜在小处频繁设置网罗，逮住别人的过失。即就清理籍贯一事而言，也应该推崇宽大的政策，不可操之太切，使人归留都不得许可，进退都获咎，这不是兴旺王朝对待普通士人的做法。

评点

治理国家，当持大端，当取宽大，不宜过于苛严。这是由历史证明的经验。法家之所以不能长久，其失便在于“频施周罔”。

□ 不收分外银钱

原文

国藩近况本窘迫，然际此岁年，即更得江浙试学差，尚忍于廉俸之外，丝毫有所取耶？外顾斯民，内顾身累，虽同一无可奈何，然当此之时，区区身家之困穷，奚足言哉，况困穷尚未甚耶？

译文

我近来的经济状况是窘迫，但处在这样的年月，即便再得一次江浙一带的乡试主考或学政之差，还能够忍心于养廉费与俸禄之外收取丝毫银钱吗？外看看百姓，内看看自家，虽然都无可奈何，但在目前的情况下，区区一家的穷困又算得什么？何况穷困还不至于很厉害。

评点

翰林时期的曾氏，收入来源不多，家境并不宽余，这是因为翰林院清闲无实权，翰林的额外收入主要靠外放主考或学差，凭此差事可以收取廉俸之外的银钱。曾氏认为，当此国困民穷的时期，若自己即便放差江浙富裕之地，也不应收分外之银钱。

□ 三大患

原文

国藩尝私虑，以为天下有三大患：一曰人才，二曰财用，三曰兵力。

译文

我曾私下考虑到天下有三大忧患，一为人才，一为财用，一为兵力。

评点

曾氏的私下忧虑，后来公开地向咸丰皇帝陈述。道光三十年三月，他在《应诏陈言疏》中说："今日所当讲求者，唯在用人一端耳。"又说："将来一有艰巨，国家必有乏才之患。"咸丰元年三月，他在《议汰名疏》中说："臣窃维天下之大患，盖有两端：一曰国用不足，一曰兵伍不精。"国用即财用，故而他接下来说："至于财用之不足，内外臣工，人人忧虑。"不久的事实便充分证明曾氏指出的这三点，正是当时最为要紧的三大弊端。

□ 捐去陋伪

原文

簪绂之荣，骄人之态，虽在不肖，犹能涤此腥秽；足下乃以衔版见投，毋乃细人视我而鄙为不足深语？今亦不复相璧，但求捐此陋伪，而时以德言箴我，幸甚无量！

译文

仗着高官的荣耀，露出骄人的态度，即便是我这样的不肖者也能洗去这种恶习。你将我的信件再装好寄回，岂不是以小人看待我，鄙视我不足以与你深谈吗？我现在也不把你的信退还，请去掉这种丑陋的虚伪，而时常以道德良言规劝我，那将是太好的事了。

评点

清代的习俗，对于达官贵人的来信要退回，意谓我不敢收受你的信件。曾氏视此为“陋伪”，劝友人今后再不要这样做。

□ 乱世须用重典

原文

方今之务，莫急于剿办土匪一节。会匪、邪教、盗贼、痞棍数者，在在多有。或啸聚山谷，纠结党羽，地方官明明知之而不敢严办者，其故何哉？盖搜其巢穴有拒捕之患，畏其伙党有报复之惧，上宪勘转有文书之烦，解犯往来有需索之费。以此数者踌躇于心，是以隐忍不办，幸其伏而未动，姑相安于无事而已。岂知一旦窃发，辄酿成巨案，劫狱戕官，即此伏而未动之土匪也。然后悔隐忍慈柔之过，不已晚哉？

自粤匪滋事以来，各省莠民，常怀不肖之心，狡焉思犯上而作乱，一次不惩，则胆大藐法；二次不惩，则聚众横行矣。

刻下所急，惟在练兵、除暴二事。练兵则犹七年之病，求三年之艾；除暴则借一方之良，锄一方之莠。故急急访求各州县公正绅耆，佐我不逮。先与以一书，然后剀切示谕之。

自知百无一能，聊贡此不敢畏死之身，以与城中父老共此患难。

义不敢潜身顾私，以自邻于退缩畏死者之所为。

三四十年来一种风气：凡凶顽丑类，概优容而待以不死。自谓宽厚载福，而不知万事堕坏于冥昧之中。浸渍以酿今日之流寇，岂复可暗弱宽纵，又令鼠子锋起？

三四十年来，应杀不杀之人充满山谷，遂以酿成今日流寇之祸，岂复可姑息优容，养贼作子，重兴萌蘖而贻大患乎？

二三十年来，应办不办之案，应杀不杀之人，充塞于郡县山谷之间。民见夫命案、盗案之首犯，皆得逍遥法外，固已藐视王章而弁髦官长矣。又见夫粤匪之横行，土匪之屡发，乃益嚣然不靖，痞棍四出，劫抢风起，各霸一方，凌藉小民而鱼肉之。鄙意以为宜大加惩创，择其残害于乡里者，重则处以斩枭，轻亦立毙杖下。戮其尤凶横者，而其党始稍戢，诛其尤害民者，而良民始稍息。但求于孱弱之百姓少得安恬，即吾身得武健严酷之名，或有损于阴□慈祥之说，亦不敢辞。

世风既薄，人人各挟不靖之志，平居造作谣言，幸四方有事而欲为乱，稍待之以宽仁，愈嚣然自肆，白昼劫掠都市，视官长蔑如也。不治以严刑峻法，则鼠子纷起，将来无复措手之处。是以壹意残忍，冀回颓风于万一。书生岂解好杀，要以时势所迫，非是则无以锄强暴而安我孱弱之民。

译文

当今的要务，莫急于剿办土匪一事。会党、邪教、盗贼、痞棍等等，各地多有，或者啸聚于山林之中，纠合结成党羽，地方官明明知道而不敢严厉办理，原因在哪里呢？这是因为搜查他们的巢穴，则有拒捕的担心；害怕他们的同伙，则是恐惧于他们的报复；上司查勘，则有文书往返的麻烦；押解罪犯，则会有银钱的开支。有这几点在心里考虑，于是隐瞒忍耐而不办理。庆幸他们潜伏而未犯事，则姑且彼此相安无事。谁知一旦发作，辄酿成大案，那时的劫牢房杀官吏，就是现在潜伏未动的土匪。然而到时后悔隐忍仁慈的过失，不是已经晚了吗？

自从粤省匪徒闹事以来，各省坏人常怀不测之心，狡诈地想着要犯上作乱，一次不惩办，则胆大藐视法律，二次不惩办，则聚众横行霸道了。

眼下所急的，唯在练兵与除暴两件事。练兵，则好比患了七年的老病，要求取长了三年的艾蒿；除暴，则是借一方之良才，锄一方之莠草。所以急切访求各州县的公正绅士耆宿，对我的能力所不及处予以帮助，先给各位一封信，然后再恳切地告谕大众。

我自知百无一能，姑且贡献这具不敢怕死的身躯，借以与城中父老共度患难。

受道义责备不敢隐居山乡只顾一己之私，从而与畏缩怕死者的作为相近。

三四十年来已形成一种风气，凡是凶狠顽梗的坏人，一概优容对待不杀，自以为是宽厚载福，而不知万事都坏在不知不觉中，逐渐积累而酿成今天的流寇，怎么能再加以软弱宽纵，又令鼠辈涌起呢?

三四十年来，应该诛杀却没有诛杀的人，充满山林，于是酿成今日的流寇之祸，怎么可以再姑息优容，养贼作子，重新生发新芽而贻下大患吗?

二三十年来，应该办理而没有办理的案件，应该诛杀而没有诛杀的人，充塞于府县山林之中，百姓看到那些命案、盗案的首犯们都得以逍遥法外，已经是藐视王法而看不起官长了。现在又看到粤匪的横行霸道、土匪的屡屡闹事，于是更加气焰嚣张，痞子四处活动，抢劫成风，各霸一方，欺凌百姓，将他们当作砧板上的鱼肉看待。我的意思是应该大加惩处，选择那些残害乡里者，重则杀头示众，轻则立即用棍子打死。杀戮那些特别凶恶横蛮的，他的党羽便会稍稍收敛；诛杀那些特别危害民众的，则良民才可得到稍稍安息。但求孱弱的老百姓稍微得到一点安宁，即便我一人得严酷好用刑戮的名声，或者招来有损于阴德与慈祥的指责，也不敢推辞。

世风既已浇薄，人人各自挟着不安宁的心愿，平日里制造谣言惑众，侥幸四方闹事而乘机作乱，稍稍以宽仁相待，则愈加嚣张不已，大白天抢劫都市，无视官长的存在。若不以严刑峻法治理，则鼠辈群起，将来则找不到下手之处，于是一意孤行残忍，希望能挽回颓风于万分之一。哪里是书生喜好杀人，的确是为时势所迫，不如此则无以锄去强暴而安定我孱弱民众。

评点

这几段话均出自于咸丰二年十二月至咸丰三年二月间曾氏的书信。这些书信有的是致友人的私信，有的是致州县官吏的公信。咸丰二年十二月，曾氏几经思考后，终于奉旨出山，担任湖南的团练大臣。当时的背景是，太平军于五月间从广西进入湖南，一路北上，七月抵达长沙城外，攻城八十多天未下，不得已放弃长沙，绕道益阳、岳州，大军于十一月离开湖南占领武汉。经过半年战争的破坏，旧秩序遭受致命冲击，面临着摇摇欲坠的形势，各种旧秩序的反对者毫无顾忌地纷纷出动，湖南的局面尤其是乡村的局面完全失控。处在这种形势下，初出山的曾氏决心以申韩法家之术来整治社会，即严刑峻法，大开杀戒。即便由此招来指责，他亦在所不惜。所录的这几段话说的都是这个大宗旨。

□ 痛恨不白不黑不痛不痒之风

原文

二三十年来，士大夫习于优容苟安，揄修袂而养婀步，倡为一种不白不黑、不痛不痒之风。见有慷慨感激以鸣不平者，则相与议其后，以为是不更事，轻浅而好自见。国藩昔厕六曹，目击此等风味，盖已痛恨刺骨。今年承乏团务，见一二当轴者，自藩弥善，深闭固拒，若惟恐人之攘臂而与其间也者，欲固执谦德，则于事无济，而于心亦多不可耐，于是攘臂越俎，诛斩匪徒，处分重案，不复以相关白。方今主忧国弱，仆以近臣而与闻四方之事，苟利民人，即先部治而后上闻，岂为一己自专威福？所以尊朝廷也。

国藩从宦有年，饱阅京洛风尘，达官贵人优容养望，与在下者软熟和同之象，盖已稔知之而惯尝之。积不能平，乃变而为慷慨激烈，轩爽肮脏之一途。思欲稍易三四十年来不白不黑、不痛不痒、牢不可破之习，而矫枉过正，或不免流于意气之偏，以是屡蹈愆尤，丛讥取戾，而仁人君子固不当责以中庸之道，且当怜其有所激而矫之之苦衷也。……大局糜烂至此，志士仁人，又岂宜晏然袖视，坐听狂贼之屠戮生灵，而不一省顾耶？

译文

二三十年来，士大夫习惯于优裕苟且偷安，崇尚宽袍大袖而修养和悦舒缓的步履，提倡一种不白不黑不痛不痒的风气，看到有慷慨激昂打抱不平的人，则互相议论于后，以为这是不懂事轻薄疏浅而好表现。我先前任职六部，眼见这种风气，已痛恨刺骨。今年办理团练，看到一两个负重责者，自我防范甚严，深自封闭顽固拒绝他人，好像唯恐别人奋臂在他的辖地似的。倘若固执谦虚美德，则于事无补，而自己的心也多有不可忍耐，于是奋臂越俎代办诛杀匪徒，处理重大案件，不再通告有关衙门。当今皇上忧愁国势孱弱，我以天子近臣而参与地方之事，只要于民众有利，即先部署处治而后报告朝廷。哪里是想自己一人专断威福，是为了尊重朝廷啊！

我做官多年，饱阅京城风俗，对于达官贵人过着优裕而培养声望的日子，与下属们和和气气抱成团的现象，已经很清楚并且经常体会到。长久的不平积于胸中，于是变而为慷慨激烈轩昂刚直一路，想稍稍改变三四十年来不白不黑不痛不痒又牢不可破的习俗，于是矫枉过正，或者不免有些意气用事，因为此屡次招致罪责埋怨，以及讥讽谩骂。至于仁人君子，本不应该以中庸之道来责备，而且应当怜悯他是有所逼激而矫枉过正的苦衷。大局糜烂到这种地步，志士仁人又岂能安然袖手旁观，坐视狂贼屠杀生灵而不一顾念呢？

评点

这两段话都写在咸丰三年十二月，一是写给龙启瑞的，一是写给黄淳熙的。这年七月，曾氏离开长沙移署衡州府。为什么离开省城呢？原来，曾氏因行严刑峻法而与长沙文武官场不和，当时的湖南巡抚骆秉章又偏袒对方，令曾氏心中压抑愤懑。刚到衡州府不久，曾氏给骆写了一封信。信中说：“侍今年在省所办之事，强半皆侵官越俎之事。以为苟利于国苟利于民，何嫌疑之可避，是以贸然为之。自六月以来，外人咎我不应干预兵事。永顺一案，竟难穷究。省中文武员弁皆知事涉兵者，侍不得过而问焉。此语揭破，侍虽欲竭尽心血，果何益乎？是以抽掣来此。”当时官场的风气便是不白不黑不痛不痒，长沙作为湖南的省会，此种风气尤为明显，曾氏终于孤掌难鸣，遂避走衡州。然此心耿耿，这两段话便是对朋友的内心发泄。

□ 无地方实权不能带兵

原文

“讨贼则可，服官则不可”，义正辞严，何能更赞一语？惟今日受讨贼之任者，不若地方官之确有凭借。晋、宋以后之都督三州、四州、六州、八州军事者，必求领一州刺史。唐末之招讨使、统军使、团练使、防御史、处置应援等使，远不如节度使之得势，皆以得治土地人民故也。

译文

“讨伐贼军则可，做官则不可”，义正辞严，何能再说一句话呢？

只是今日接受讨贼之任的人，不如地方官的确有依凭。晋、宋以后的统率三州、四州、六州、八州军事者，必定请求担任一州刺史。唐末的招讨使、统军使、团练使、防御使、处置应援等使，远不如节度使的得势，都是因为刺史、节度使直接治理土地人民的缘故。

评点

这是咸丰八年九月给胡林翼信中的一段话。这年七月，胡之老母病逝，胡辞职回原籍守丧。身任鄂抚之职的胡林翼关系重大，许多人都劝他夺情起复，曾氏更是盼望胡早日回任。胡回信给曾，说“讨贼则可，服官则不可”。针对这两句话，曾氏发表了自己的看法，认为若不任实职，则讨贼多受掣肘。曾氏引前史为例，实际上吐的是自己的苦水。曾氏领军多年，至今仍无地方实职，诸多不便。咸丰七年六月，在籍守职的曾氏，向朝廷讲述他带湘军五年来的难处，最后总结为：“以臣细察今日局势，非位任巡抚有察吏之权者，决不能以治军。”

□ 先乱是非而后政治颠倒

原文

窃观自古大乱之世，必先变乱是非，而后政治颠倒，灾害从之。屈平之所以愤激沉身而不悔者，亦以当日是非淆乱为至痛，故曰“兰芷变而不芳，荃蕙化而为茅”，又曰“固时俗之从流，又孰能无变化”，伤是非之日移日淆，而几不能自主也。后世如汉、晋、唐、宋之末造，亦由朝廷之是非先紊，而后小人得志，君子有皇皇无依之象。推而至于一省之中，一军之内，亦必是非不诡于正，而后其政绩少有可观。赏罚之任，视乎权位，有得行，有不得行。至于维持是非之公，则吾辈皆有不可辞之任。顾亭林先生所称“匹夫与有责焉”者也。

译文

我私下观察自古来大乱之世，必定首先乱了是非，而后政治颠倒，灾害跟从而来。屈原之所以因激愤投江而不后悔，也是以当时是非淆乱为最大痛苦，故而说“兰芷变得不芳香，荃蕙化为茅草”，又说“时俗是随从大流的，又怎能不变化”，哀伤是非一天天变化淆乱，自己几乎不能做主。后世如汉、晋、唐、宋之末世，也是因为朝廷的是非先混乱，而后小人得志，君子则有皇皇无依附的感觉。推而至于一省之中、一军之内，也必定因是非不正，而后政绩少有可观。赏罚的执行，要看权与位，有的得以行，有的不得以行，至于维持是非的公道，则我们都有不可推卸的责任，这就是顾炎武所说的“匹夫有责”也。

评点

这是咸丰八年十一月写给沈葆桢的信，此时沈在江西做广信知府。沈能干而性情狷介，与流俗不合。大约他向曾氏述说遭遇是非不公等等，曾氏遂写了这样一封谈是非的信。信中所说大乱之世必先乱是非而后政治颠倒，的确乃不刊之论。这实际上是把乱的责任推到当政者身上。

□ 再次出山改变做法

原文

国藩昔年锐意讨贼，思虑颇专，而事机未顺，援助过少，拂乱之余，百务俱废，接人应事，恒多怠慢，公牍私书，或未酬答，坐是与时乖舛，动多龃龉。此次再赴军中，销除事求可、功求成之宿见，虚与委蛇，绝去町畦，无不复之缄咨，无不批之禀牍，小物克勤，酬应少周，借以稍息浮言。

译文

我过去锐意征讨贼军，思虑上颇为专一，但事机不顺，援助很少。不顺心时百务俱废，接人待物多有怠慢，公牍私函，有的也没酬答。因为此而与时乖舛，动辄多龃龉。此次再次领军，消除事情求办好功业求获得的成见，虚情假意应付，根除心中的芥蒂，没有不回复的信件，没有不批答的禀牍，小事上都做到勤勉，应酬稍微周到，借以略为止息浮言闲语。

评点

曾氏领军五年，挫折多多。咸丰七年二月回籍守父丧期间，痛定思痛，终于大悔大悟，其原盖因过于刚直，过于操之急迫。咸丰八年六月再度出山时，遂一改旧习，着力在人事关系上下工夫。其好友欧阳兆熊称他是从申韩之学变为老庄之学。

□用　人

原文

取利多而民怨、参劾多而官谤，有以此见告者，非不当自省，但不宜以郁畜心中耳。吾辈所慎之又慎者，只在“用人”二字上，此外竟无可着力之处。古人云：“吾辈若从流俗毁誉上讨消息，必至站脚不牢。”侍平日短处亦只是在毁誉上讨消息，近则思在用人当否上讨消息耳。

译文

从百姓中获取利润多则民众怨恨，参劾别人多则官员诽谤，有将这方面消息来告知者，不是不应当自我反省，只是不宜将郁闷之情长留心中。我们慎之又慎的，只在用人两个字上，此外竟然没有可致力之处。古人说："若是从流俗的毁与誉上来思考，必然会导致站不牢脚跟。"我平日里的不足之处，也只是在毁与誉上思考，近日则在用人当否上思考。

评点

凡做事的官员必定会招来指责，所以当有"不从流俗毁誉上讨消息"的气度，不过，做事的动机和目的都应当是正大光明的。这个宗旨明确之后，剩下第一须注意的便是用人。倘若用个歪嘴和尚念经，再好的经书也会被他读歪了。

□ 宦途人情薄如纸

原文

宦途人情，薄本似纸，不独苏省为然，即他省亦如出一辙；不独节、寿各例款为然，即借出之项、赔出之款，一旦本官物故，便尔百呼罔应。

译文

官场上的人情本来就像纸一样的薄，不独江苏省这样，即使别的省也一个样，不独过节祝寿各项例款是这样，即使是借款赔款，一旦经手的官员去世，便随之百呼不应。

评点

人情薄如纸，本是人世通例，然在官场上，这点尤为明显。这是因为官场是通过权势来运作利益的。此人听从彼人，并非出自于情感上的敬或爱，而是由于利益的驱使，若彼人不能再给此人利益，此人也便不需再听从彼人了。通常造成这种情形的出现，是因为彼人权势的失落。故而做官者一旦失去权势，便立刻门前冷落车马稀，乃是最正常不过的事了。

□ 人心日非吏治日坏

原文

惟志所规，实不克践。推之齐家、治身、读书之道，何一不然？故弟近不课功效之多寡，但课每日之勤惰。来示企望鄙人于将来者，即以此语卜之，自揣此后更无可望，但当守一勤字，以终吾身而已。至于千羊之裘，非一腋可成；大厦之倾，非一木可支。今人心日非，吏治日坏，军兴十年，而内外臣工惕厉悔祸者，殆不多见，纵有大力匡持，尚恐澜狂莫挽，况如弟之碌碌乎？

译文

只是心中所规划的，实在是不能实现，推之于齐家、治身、读书方面的道理，哪一样不如此？故而我近来不去考查功效的多少，但考查每天的勤惰，来信对我将来的期望，也用这句话来预作安排。自我揣测以后更没有可指望的，只是守定一个勤字以终生罢了。至于千张羊皮缝就的大袍，不是一个腑窝的羊皮所能成就的，一座大厦将要倾倒，不是一根木头可以支撑的，现在人心日非，吏治日坏，战争爆发十年，而朝廷内外的官员警惕忏悔者不多见，纵有大力来扶持，尚且或许不能挽回狂澜，何况像我这样的碌碌无为者呢！

评点

这是咸丰九年十二月写给吴廷栋的一段话。吴是曾氏当年在京师时的好朋友，一起研习程朱理学。对这样的老朋友，曾氏说的是推心置腹的话。曾氏认为时局不可挽回，其原因是“人心日非，吏治日坏”。将人心与吏治联系起来考虑是很有道理的。倘若人心已非而吏治不坏的话，时局还是有指望的，因为有好的管理者，混乱的秩序和纲纪还可以重新整治；若吏治一坏即管理者自身混乱的话，则天下就将大乱不已，要想再澄清，便只有来一番彻底改造，也就是说整个的管理系统要全盘更换。

□ 屏去虚文力求实际

原文

方今东南糜烂，时局多艰，吾辈当屏去虚文，力求实际，或者保全江西、两湖，以为规复三吴之本。整躬率属，黜浮崇真，想阁下亦有同情也。

译文

当今东南一带已完全烂掉，时局多艰，我们应当去掉虚华形式，力求实际，或者可以保全江西及湖南湖北，作为收复三吴的根本。整治自身率领部属，罢除浮华崇尚本真，想必您对此亦有同感。

评点

咸丰十年闰三月，太平军一举荡平江南大营，并乘胜连下丹阳、常州、无锡、苏州、江阴等城市，这就是曾氏所说的“东南糜烂”。四月下旬，朝廷命曾氏署理两江总督，迅速带兵赶赴苏南。五月中旬，曾氏写信给湘军水师统领杨岳斌，说他将要到水师去考察，“请阁下告诫各营，无迎接，无办席，无放大炮，除黄石矶三五里外，上下游各营，均不必禀见”，接下来便有了上录的这段话。其要旨为，时局艰难，当办实事而力去虚文。

□ 宁取乡气不取官气

原文

求人之道，须如白圭之治生，如鹰隼之击物，不得不休。又如蚨之有母，雉之有媒，以类相求，以气相引，庶几得一而可及其余。大抵人才约有两种：一种官气较多，一种乡气较多。官气多者好讲资格，好问样子，办事无惊世骇俗之象，语言无此防彼碍之弊。其失也奄奄无气，凡遇一事，但凭书办家人之口说出，凭文书写出，不能身到、心到、口到、眼到，尤不能苦下身段去事上体察一番。乡气多者好逞才能，好出新样，行事则知己不知人，语言则顾前不顾后。其失也一事未成，物议先腾。两者之失，厥咎维均。人非大贤，亦断难出此两失之外。吾欲以“劳苦忍辱”四字教人，故且戒官气而姑用乡气之人，必取遇事体察、身到、心到、口到、眼到者。赵广汉好用新进少年，刘晏好用士人理财，窃愿师之。

译文

寻求人才的法则，必须像白圭的经商，像老鹰的夺物，不得到决不休止。又好比青蚨的有母，雉类的有雉媒，以类属互相追求，以声气互相吸引，如此或许得一个而可旁及其余。大抵人才有两种类型，一种是官气较多，一种是乡气较多。官气多的，好讲资格，好在乎表面模样，办事无惊世骇俗的表现，说话没有伤及别人的弊病。他的缺失，在于奄奄无气，凡遇到一件事，仅凭秘书、家人的话为定，依靠文书来办公文，不能自己身到、心到、口到、眼到，尤其不能放下身段去吃苦，去为此事体验一番。乡气多者，好逞才能，好出新样，做事则只知道自己不顾别人，说话则顾前不顾后。其缺失在一事未成则外界的议论已蜂起。两者在缺失上都差不多。人不是大贤，也绝对难出这两个缺失之外。我希望以劳苦忍辱四个字教人，所以且戒官气而姑且用乡气之人，必须用遇事能亲身体察，能身到、心到、口到、眼到者。赵广汉好用新进少年，刘晏好用士人理财，我愿意师从他们。

评点

曾氏将人才分为官气与乡气两大类。所谓官气，即官场习气。所谓乡气，即乡野习气。沾染官气的人，虽有稳重、圆熟的优点，却有天生不愿亲身吃苦办事的大缺点。曾氏组建湘军，其目的在于办实事，尽管乡气者也有许多缺点，却有肯任事的优点，故而他宁愿用乡气者。

□ 在乎得人而不在乎得地

原文

中兴在乎得人，不在乎得地。汉迁许都而亡，晋迁金陵而存。拓拔迁云中而兴，迁洛阳而衰。唐明皇、德宗再迁而皆振，僖宗、昭宗再迁而遂灭。宋迁临安而盛昌，金迁蔡州而沦胥。大抵有忧勤之君，贤劳之臣，迁亦可保，不迁亦可保；无其君，无其臣，迁亦可危，不迁亦可危。鄙人阅历世变，但觉除得人以外，无一事可持。

译文

中兴在于得人，而不在于得地。东汉迁都许昌而亡，东晋迁都金陵而存，拓拔迁都云中而兴，迁都洛阳而衰，唐明皇、唐德宗两次迁徙而都振兴，唐僖宗、唐昭宗两次迁徙而遭灭亡，南宋迁都临安而盛昌，金迁都蔡州而沦亡。大抵有忧患勤政的君王贤良耐劳的大臣，迁都也可保全，不迁都也可保全，没有这样的君这样的臣，迁都也危险，不迁都也危险。我阅历世变，只觉得除得人之外，无任何一件事可以依恃。

评点

这是咸丰十一年正月，曾氏写给方翊元的一段话。当时的情况是，因英法联军攻打北京，咸丰帝匆匆离京逃往承德避暑山庄。尽管此时英法军队已退出京城，但咸丰帝惊魂未定，仍不愿回銮。于是许多人建议迁都长安，方也持此说。曾氏不同意迁都，并历数前代史实，来论证其“中兴在乎得人，不在乎得地”的观点。当然，后来并没有迁都，看来朝廷最高层也不同意迁都。

□ 天下事理皆成两片

原文

昔邵子将天下万事万理看成四片，近姚惜抱论古文之法有阳刚、阴柔两端，国藩亦看得天下万事万理皆成两片，与友石所云阳智阴智殆有同符。第邵子四片之说，颇多安排附会，友石亦不免此弊，能进于自然则几矣。

译文

从前邵雍先生将天下万事万理看成四片，近世姚鼐论古文之法有阳刚、阴柔两端之说。国藩也认为天下万事万物皆成两片，与友石所说的“阳智阴智”略相符合。但邵雍先生的四片之说，较多附会，友石也不免有这样的弊病。能够进到自然而然的地步，则差不多了。

评点

关于天下事理皆成两片之说，曾氏道光二十五年给刘蓉的信中表述得较为详细：“天下之道，非两不立，是以立天之道，曰阴与阳；立地之道，曰柔与刚；立人之道，曰仁与义。”其源则出于《易·系辞》：“一阴一阳之谓道。”

□ 官府若不悔改则乱萌未息

原文

干戈之后，自缙绅先生下逮厮役走卒，皆宜有怵惕创痛之意，以惩前而毖后。若仍酣歌恒舞，事过忘忧，漫无悔祸之意，而各逞亡等之欲，则此间之乱萌，尚恐未能遽息。

译文

战争爆发后，自官员到下面的办事人员，都应该有遭受伤痛的恐惧感觉，借以惩前毖后。假若依旧沉醉在歌舞升平中，事情一过则忘记忧虑，毫无悔过之心，而都沉溺于自我戕害的欲念中，那么这里的混乱迹象，恐怕未能很快息灭。

评点

为什么会有这场战争的爆发？关键的原因是社会上有一部分人无法正常生活下去，于是抱团揭竿起义。对于此，官府要负极大的责任。若官府在事过之后依旧醉生梦死毫无悔改之心，则混乱决不会止息。作为官场中的一员，曾氏此种认识可谓难得。

□ 成败无定

原文

汉晁错建议削藩，厥后吴楚七国反，景帝诛错而事以成。明齐泰、黄子澄建议削藩，厥后燕王南犯，建文诛齐、黄而事以败。我朝米思翰等议削藩，厥后吴、耿三叛并起，圣祖不诛米思翰而事以成。此三案者最相类，或诛或宥，或成或败，参差不一，士大夫处大事，决大疑，但当熟思是非，不必泥于往事之成败，以迁就一时之利害也。

唐昭宗以王室日卑，发愤欲讨李茂贞，责宰相杜让能专主兵事。杜让能再三辞谢，言："他日臣徒受晁错之诛，不能弭七国之祸。"厥后李茂贞进逼兴平，禁军败溃，京师大震。茂贞表请诛让能，让能曰："臣固先言之矣！"上涕下不能禁，曰："与卿诀矣！"是日贬让能梧州刺史，寻赐自尽，斯则无故受诛，其冤有甚于晁错、齐泰、黄子澄。昭宗既强之于前，复诛之于后，此所以为亡国之君也。国藩在军时，有一时与人定议，厥后挫败，或少归咎于人，不能无稍露于辞色者，亦以见理未明之故耳。

后唐潞王虑石敬瑭之将反，李崧、吕琦劝帝与契丹和亲，薛文遇沮之，帝欲移石敬瑭镇郓州，文遇力赞成之。厥后敬瑭果反，引契丹大破唐兵。唐王见薛文遇曰："我见此物肉颤！"几欲抽佩刀刺之。大抵事败而归咎于谋主者，庸人之恒情也。

译文

西汉晁错建议削减诸侯王国的封地，此后吴楚七国反叛，景帝杀晁错而叛乱平定。明代齐泰、黄子澄建议削减藩王封地，此后燕王南攻，建文帝诛齐、黄但失败了。我朝米思翰等建议削去藩王封地，此后吴三桂、耿精忠等三个叛王并起，康熙不杀米思翰而叛乱平息。这三个案子最为相似，或诛杀或宽宥，或成或败，参差不一。士大夫处置大事，决释大疑，只应当仔细思考是非，不必拘泥往事的成与败，从而迁就一时的利害。

唐昭宗鉴于王室日益卑弱，发愤想讨伐李茂贞，责令宰相杜让能专门主持军事。杜让能再三辞谢，说："日后臣徒徒遭受晁错那样的诛杀，而不能消弭吴楚七国的祸乱。"此后李茂贞进逼兴平，禁军败溃，京城大为震动。李茂贞请皇上杀杜让能。让能说："我确实早就说了。"皇上流泪不止，说："与你永诀了！"这一天贬杜让能为梧州刺史，不久即命他自尽。这是无故受诛，他的冤屈又超过晁错、齐泰、黄子澄。唐昭宗既逞强于前，又诛杀于后。这就是他之所以为亡国君的缘故。我在军中时，有时与人商定的决议，此后失败或受挫，或许稍稍归咎于别人，不能做到一点都不在辞色上表露出来，也是因为见理不明彻的缘故。

后唐潞王考虑石敬塘将要反叛，李崧、吕琦劝皇上与契丹和亲，薛文遇阻止。皇上想将石敬塘调到郓州，薛文遇极力赞成。此后石敬塘果然反叛，引契丹兵大破唐兵。唐王见到薛文遇时说："我看到此人肉发颤，几乎想抽出佩刀刺他。"大抵事情失败后而归咎于主谋者，是平庸人的常情。

评点

这是曾氏的一则读史笔记。谋划一桩事，由主谋者提出方案，主事者最后拍板定夺。事有可能成，也有可能不成，无论成与不成，主要责任都应由主事者承担。但古往今来，许多主事者，当事成时则将功劳归于己，事败则将责任推给主谋者。这种主事者乃庸人，汉景帝、明建文帝、唐昭宗、后唐潞王即此类庸人；相比之下，康熙则是明君。曾氏检讨自己在这点上也有不完美处。

第六编／治军

□ 军气与将才

原文

凡军气宜聚不宜散，宜忧危不宜悦豫。人多则悦豫，而气渐散矣。营虽多而可恃者惟在一二营，人虽多而可恃者惟在一二人。如木然，根好株好而后枝叶有所托；如屋然，柱好梁好而后椽瓦有所丽。……遇小敌时，则枝叶之茂椽瓦之美尽可了事；遇大敌时，全靠根株培得稳柱梁立得固，断不可徒靠人数之多气势之盛。倘使根株不稳，柱梁不固，则一枝折而众叶随之，一瓦落而众椽随之，败如山崩，溃如河决，人多而反以为累矣。

凡将才有四大端：一曰知人善任，二曰善觇敌情，三曰临阵胆识……四曰营务整齐。吾所见诸将于三者略得梗概，至于善觇敌情，则绝无其人。古之觇敌者，不特知贼首之性情伎俩，而并知某贼与某贼不和，某贼与某伪主不协。今则不见此等好手矣。贤弟当于此四大端下工夫，而即以此四端察同寮及麾下之人才。第一、第二端不可求之于弁目散勇中，第三、第四端则末弁中亦未始无材也。

译文

大凡军中之气宜聚合不宜流散，宜忧虑危惧不宜欢悦安逸。人一多则欢悦安逸，而气便逐渐流散了。营虽多，而可依恃者只在一两个营；人虽多，而可依恃只有一两个人。像树木样，根好干好然后枝叶才有所依托；像房屋样，柱好梁好然后椽和瓦才有所附丽。遇到小股敌人，则以茂盛的枝叶、完好的椽瓦便足可以了事；遇到大股敌人，则全靠根与干培植得稳当，梁与柱立得坚固，绝不可只靠人数之多，气势之盛。倘若根与干不稳当，柱与梁不坚固，则一枝损折而众叶随折，一片瓦坠落而众椽随落，像山崩一样地失败，像河决一样地溃流，人多则反以为拖累了。

大凡将才有四个大的方面。一为知人善任，二为善察敌情，三为临阵有胆识，四为营务整齐。我所见的各位将领，在其他三个方面略微懂得些梗概，至于善察敌情，则绝无其人。古时察看敌情的人，不但知道贼人头领的性情才能，而且还知道某贼与某贼的不和，某贼与某主帅的不允协，现在却见不到这样的好手了。贤弟应当在这四个大方面下工夫，即以这四点来端察同僚及部下中的人才。第一、第二两点，不可以在军中低级人员中求到，第三、第四两点，则小头目中也未尝没有这种人才。

评点

这两段话均出自咸丰七年十月二十七日给老九的家信。此时曾氏在原籍为父亲守丧。这年九月，老九赴江西吉安军营。老九因不是朝廷官员，所以不必在家守丧三年。此信的要点便是此处所抄录的这两段。前段谈的是军气，即军营中的气氛。曾氏认为，军事乃肃杀之事，宜聚不宜散，宜忧不宜喜。聚则有力，散则松劲，忧则警惕，喜则大意。其实，不仅军队应如此，大凡担当大任的团队都应如此。后段说的是对将才的要求。曾氏一向极为重视人才，战乱时期最重要的人才便是将才。曾氏为湘军物色和提拔了一大批将才，这是湘军成功的根本。从曾氏所列四点来看，似乎他本人更关注的是善觇敌情的人才，而当时湘军各营所缺乏的也是这类人才。

□ 不宜以命谕众

原文

季弟言出色之人断非有心所能做到，此语确不可易。名位大小，万般由命不由人，特父兄之家教、将帅之训士不能如此立言耳。季弟天分绝高，见道甚早，可喜可爱，然办理营中小事，教训弁勇，仍宜以勤字作主，不宜以命字谕众。

译文

季弟说“出色的人，绝对不是只要有心就能做到的”，这话的确不可移易。名位的大小，万般由命不由人，只是父兄的家教，将帅的教训士兵，不能这样立言。季弟的天分特别高，领悟道理很早，可喜可爱！但办理军营中的小事，教训下层士兵，依然应以勤字为主，不应当以命字来告谕大众。

评点

成就大事，靠的是天赋、勤奋与机遇，三者缺一不可。然天赋不可改变，机遇不可预测，勤奋才是可由自己掌握的因素。所以，想要成大事，必须从勤奋始。但勤奋并非就一定能成就大事，这是因为或许在天赋与机遇二者上有所缺失。父兄教子弟、领导训部属，只能谈人力所能做到的勤奋，若过早谈论天赋与机遇，则很可能使子弟或部属放弃勤奋，苟如此，则断无成就可言。

□ 人力与天事

原文

吾兄弟无功无能，俱统领万众，主持劫运，生死之早迟，冥冥者早已安排妥帖，断非人谋计较所能及。只要两弟静守数日，则数省之安危胥赖之矣。至嘱至要。

凡办大事，半由人力，半由天事。如此次安庆之守，濠深而墙坚，稳静而不懈，此人力也；其是否不至以一蚁溃堤，以一蝇玷圭，则天事也。各路之赴援，以多、鲍为正援集贤之师，以成、胡为后路缠护之兵，以朱、韦为助守墙濠之军，此人事也；其临阵果否得手，能否不为狗酋所算，能否不令狗酋逃遁，此天事也。吾辈但当尽人力之所能为，而天事则听之彼苍，而无所容心。弟于人力颇能尽职，而每称擒杀狗酋云云，则好代天作主张矣。

译文

我们兄弟无功无能，却能统领万众，主持劫难时期的国运，生死之早与迟，冥冥者早已安排好了，绝对不是人谋所能及的。只要两位弟弟静守几天，则几个省的安危便全得依赖了。至嘱至要！

凡是办大事，一半由人力做主，一半由天事做主。比如这次安庆围师的守住，壕沟深而围墙坚，军营稳静而不懈怠，这属于人力。它是否不至于因一蚁之穴而溃堤，以一只苍蝇而玷污玉圭，则属于天事。

各路赶赴的援军，以多隆阿、鲍超为援救集贤关的正师，以成大吉、胡林翼为后路护卫之师，以朱品隆、韦志俊为助守墙濠之师，这些都是人事。至于他们临阵能否得手，能否不为陈玉成所算计，能不能不令陈玉成逃走，这些都是天事。我们只应当尽人力之所能做的，而天事则听之于天，自己不要存于心中。弟对于人力颇能尽职，但每每说“擒杀陈玉成”云云，则是喜好代天做主张了。

评点

世上的事，有小事、大事之分。小事，因为简单，因为不与世间牵连，则可以由自己一人做主。大事，因为复杂，因为与世间多有牵连，自己一个人是不能完全做得主的。曾氏所说的“办大事，半由人力，半由天事”说的便是这个意思。当然，“半”只是个概数。有的大事，人力或许占多半因素，天事只占少半因素；相反，有的大事则天事所占的“半”又要多一些。

□ 招降及驾驭悍将

原文

剿抚兼施之法，须在军威大振之后。目下各路俱获大捷，贼心极涣，本可广为招抚。第抚以收其头目，散其党众为上；收其头目，准其略带党众数百人为次；收其头目，准其带所部二三千如韦军者，为又次；若准其仍带全部，并盘踞一方，则为下矣。

此辈暴戾险诈，最难驯驭。投诚六年，官至一品，而其党众尚不脱盗贼行径。吾辈待之之法，有应宽者二，有应严者二。应宽者：一则银钱慷慨大方，绝不计较，当充裕时，则数十百万掷如粪土，当穷窘时，则解囊分润，自甘困苦；一则不与争功，遇有胜仗，以全功归之，遇有保案，以优奖笼之。应严者：一则礼文疏淡，往还宜稀，书牍宜简，话不可多，情不可密；一则剖明是非，凡渠部弁勇有与百姓争讼，而适在吾辈辖境，及来诉告者，必当剖决曲直，毫不假借，请其严加惩治。应宽者，利也，名也；应严者，礼也，义也。四者兼全，而手下又有强兵，则无不可相处之悍将矣。

译文

剿灭与招抚兼施这种办法，须在军威大振之后才能采取。眼下各路军队都获大胜，敌之军心极为涣散，本可广为招抚，但招抚以收其头目解散其同伙为上；收其头目，同意头目略带同伙百来人为次；收其头目，同意头目带领同伙二三千人，如同韦志俊那样为又次；若同意头目仍带领全部人马，并盘踞一方，则为下了。

此人暴戾险诈，最难驾驭。投降六年，官至一品，而他的同伙还不脱盗贼行径。我们对待他的办法，有应当宽宥的两点，有应当严厉的两点。应当宽宥的，一为银钱上慷慨大方，绝不计较，在银钱充裕时，数十百万，送给他如同掷粪土，在银钱穷窘时，则拿出一部分分送，宁愿自己困苦些；一为不与他争功。遇到和他一起打了胜仗，则将功劳全归于他；遇有保举时，以优厚的奖励来笼络他。应当严厉的，一为礼仪上要疏淡，来往宜稀少，书牍宜简单，话不可多，感情上不可亲密；一为剖明是非，凡是他军队中的下级官兵，有与老百姓发生纠纷，而又恰好在我们所管辖的地方以及有来诉告的，必定要剖决曲直，毫不留情，请他严加惩治。应当宽宥的是利与名，应当严厉的是礼与义。四者兼备，而手下又有强兵，则没有不能相处的骄悍将领。

评点

这两段话均出自给带兵东进南京的老九及季洪即国葆的家信，写于同治元年四月间。前段谈的是招抚敌军的办法，最忌的是全盘照收并予以立足之地。这样做的后果，是让投降者完整地保存实力，并能与地方保持联系，若一旦不合，最易再叛。后段话说的是一支降军投诚后的状况。这支降军乃李世忠的部队。李世忠原名李昭寿，河南固始人，咸丰三年在家乡组织捻军，后投降安徽皖南道员何桂珍。不久杀何复叛，参加太平军。八年再降胜保，改名世忠，官至江南提督。李一贯横行霸道，无法无天，光绪七年为安徽巡抚裕禄捕杀。曾氏一向讨厌李，这里教老九待李的宽严之道，为处上位者如何驾驭骄悍而又有能力的部属提供借鉴。

□ 选将及将兵

原文

大约选将，以打仗坚忍为第一义。而说话宜有条理，利心不可太浓，两者亦第二义也。

凡善将兵者，日日申诫将领，训练士卒。遇有战阵小挫，则于其将领责之戒之，甚者或杀之，或且泣且教，终日絮聒不休，正所以爱其部曲，保其本营之门面声名也。不善将兵者，不责本营之将弁，而妒他军之胜己，不求部下之自强，而但恭维上司，应酬朋辈，以要求名誉，则计更左矣。

译文

挑选将官，大致说来，以打仗坚忍为第一义，而说话宜有条理，好利之心不可太浓，这两点也是第二义。

大凡善于带兵的，都会每天申诫将领，训练士卒，遇有战场上的小挫败，则对他的将领责备训斥，甚至杀头，或者是边哭边教，一天到晚絮絮叨叨不止，这正是爱护他的部属，保护他的军营的门面名声。不善于带兵的，不责备本营的将士，而嫉妒他营的胜利，自己不求部下自强，而只是恭维上司、应酬朋辈来邀名求誉，那么这种想法就更离谱了。

评点

这两段说的都是为将者所应注意的，一是打仗要坚忍，二是说话要有条理，好利之心不可太浓厚。再就是要严责本营而不要去嫉妒别人。这几点，应是针对当时湘军以及其他作战部队将领们的普遍弱点而言的。

□ 气敛局紧

原文

凡用兵最重气势二字。此次弟以二万人驻于该处，大不得势。兵勇之力，须常留其有余，乃能养其锐气。缩地约守，亦所以蓄气也。

既不能围城贼，又不能破援贼，专图自保，自以气敛局紧为妥，何必以多占数里为美哉？及今缩拢，少几个当冲的营盘，每日少用几千斤火药，每夜少几百人露立，亦是便益。气敛局紧四字，凡用兵处处皆然，不仅此次也。

译文

凡用兵，最重的是气势两个字。这一次弟以两万人驻于南京城外雨花台，大不得势。兵勇的力量，须得经常保留积余，才能养其锐气，紧缩所守的地盘，也就是为了蓄气。

既不能包围城中的敌人，又不能攻破援救的敌军，专门谋求自保，自以气势收敛局面紧缩为妥，何必以多占几里为好呢？现在赶快缩拢，减少几个面临冲要的营盘，每天少用几千斤火药，每夜少几百个人在露水中站立，也是便益之事。气敛局紧四个字，凡用兵打仗，则处处都如此，不仅是这一次。

评点

气与势是两个既抽象又实在的字，一般人不大去想它用它，故而一般人都做不成大事。凡欲成大事者，必须琢磨透这两个字。笔者喜欢思索这两个字，但限于天分及阅历，至今仍不能透悟。粗略地想，气多指主体的精神状态，势则多指客体所形成的现实状态；故气要靠主体去培植，势则要靠善于借取。这就是人们所常说的养气与得势。

□ 在人而不在器

原文

制胜之道，实在人而不在器。鲍春霆并无洋枪洋药，然亦屡当大敌。前年十月、去年六月，亦曾与忠酋接仗，未闻以无洋人军火为憾。和、张在金陵时，洋人军器最多，而无救于十年三月之败。弟若专从此等处用心，则风气所趋，恐部下将士，人人有务外取巧之习，无反己守拙之道，或流于和、张之门径而不自觉，不可不深思，不可不猛省。真美人不甚争珠翠，真书家不甚争笔墨，然则将士之真善战者，岂必力争洋枪洋药乎？

译文

制胜之道，确实在于人而不在于兵器。鲍超并无洋枪洋火药，然而也屡次面对大股敌军。前年十月、去年六月，也曾与李秀成接仗，并没有听说以无洋人的军火为遗憾。和春、张国樑在南京时所拥有的洋人军器最多，却不能挽救咸丰十年三月的失败。弟若是专门从这方面去用心思，则风气的发展下去，担心部下将士，人人都会有用心于本业之外偷巧的习气，没有反过来求于自身坚守朴拙实诚的正道，或许会走和、张一样的路子而不自觉，不可不深思，不可不猛省。真正的美人不大争珠玉翡翠，真正的书法家不大争好笔好墨，而将士中真正善于打仗的，难道还有必要去力争洋枪洋火药吗?

评点

制胜之道在人而不在器。这句话，自然是从整体上立论的。世间的事只有人才是决定的因素。这是放之四海置之千秋而皆准的真理。因为即便是器，也是人所制造也要靠人去使用，何况两军对垒，一方拥有先进武器，也只能一次取胜，却不能保证下次取胜。因为下次另一方也很可能就拥有同样的武器了。但在局部上，在某次战役中，拥有先进武器的人，很可能就占上风。正因为此，曾氏和他的军事同行们，在那个时代比其他所有人都重视器具。咸丰十年十一月，曾氏就向朝廷指出："目前资夷力以助剿济运，得纾一时之忧，将来师夷智以造炮制船，尤可期永远之利。"洋务运动之所以由曾氏等人发轫，就因为他们是当时的军事统帅。

□ 审机审势与审力

原文

吾兄弟既誓拼命报国，无论如何劳苦，如何有功，约定终始不提一字，不夸一句。知不知，壹听之人，顺不顺壹听之天而已。

审机审势，犹在其后，第一先贵审力。审力者，知己知彼之切实工夫也。弟当初以孤军进雨花台，于审力工夫微欠。自贼到后，壹意苦守，其好处又全在审力二字，更望将此二字直做到底。古人云兵骄必败，老子云两军相对哀者胜矣。不审力，则所谓骄也；审力而不自足，即老子所谓哀也。

译文

我们兄弟既已发誓拼命报国，则无论如何劳苦，如何有功，互相约定始终不说一个字，不自我夸耀一句话，知与不知一概听之于别人，顺利与不顺利一概听之于天而已。

审机审势，还在之后，第一先贵在审力。审力，即知己知彼的切实工夫。弟当初以孤军进驻雨花台，在审力工夫上略有欠缺。自从敌军到后，一意苦守，其好处又完全用在审力工夫上，更希望将这两个字一直做到底。古人说军队骄傲必定失败，老子说两军相对有哀戚的一方将会胜利。不审力，即所谓骄傲，审力而不自我满足，即老子所说的哀。

评点

打仗须审机审势，还须审力，曾氏认为审力应在审机审势之先。审力，即弄清楚敌我双方的力量。老九以二万兵力围南京城，许多人都说他自不量力，曾氏也颇为赞同此说。老九后来将兵力增至五万，相对于九十里城墙的南京来说，也还是远不够。但最终南京还是被老九拿下来了，这是机与势所起作用的结果，即在同治三年六月那个时候，机与势已十分有利于老九而不利于太平军。

□ 全军为上

原文

用兵之道，全军为上，保城池次之。弟自行默度，应如何而后保全本军。如不退而后能全军，不退可也；如必退而后能全军，退可也。

译文

用兵的原则，以保全军队为上，保守城池为次。弟自己默默地揣摸，应当怎样做才能保全自己的军队。如果不撤退而能保全军队，不退可以；如果必须撤退才能保全军队，则退也可以。

评点

全军为上。这是一个很重要的军事思想。有了军队，才会有城池，若为了一个城池而损失大量军力，则城池虽得也必将于全局不利。这个道理说来容易，但临事之际，有些将领却并不能清醒地认识到这一点。

□ 识主才辅人半天半

原文

凡办大事，以识为主，以才为辅；凡成大事，人谋居半，天意居半。往年攻安庆时，余告弟不必代天作主张。墙濠之坚，军心之固，严断接济，痛剿援贼，此可以人谋主张者也。克城之迟速，杀贼之多寡，我军士卒之病否，良将之有无损折，或添他军来助围师，或减围师分援他处，或功隳于垂成，或无心而奏捷，此皆由天意主张者也。譬之场屋考试，文有理法才气，诗不错平仄抬头，此人谋主张者也。主司之取舍，科名之迟早，此天意主张者也。若恐天意难凭，而必广许神愿，行贿请枪；若恐人谋未臧，而更多方设法……皆无识者之所为。弟现急求克城，颇有代天主张之意。……愿弟常存畏天之念，而慎静以缓图之，则善耳。

译文

凡办大事，以见识为主，以才能为辅；凡成就大事，人的谋划居半，天意居半。往年围攻安庆城，我对弟说不必代天作主张。墙濠、军心的坚固，严格断绝接济，痛剿来援敌军，这些都可以由人的谋划来决定。攻克城池的迟与速，杀贼的多与少，我军士卒的病与否，良将有无损折，或增添其他军队来帮助围师，或减去一部分围师分援他处，或功败于垂成，或无心而获得成功，这些都由天意来做主。好比科场中的考试，文章有章法才气，诗的平仄抬头等不出错，这些是人的谋划做主的。主考者取与不取，科名的迟与早，这是由天意做主的。若是担心天意难于依靠而广许神愿，若是担心人谋未成而多方设法，这都是无见识者的作为。弟现在急于克城，颇有点代天做主的意思，但愿弟常存畏惧天意之念而谨慎安静从容图谋，则好了。

评点

这段话中的两个“凡”，可谓名言。后半部分人谋、天意各居其半的提法，前面已见过，前半部分的识主才辅的提法是新出现的。曾氏认为，做大事，更重在见识上，才能尚在其次。曾氏的观点很有道理。所谓大事，是指那些牵涉面宽、影响大、难度高的事情，办这些事更需要卓越的见识。比如说，面临一件大事，办与不办，便取决于见识；怎样办，难点在哪里，办的过程中需要解决哪些大的问题，这些所谓决策也都属于见识范畴，比起具体的才能来，毫无疑问，它们更为重要。

□ 但有志即可奖成

原文

淮勇不足恃，余亦久闻此言，然物论悠悠，何足深信。所贵好而知其恶，恶而知其美。省三、琴轩均属有志之士，未可厚非。申夫好作识微之论，而实不能平心细察。余所见将才杰出者极少，但有志气，即可予以美名而奖成之。

译文

淮军不足以依靠，我也很早就听到这种说法了，但社会上议论各种各样，怎么可以过分相信！值得贵重的是这样的思维，即对之怀好感的要知道其中有丑恶，对之有恶感的也要知道其中有美好的一面。刘省三、潘琴轩都属于有志之士，未可厚非。李申夫喜欢从细微处见大事，然而他确实不能以平允之心细察。我所见的将领，杰出者极少，只要有志气，即可以美名送他，以奖劝的办法让他有所成绩。

评点

这是同治五年九月，写给两个儿子家信中的一段话。淮军与湘军比，有很多不同之处，主要表现在带兵将领的文化修养上，两军差距较大。所以淮军从建军之初，便物论悠悠。这暂且不说。这段话有两点值得重视，一为“好而知其恶，恶而知其美”。这句话颇有点辩证意识，即看人看事不要绝对化。二为“将才杰出者极少，但有志气，即可予以美名而奖成之”。其实，岂止军事领域，各个领域都一样，杰出者本都极少，故而当领导的不要衡人太高，若太高，则天下将无人才了，关键在于处上者的引导。曾氏身边为什么人才那么多，这应是其原因之一。

□ 骄惰最误事

原文

傲为凶德，凡当大任者，皆以此字致于颠覆。用兵者，最戒骄气、惰气。做人之道，亦惟骄惰二字误事最甚。

译文

骄傲是恶劣的习性，凡是担当大任的，都因这个字而招致大失败。用兵的人最要戒除骄气惰气，做人之道，也只有骄惰两个字最为误事。

评点

无论什么人，无论做什么事，骄、惰两个字都是危害最大的。平常人、普通事，因为其成也无过亮闪光，其挫也无过大损折，世恒忽视罢了；而带兵之人、打仗之事则非比一般，因这两个字所造成的后果也就非同小可了。

□ 主客正奇

原文

凡用兵，主客奇正，夫人而能言之，未必果能知之也。守城者为主，攻者为客；守营垒者为主，攻者为客；中途相遇，先至战地者为主，后至者为客；两军相持，先呐喊放枪者为客，后呐喊放枪者为主；两人持矛相格斗，先动手戳第一下者为客，后动手即格开而戳者为主。中间排队迎敌为正兵，左右两旁抄出为奇兵；屯宿重兵坚扎老营与贼相持者为正兵，分出游兵飘忽无常伺隙狙击者为奇兵；意有专向吾所恃以御寇者为正兵，多张疑阵示人不测者为奇兵；旌旗鲜明使敌不敢犯者为正兵，羸马疲卒偃旗息鼓本强而故示以弱者为奇兵；建旗鸣鼓屹然不轻动者为正兵，佯败佯退设伏而诱敌者为奇兵。忽主忽客，忽正忽奇，变动无定时，转移无定势，能一一区而别之，则于用兵之道思过半矣。

译文

凡用兵，对于主、客、奇、正这些术语，人人都能说，但未必能真正知道。守城的为主，攻城的为客；守营垒的为主，攻营垒的为客；半路相逢，先到战地的为主，后到的为客；两军相对，先呐喊放枪的为客，后呐喊放枪的为主；两人持长矛格斗，先动手戳第一下的为客，后动手，即将对方长矛格开而再戳者为主。正面排队迎敌的为正兵，左右两边从旁包抄的为奇兵；安屯大队人马，扎下坚固指挥营盘，与敌人相对持的是正兵，分出一股游动的兵，飘忽不定、伺机狙击的为奇兵；目标专一，我所赖以御寇的为正兵，张布疑阵，让人猜测的为奇兵；旗帜鲜明，使敌人不敢侵犯的为正兵，瘦马疲卒，偃旗息鼓，本来强大却故意示以弱小的为奇兵；插旗鸣鼓，屹然不轻动的为正兵，假装失败撤退，设下埋伏而引诱敌人的为奇兵。忽而为主兵忽而为客兵，忽而为正兵忽而为奇兵，变动无一定的时候，转移无一定的形势，能做到一一区别得宜，则于用兵之道，有多半的思考了。

评点

这是一段关于用兵的思索，具体思索的是主兵与客兵、正兵与奇兵之间的关系。重在“无定时”、“无定势”，而依当时形势而决定，若一味死守成法，则变为书呆子打仗，必败无疑。

□ 士气的激励

原文

兵者，阴事也。哀戚之意如临亲丧，肃敬之心如承大祭，庶为近之。今以羊牛犬豕而就屠烹，见其悲啼于割剥之顷，宛转于刀俎之间，仁者将有所不忍，况以人命为浪博轻掷之物，无论其败丧也，即使幸胜，而死伤相望，断头洞胸，折臂失足，血肉狼藉，日陈吾前，哀矜之不遑，喜于何有？故军中不宜有欢欣之象。有欢欣之象者，无论或为和悦，或为骄盈，终归于败而已矣。田单之在即墨，将军有死之心，士卒无生之气，此所以破燕也。及其攻狄也，黄金横带而骋乎淄、渑之间，有生之乐，无死之心，鲁仲连策其必不胜。兵事之宜惨戚，不宜欢欣，亦明矣。嘉庆季年，名将杨遇春屡立战功，尝语人曰："吾每临阵，行间觉有热风吹拂面上者，是日必败；行间若有冷风，身体似不禁寒者，是日必胜。"斯亦肃杀之义也。

田单攻狄，鲁仲连策其不能下，已而果三月不下。田单问之，仲连曰："将军在即墨，坐则织蒉，立则仗锸，为士卒倡。将军有死之心，士卒无生之气。闻君言，莫不挥涕奋臂而欲战，此所以破燕也。当今将军东有夜邑之奉，西有淄上之娱，黄金横带而骋乎淄渑之间，有生之乐，无死之心，所以不胜也。"余尝深信仲连此语，以为不刊论。

同治三年，江宁克复后，余见湘军将士骄盈娱乐，虑其不可复用，全行遣散归农。至四年五月，余奉命至河南、山东剿捻，湘军从者极少，专用安徽之淮勇。余见淮军将士虽有挥奋之气，亦乏忧危之怀，窃用为虑，恐其不能平贼。庄子云："两军相对，哀者胜矣。"仲连所言以忧勤而胜，以娱乐而不胜，亦即孟子"生于忧患，死于安乐"之旨也。其后余因疾病，疏请退休，遂解兵柄，而合肥李相国卒用淮军削平捻匪，盖淮军之气尚锐。忧危以感士卒之情，振奋以作三军之气，二者皆可致胜，在主帅相时而善用之已矣。余专主忧勤之说，殆知其一，而不知其二也。聊志于此，以识吾见理之偏，亦见古人格言至论，不可举一概百，言各有所当也。

译文

打仗这种事属于阴事，情绪哀戚，如同面临亲人的丧失，心怀肃敬，如同接受大型祭典，诸如此类氛围较为接近。现在牵出牛羊猪狗来宰杀烧煮，眼见它在被割肉剥皮时的悲啼，肉骨在刀俎之间移动，仁慈者都心里有所不忍，何况以人命作为随便博掷的赌具！不要说失败丧师，即使侥幸获胜，眼看着伤者望着死者、砍掉头颅洞穿胸膛、失掉手脚、血肉狼藉的情景天天摆在面前，哀痛还来不及，哪里来的喜悦呢？故而军队中不宜有欢欣之现象。有欢欣之现象的，不管是和悦还是骄盈，到头来终归是失败而已。田单在即墨时，将军有战死的决心，士卒无生还的想法，这就是之所以攻破燕国的原因。到了他攻打狄国时，已经是腰佩黄金带，游走于淄渑之间，有生存于世上的享乐，没有死在战场上的决心，鲁仲连预计他必定不会胜利。用兵之事宜惨戚，不宜欢欣，这个道理通过田单的故事也就明白了。嘉庆末年，名将杨遇春屡立战功。他曾经对别人说："我每临战场，行走时觉得有热风吹到脸上时，这一天必败；行走时若有冷风，身上似有寒冷不止的感觉，这一天必胜。"这也是肃杀的意思。

田单攻打狄国时，鲁仲连估计他打不下，后来果然三个月不能攻下城池。田单问他原因，鲁仲连说："您在即墨时，坐下来则编草筐，站起来则拿着锸铲土，以身作则。您有战死的决心，士卒无生还的想法，听您说话，莫不流泪挥臂而希望打仗。这就是为什么能攻破燕国的原因。而现在将军您，东边有夜邑的俸禄，西边有淄上的娱乐，黄金做的带子横在腰间，奔走于淄渑之间，有生存的享乐，无战死的决心，所以不能获胜。"我深信鲁仲连这番话，视为不刊之论。

同治三年，江宁城克复后，我见湘军将士骄盈娱乐，担心他们不可再用，全部遣散回到农村。到了同治四年五月，我奉命去河南、山东剿捻，湘军跟从的极少，专用安徽的淮军。我见淮军将士，虽然有挥臂奋战的气概，但缺忧危的胸怀，暗地里焦虑，担心他们不能平定捻军。庄子说两军相对，哀戚一方将获胜。鲁仲连所说的以忧勤而胜，以娱乐而不胜，也就是孟子所说的"生于忧患死于安乐"的旨意。以后我因病奏请退休，于是解除兵权，而合肥李鸿章相国终于用淮军削平捻军，这是因为淮军的士气尚锋利，用忧危来感动士卒的情怀，以振奋来鼓舞三军的气概，二者都可以制胜，在于主帅依时而善于运用。我专门主张忧勤之说，是仅知其一而不知其二。姑且记在这里，以看出我见理的偏颇，也可见古人的格言至论，不可以一而概百，所言各有它的道理。

评点

这也是两段对兵事思考的文字，载于曾氏全集中的《杂著》。曾氏很信奉老庄“哀兵必胜”的说法，认为军营中不能有欣悦欢豫的气氛。打下南京的湘军过于骄盈，曾氏全撤不用。他认为淮军也缺乏忧危意识，故而对淮军平大乱也不太抱希望。他指挥淮军与捻军作战，结果铩羽而归，但淮军领袖李鸿章却最终靠这支队伍平定捻乱。面对着这个事实，曾氏对自己的主张予以反思。反思使他进一步认识到，忧危可以感动士气，振奋也可调动士气，二者都可以制胜。显然，李鸿章用的是“振奋”一条。拿什么振奋？无非名利二字。虽然缺哀肃之气，但用更大的名和利，仍然可以激励军营斗志。笔者以为，曾氏的认识到了这个地步，算是较为全面了。回顾人类历史上数不清的获胜军队，其士气的激发大致在两个方面，一为真理正义，一为名利。前者可归于“忧危”一类，后者可归于“振奋”一类。

□ 威克厥爱

原文

古人有言曰：“作事威克厥爱，虽小必济。”娄敬所谓逆取顺守，亦此意也。军营用民夫，其先则广取之，虐役之；其后则体恤必周，给钱必均。法可随处变通，总须用人得当耳。

译文

古人说过，做事严明胜过慈爱，虽小事也能办成。娄敬所谓反向进取顺向守护，也是这个意思。军营用民夫，先是广泛收取，劳作繁重地使用，之后则体恤一定要周到，给钱必定要均匀。法是可以随处变通的，总在于用人的得当。

评点

曾氏的言谈，绝大多数都立足于正道，很少涉及权术。曾氏若是一个纯粹的学者，可以专言正道而不言权术，但曾氏首先是一个政治家，其次是一个军事统帅，最后才是学者、诗文家，故而曾氏是决不能不讲权术的。这一段便是说的权术：先威后恩。

□ 疆场磨炼豪杰

原文

疆场之役，所以磨炼豪杰之资也。前代如王伯安、孙高阳，其初亦不过讲求地利耳。其后遂为儒将，岂不贵乎阅历哉？

译文

练兵打仗，这是磨炼豪杰的资历，前代如王伯安、孙高阳，开始也不过只是讲求地利而已，以后成为儒将，岂不是贵在阅历吗？

评点

湘军筹建之初，包括曾氏在内一大批带勇的营官哨官，都是未经兵火的书生，是两军对峙的实战让他们后来大半成了通晓军事的将领。曾氏之所以敢于用书生带兵，便是他相信实战可以磨炼出豪杰。

□ 因量器使

原文

带勇之人，不苛求乎全材，宜因量以器使，然血性为主，廉明为用，三者缺一，若失𫐐𫐄，终不能行一步也。

译文

带领勇丁的人，不要苛求是全才，宜于因量器使，然血性为主，廉明为用，三者缺一，就像车辆失去控制的横木，最终不能行走一步。

评点

因量器使，是曾氏用人的一个重要观点。所谓因量，即指依据对方所具备的长处；器使，即像使用器具一样地发挥人的才干。他在一则名为《才用》的笔记中说："虽有良药，苟不当于病，不逮下品；虽有贤才，苟不适于用，不逮庸流。梁丽可以冲城，而不可以窒穴，犛牛不可以捕鼠，骐骥不可以守闾。千金之剑以之析薪，则不如斧，三代之鼎以之垦田，则不如耜。当其时当其事，则凡材亦奏神奇之效，否则□铻而终无所成。故世不患无才，患用才者不能器使而适宜也。"这段话可为各级领导者鉴。

□ 不用营兵镇将

原文

岳王复生，或可换孱兵之筋骨；孔子复生，难遽变营队之习气。虽语涉谐谑，实痛切之言也。今欲图谋大局，万众一心，自须别开生面，崭新日月，专用新招之勇，求忠义之士将之，不杂入营稍久之兵，不用守备以上之将。

国藩数年以来，痛恨军营习气，武弁自守备以上，无一人不丧尽天良，故决计不用营兵，不用镇将。

译文

岳飞复生，或许可以改换孱弱士卒的筋骨，孔子复生，却难以很快改变军营中的习气，这话虽近于诙谑，其实是痛切之言。当今要想图谋大局，万众一心，自当别开生面，焕然一新，专用新招募的勇丁，寻求忠义之士统领，不混杂在军营中呆得稍久的人，不用守备以上的将官。

我数年以来就痛恨军营习气，武官自守备以上无一人不丧尽天良，故而决计不用营兵，不用镇将。

评点

道光三十年三月，曾氏上疏咸丰帝，说今天的官场是京官退缩、琐屑，外官敷衍、颟顸，“但求苟安无过，不求振作有为，将来一有艰巨，国家必有乏才之患”。当时有这等清醒认识的高级官员，可谓凤毛麟角。正因为此，待到曾氏自己来办事的时候，他文则少用朝廷命官，而大量启用绅士委员，武则不用营兵镇将，而重新招募乡勇，寻觅将官，用他的话来说，即“另起炉灶”、“赤地新立”、“别开生面”等等。应该说，这是曾氏成功的一个关键原因。

□ 行军禁止骚扰

原文

家世寒素，深知一粒一丝之匪易。近年从事戎行，每驻扎之处，周历城乡，所见无不毁之屋，无不伐之树，无不破之富家，无不欺之穷民。大抵受害于贼者十之七八，受害于兵者亦有二三。……喟然私叹。行军之害民，一至此乎！故每与将官委员告戒，总以禁止骚扰为第一义。虽行之未必有效，差幸与阁下来示意趣相同。

译文

家世清贫卑微，深知一粒米一丝布来之不易。近年来从事军务，每驻扎之处，四处查看城市乡村，所见没有不遭毁坏的房屋，没有不遭砍伐的树木，没有不破产的富家，没有不受欺负的穷人，大抵被贼人伤害的占十之七八，被官兵伤害的也有十之二三，喟然感叹战争伤害民众到了这等地步！故而每每告诫将官委员，一定要以禁止骚扰民众为第一义。虽然执行上未必有效果，但庆幸与您来信中所说的意趣相同。

评点

曾氏农家出身，做了大官后非但不以自己家世寒素为耻，反而念念不忘告诫子弟要保持寒士家风，做了军事统帅之后，又由己及人，力诫将士不得扰民，部属虽未必全听，但约束与放纵所带来的后果还是截然不同的。

□ 军歌三首

原文

陆军得胜歌

三军听我苦口说，教你陆战真秘诀。第一扎营要端详，营盘选个好山冈。不要低洼潮湿地，不要一坦太平洋。后有退步前有进，一半见面一半藏。看定地方插标记，插起竹竿牵绳墙。绳子围出三道圈，内圈略窄外圈宽。六尺墙脚八尺壕，壕要筑紧墙要牢。正墙高要七尺满，子墙只有一半高。烂泥碎石不坚固，雨后倒塌一缸糟。一营只开两道门，门外逐驱闲杂人。周围挖些好茅厕，免得热天臭气熏。三里以外把个卡，日日守卡夜夜巡。

第二打仗要细思，出队要分三大支。中间一支且扎住，左右两支先出去。另把一支打接应，再要一支埋伏定。队伍排在山坡上，营官四处好瞭望。看他那边是来路，看他那边是去向。看他那路有埋伏，看他那路有强将。那处来的真贼头，那边做的假模样。件件看清件件说，说得人人都胆壮。他呐喊来我不喊，他放枪来我不放。他若扑来我不动，待他疲了再接仗。起手要阴后要阳，出队要弱收队强。初交手时如老鼠，越打越强如老虎。打散贼匪四山逃，追贼专从两边抄。逢屋逢山搜埋伏，队伍切莫乱分毫。

第三行路要分班，各营队伍莫乱参。四六队伍走前后，锅帐担子走中间。不许争先太拥挤，不许落后太孤单。选个探马向前探，要选明白真好汉。每日先走二十里，一步一步仔细看。遇着树木探村庄，遇着河水探桥梁。遇着岔路探埋伏，左边右边都要防。遇着贼匪来迎敌，飞马回报不要忙。看定地势并虚实，迟报一刻也不妨。前有探马走前站，后有将官押尾帮。过了尾帮落后边，插他耳箭打一千。

第四规矩要肃静，有礼有法有号令。哨官管兵莫太宽，营官也要严哨官。出营归营要告假，朔日望日要请安。若有公事穿衣服，大家出来站个班。营门摆设杖和枷，闲人进来便锁拿。不许吸烟并赌博，不许高声大喧哗。奸淫掳掠定要斩，巡更传令都要查。起更各哨就安排，传齐夫勇点名来。营官三夜点一次，哨官每夜点一回。任凭客到文书到，营门一闭总不开。衣服装扮要料峭，莫穿红绿惹人笑。哨官不许穿长衣，兵勇不许穿软料。脚上草鞋紧紧穿，身上腰带紧紧缠。头上包布紧紧扎，英雄样子都齐全。

第五军器要整齐，各人制件好东西。杂木杆子溜溜圆，又光又硬又发绵。常常在手摸得久，越摸越熟越值钱。锚头只要六寸长，要出杨家梨花枪。大刀要轻腰刀重，快如闪电白如霜。枪炮钻洗要干净，铅子个个要合膛。生漆皮桶盛火药，勤翻勤晒见太阳。锄锹镢子要粗大，斧头要嵌三分钢。火球都要亲手制，六分净硝四分磺。旗帜三月换一次，红的印心白的镶。统领八面营官四，队长一面哨官双。树树摇出如飞虎，对对走出如鸳鸯。

第六兵勇要演操，清清静静莫号嘈。早习大刀并锚子，晚习扒墙并跳壕。壕沟要跳八尺宽，墙子要扒七尺高。树个靶子十丈远，火球石子手中抛。闲时寻个宽地方，又演跑队又演枪。鸟枪手劲习个稳，抬枪眼力习个准。灌起铅子习打靶，翻山过水习跑马。事事操习事事精，百战百胜有名声。这个六条句句好，人人唱熟是秘宝。兵勇甘苦我尽知，生怕你们吃了亏。仔细唱我得胜歌，保你福多又寿多。

爱民歌

三军个个仔细听，行军先要爱百姓。贼匪害了百姓们，全靠官兵来救人。百姓被贼吃了苦，全靠官兵来作主。第一扎营不要懒，莫走人家取门板。莫拆民房搬砖石，莫踹禾苗坏田产。莫打民间鸭和鸡，莫借民间锅和碗。莫派民夫来挖壕，莫到民间去打馆。筑墙莫拦街前路，砍柴莫砍坟上树。挑水莫挑有鱼塘，凡事都要让一步。

第二行路要端详，夜夜总要支帐房。莫进城市占铺店，莫向乡间借村庄。人有小事莫喧哗，人不躲路莫挤他。无钱莫扯道边菜，无钱莫吃便宜茶。更有一句紧要书，切莫掳人当长夫。一人被掳挑担去，一家啼哭不安居。娘哭子来眼也肿，妻哭夫来泪也枯。从中地保又讹钱，分派各团并各都。有夫派夫无派钱，牵了驴马又牵猪。鸡飞狗走都吓倒，塘里吓死几条鱼。

第三号令要严明，兵勇不许乱出营。走出营来就学坏，总是百姓来受害。或走大家讹钱文，或走小家调妇人。邀些地痞做伙计，买些烧酒同喝醉。逢着百姓就要打，遇着店家就发气。可怜百姓打出血，吃了大亏不敢说。生怕老将不自在，还要出钱去陪罪。要得百姓稍安静，先要兵勇听号令。陆军不许乱出营，水军不许岸上行。在家皆是做良民，出来当兵也是人。官兵贼匪本不同，官兵是人贼是禽。官兵不抢贼匪抢，官兵不淫贼匪淫。若是官兵也淫抢，便同贼匪一条心。官兵与贼不分明，到处传出丑声名。百姓听得就心酸，上司听得皱眉尖。上司不肯发粮饷，百姓不肯卖米盐。爱民之军处处喜，扰民之军处处嫌。我的军士跟我早，多年在外名声好。如今百姓更穷困，愿我军士听教训。军士与民如一家，千记不可欺负他。日日熟唱爱民歌，天和地和又人和。

解散歌

莫打鼓来莫打锣，听我唱个解散歌。如今贼多有缘故，大半都是掳进去。掳了良民当长毛，个个心中都想逃。官兵若杀胁从人，可怜冤枉无处伸。良民一朝被贼掳，吃尽千辛并万苦。初掳进去就挑担，板子打得皮肉烂。又要煮饭又搬柴，上无衣服下无鞋。看看头发一寸长，就要逼他上战场。初上战场眼哭肿，又羞又恨又懵懂。向前又怕官兵砍，退后又怕长毛斩。一年两载发更长，从此不敢回家乡。一封家信无处寄，背地落泪想爷娘。被掳太久家太贫，儿子饿死妻嫁人。半夜偷逃想回家，层层贼卡有盘查。又怕官军盘得紧，跪求饶命也不准。又怕团勇来讹钱，抢去衣服并盘缠。种种苦情说不完，说起阎王也心酸。

我今到处贴告示，凡是胁从皆免死。第一不杀老和少，登时释放给护照。第二不杀老长发，一尺二尺皆遣发。第三不杀面刺字，劝他用药洗几次。第四不杀打过仗，丢了军器便释放。第五不杀做伪官，被胁受职也可宽。第六不杀旧官兵，被贼围捉也原情。第七不杀贼探子，也有愚民被驱使。第八不杀捆送人，也防乡团捆难民。人人不杀都胆壮，各各逃生寻去向。贼要聚来我要散，贼要掳来我要放。每人给张免死牌，保你千妥又万当。往年在家犯过罪，从今再不算前账。不许县官问陈案，不许仇人告旧状。一家骨肉再团圆，九重皇恩真浩荡。一言普告州和县，再告兵勇与团练。若遇胁从难民归，莫抢银钱莫剥衣。

评点

这三首军歌，用的都是通俗晓畅的白话，故不再翻译，相信读者都能看得懂。曾氏全集的《杂著》中收有他所写的七首歌。其中《保守平安歌》三首，作于咸丰二年在家乡守丧期间。这三首歌又分别名为《莫逃走》《要齐心》《操武艺》，系为身处战乱中的湘乡百姓所写。另有《水师得胜歌》一首，作于咸丰五年江西南康水营，系为水师将士所写。另外三首即以上所抄录的《陆军得胜歌》《爱民歌》与《解散歌》。《陆军得胜歌》系于咸丰六年江西南昌为陆军将士而作，《爱民歌》系于咸丰八年江西建昌为所有的朝廷官军将士而作。《解散歌》，作于咸丰十一年安徽祁门大营，所针对者乃太平军营垒中的人。这七首歌共同的特点是一看就明白，一听就清楚，实际上不过是押韵的口语而已。这些七字一句的歌，看起来像诗，但曾氏不将它视为诗，故而它不能编入诗文集，只能列在杂著中。

曾氏是个翰林，能写典雅清丽的诗赋不足奇，但他却可以写出这等下层人都能懂能诵的歌行，则令人惊奇。这事给笔者的第一感觉是，此老乃真正地进入了化境。唯有真入化境，方可出以自然。真正参透最高深道理的人，才能以最平易的语言表达出来。我们读《朱子语类》，那都是一些再实在不过，再浅显不过的话，但它所要解释的却又都是极深奥的大道理。又譬如《论语》《孟子》，个别的文字似乎有点难解，但在两千年前的春秋战国时代，那也都是妇孺皆懂的白话。曾氏能写出这种歌行，这说明他真把书读通了，真把人世间的道理悟透了，也真把文字的技巧发挥到家了。

其次，由此可以看出曾氏深知立军的本质。人类社会为什么要有军队？将最精壮的劳力挑选出来，不事生产而靠人养着，这样做，究竟是为了什么？这个问题看似简单，实际上许多统治者却并不明了。在他们眼里，军队只是夺取财产和权利的工具，是看护自家庭院的鹰犬。一个庄稼汉一旦丢掉农具换上军装，他们中的许多人也就自我迷失了，仿佛以血汗供养他们是天经地义的，而他们欺负供养者也是天经地义的。尽管历来治军者不乏明白人，也知道不能欺压民众的道理，但以军歌的形式，将“军民一家”的观念牢牢地灌输到每一个兵士的脑中心中，曾氏即便不是唯一者，也是对近代中国军界影响最大者。